Intemporia 2

Le trône du prince

Pour Mendy, Cacidy, Logan, Collin et June.
Avec une mention spéciale pour Lorène.

Illustration de couverture : © Lorenzo Mastroianni
Graphisme de couverture : Olivier Douzou

www.lerouergue.com

Chapitre premier
Ambitions

Deux jeunes gens se tenaient en retrait du chemin, sur les collines verdoyantes. L'un, la peau mate, un casque de cheveux noirs aux boucles lourdes lui tombant sur les épaules, paraissait las. Il frottait distraitement sa botte élimée sur l'herbe tandis que l'autre, brun lui aussi, le corps souple d'une panthère et le regard aiguisé, semblait à l'affût.

Le temps était clair, l'air vivifiant. Autour d'eux, la cité prospère de Terendis s'apprêtait pour la parade des lumières qui fêterait l'An neuf le lendemain, sous l'égide du roi. L'ambiance était festive et l'excitation bien palpable. Leur conversation était sur le point de faire basculer leur vie, de les envoyer chacun dans des directions opposées, et aucun des deux ne semblait vouloir en prendre l'initiative.

– Tu es mon frère, Yélan, poursuivit pourtant le jeune homme aux cheveux bouclés. Tu sais à quel point Yélana compte pour moi. Mais là, elle va trop loin.

L'autre haussa dédaigneusement les épaules. Son œil noir le fixait sans ciller, et il jouait distraitement avec le merle qu'il venait de capturer pour leur déjeuner.

– C'est facile de la critiquer, dit Yélan d'un ton neutre, mais tu oublies que c'est toi qui lui as soufflé toutes ces idées de pouvoir qu'elle a dans la tête.

Au ton de Yélan, le garçon aux boucles savait déjà qu'il était en train d'échouer. Yélan n'avait jamais été quelqu'un que l'on pouvait influencer, ou même prier. Il n'y avait qu'une personne au monde qui en fût capable, mais c'était justement d'elle qu'il s'agissait. Yélan œuvrait toujours dans son propre intérêt, et jusque-là, sans doute, il n'avait toléré le garçon que pour plaire à sa sœur. Il commençait seulement à s'en rendre compte. Il devenait clair que Yélan avait laissé cette relation évoluer pour le plaisir de l'observer sous toutes ses facettes, avant de la détruire d'un coup de pied, comme il détruisait volontiers quelque édifice de sable ou de brindilles qu'il avait patiemment regardé s'élever lorsqu'ils étaient plus jeunes. Même s'il avait toujours eu plus ou moins conscience du côté destructeur de Yélan, il lui apparaissait nettement maintenant, et d'autant plus terrifiant que son goût du pouvoir se faisait jour.

Se pouvait-il que Yélana en ait fait autant, qu'elle l'ait manipulé pour voir jusqu'où il se risquerait ? Non, assurément. C'est vrai qu'elle était manipulatrice et intransigeante, et ce depuis son plus jeune âge, mais à d'autres moments elle était tellement fragile… Il le savait bien, lui… Il sentait que leurs sentiments fraternels, à Yélana et lui-même, évoluaient d'une façon que Yélan ne tolérerait pas longtemps.

Il s'efforça de poursuivre la conversation sans perdre sa maîtrise, le regard fixé sur la créature entre les mains de Yélan.

– Je le regrette, assura-t-il. Crois-moi, si je pouvais revenir en arrière et changer les choses, je le ferais sans hésiter. Dussé-je le payer de vingt ans de ma vie. Mais je m'endormirais au moins la conscience tranquille.

– Tu as bien changé, cracha Yélan en resserrant sa prise autour du cou de l'oiseau. Tu es devenu sentimental.

– Et toi cruel. Je ne peux plus vous approuver. Empêche-la, Yélan, je t'en prie. On est en train de se perdre, là. Tous les trois.

– Tu ne comprends donc pas que je ne peux pas ?

– Pourquoi ?

– Souviens-toi. À la rivière. Nous trois.

Il rougit. Il se souvenait très bien. L'eau, le soleil, à l'écart de tout. Leurs trois corps nus, jeunes et dorés. Le serment. Yélana leur avait fait promettre de ne jamais en parler, et ils avaient mêlé leur sang pour jurer.

– Le signe, souffla-t-il.

– C'est celui de l'Annoncement.

– Je sais ce qu'elle en dit, mais c'est impossible.

– Bien sûr que si, et tu le sais. Elle est la future reine de ce royaume et elle va bientôt réclamer le trône. Personne ne peut aller contre l'Annoncement. Si tu es des nôtres, tu profiteras de ses richesses et de son pouvoir.

Le garçon aux boucles promena son regard autour de lui, sur la cité noire, le palais qui se découpait avec éclat sur le vert des pâturages, les fermes prospères alentour. Tout ce petit monde ordonné et insouciant qui risquait de disparaître. Il prenait lentement conscience de ce qu'il avait lui-même engendré, par dépit, par désir de revanche sur la vie. Par égoïsme.

– Vous allez conduire le peuple au désastre, énonça-t-il enfin.

– Qu'importe le peuple ? questionna Yélan. S'est-il seulement soucié de nous, le peuple ? Des moutards déguenillés à qui on jette des quignons de pain de temps en temps, voilà ce que nous avons été pour ce peuple. Mais ça va changer. Nous dirons bientôt au peuple ce qu'il doit faire.

– Aucun de nous trois n'a les capacités pour diriger un pays comme celui-là, Yélan. Nous ne sommes… que des égoïstes qui ne pensent qu'à s'amuser.

Yélan n'attendait qu'une occasion pour lui soumettre un choix, et il venait de la lui offrir sur un plateau. Il se mordit la langue, mais trop tard.

– Alors, il n'y a qu'une question à laquelle tu dois répondre, argua Yélan en serrant plus fort le volatile ; tu restes t'amuser avec nous ou tu t'en vas ?

– Yélan, je…

– Il n'y a que cette alternative. Rien d'autre. Alors, que décides-tu ?

– Tu ne peux pas balayer d'un geste tout ce qui nous unit.

– C'est toi qui balaye tout. C'est toi qui nous trahis. Il vaut mieux que tu t'en ailles. Je veillerai seul sur elle.

– Yélan…

– Va-t'en.

– Mon frère…

Yélan jeta le cadavre de l'oiseau à ses pieds.

– Je ne suis plus ton frère.

Chapitre deux
Le prince Séraphian

Yélan se tenait un peu éloigné de sa sœur, accoudé au bastingage. Il portait un long manteau noir qui étirait sa silhouette, et autour du cou une écharpe pourpre qui dans le vent semblait se débattre.

– Détends-toi, Yélan chéri, intima la reine en mettant sa main en visière pour se protéger de la réverbération.

Yélan se retourna, esquissa un sourire plein de charme.

– C'est ce que je fais, Yélana.

Elle tapota le siège à côté d'elle en guise d'invitation et il vint y prendre place. Le bateau fendait l'eau avec légèreté, sa voile gonflée claquant par intermittence. Ils se tenaient sur le pont, où les servantes avaient porté leurs sièges, profitant des derniers rayons du soleil.

Il observa sa sœur un moment. Elle avait un visage radieux, quelque chose à l'intérieur qui l'illuminait. La certitude de se rapprocher du but, songea-t-il. Que de difficultés il avait surmontées, que de vies il avait prises pour lui donner ce sourire, et combien il le valait.

Il effleura la joue de sa sœur pour remettre à sa place une mèche de cheveux dorée que le vent avait dérangée, laissa ses doigts s'attarder sur la peau.

– Cette croisière est censée être une récréation, Yélan, rappela-t-elle. Pas une façon de passer le royaume en revue.

– Je ne passe pas le royaume en revue, se défendit-il. Ton chef des armées, Argoran, est là pour ça.

– Mais tu ne peux pas t'empêcher de réfléchir à la prochaine étape, c'est bien cela ?

– Que comptes-tu faire ?

– Je n'y ai pas encore réfléchi. Mais toi, apparemment, tu l'as fait.

– Pour commencer, j'ai bien envie d'aller écraser ce petit groupe de dissidents qui se promènent impunément à travers le royaume. Les amis de ton fils sont une menace.

– Ils l'étaient peut-être avant que je n'aie l'Aïguaviata, admit-elle, mais maintenant ils n'ont pas plus de chance de renverser le pouvoir que d'éteindre le soleil, Yélan. Tu as mis la pierre en sécurité, alors concentrons-nous sur la Clé.

Il hocha la tête pensivement. Il y avait une question qui lui brûlait les lèvres depuis son retour de mission, mais qu'il hésitait à lui poser.

– Yélan, qu'y a-t-il ?

Il sourit malgré lui. Il était vraiment inutile de vouloir lui cacher quoi que ce soit.

– Pourquoi tu ne l'as pas tué ? questionna-t-il. Tu nous aurais évité d'avoir à prendre toutes ces précautions.

– Je n'ai pas pu, répondit-elle un peu trop rapidement. Tadeck l'a envoyé se mettre à l'abri derrière le bouclier.

– Bien sûr. Tu ne l'as pas épargné parce qu'il est le fils de Yoran, non ?

– Et quand bien même ! s'énerva-t-elle, ça ne change rien. Il est retourné sous son bouclier de malheur et il ne reviendra plus. Il fera comme son père, Yélan, la vie de famille avant tout. Sois tranquille. Nous avons le champ libre pour la suite.

– Quelques dissidents sont partis il y a deux jours, lâcha-t-il.

– Partis ?

– En direction de la frontière nord. C'est tout ce que je sais pour le moment.

Elle ne dit rien. Ils savaient tous les deux ce que cela signifiait. Le groupe ne se rendait pas vers le pays de Syanne pour une simple promenade de santé. À bien y réfléchir, il y avait une toute petite éventualité pour qu'ils parviennent à renverser le pouvoir. Une petite éventualité qu'ils ne pouvaient pas se permettre de laisser évoluer en certitude.

– Il faut absolument que tu interceptes Séraphian avant eux, Yélan. Il y a peu de chances qu'il aille jusqu'à Terendis, ni même qu'il ait accès au trône, mais on ne sait jamais.

– J'ai déjà envoyé des hommes chez Soh-Amah. Ils arriveront avant ton fils.

– Qu'ils fassent le nécessaire, et au diable la diplomatie. Je suis trop près du but pour renoncer maintenant.

– Compte sur moi. Et pour la Plaine ? insista-t-il.

– Oublie la Plaine, Yélan. Ce chapitre est clos.

Il opina, sans savoir s'il s'agissait plus d'obéir à la reine que de faire plaisir à sa sœur. Car, au fond de lui, et il avait beau s'en défendre, il sentait bien que ce n'était pas fini.

Qu'au contraire tout commençait.

Chapitre trois
Tribulations

– Arrête-le, Yoran, glapit son ami Koura d'une voix suraiguë alors que le cheval entamait un trot cadencé qui lui faisait perdre l'équilibre.

– N'essaye pas de lutter, lui lança Yoran, tandis qu'à ses côtés son meilleur ami Kern et son cousin Dori riaient à gorge déployée sans la moindre indulgence.

Koura, échevelé et en sueur, redoublait de violents coups de reins pour rétablir son équilibre, mais en vain. Le cheval formait pourtant un cercle parfait autour de Yoran.

– Redresse-toi, intima Yoran, hilare, ou tu n'y arriveras jamais !

– Si je me redresse, je tombe. J'ai mal au cœur…

– J'y suis bien arrivé, moi, se vanta Dori avec un clin d'œil à Kern, qui pleurait littéralement de rire.

– Si Dori l'a fait, tu peux le faire aussi, dit Yoran sur un ton railleur faussement encourageant.

La comparaison eut l'effet escompté, car, dans une dernière tentative pour avoir une allure un brin plus altière, Koura se redressa sur sa monture, récupéra sans savoir comment les étriers qui lui avaient échappé et se cala maladroitement sur la selle.

– C'est mieux, assura Yoran. En rythme, maintenant.

Koura obtempéra et parvint à maintenir son allure sur quelques foulées, ce qui lui valut les applaudissements et les sifflets moqueurs de ses deux amis.

Yoran leur adressa un sourire complice dans lequel on pouvait lire la question « croyez-vous qu'il en a assez ? », à laquelle ils répondirent en riant de plus belle.

– Yoran, je t'en prie, arrête-le ! supplia Koura tandis que son visage prenait une délicate teinte verdâtre qui s'harmonisait parfaitement avec la prairie autour d'eux.

– Tu jures de ne plus te moquer ?

– De ne plus fanfaronner ? D'être moins vaniteux ?

– Tout ce que vous voudrez, concéda Koura, pourvu que ce cheval de malheur s'arrête.

Yoran estima que la leçon avait duré suffisamment longtemps pour être retenue. Il tira un peu sur la longe pour ramener son cheval jusqu'à lui.

– Allez, un peu de pitié, dit-il d'un ton volontairement caressant. Le pauvre en a eu assez pour aujourd'hui.

– Ça va, ronchonna piteusement Koura en descendant précipitamment de sa monture. Pas la peine de prendre ce ton paternel avec moi.

Yoran lui adressa un clin d'œil espiègle.

– Oh, je parlais de mon cheval, naturellement, dit-il.

Les deux autres explosèrent de rire.

Tandis qu'ils rentraient en direction du village, il leur fallut un temps considérable pour reprendre leur souffle. Kern se plaignait d'avoir mal au ventre et aux muscles du visage à force de rigoler, et Dori évitait soigneusement de le regarder de peur d'être de nouveau contaminé par le fou rire.

Ils regagnèrent leurs petites habitations, l'estomac dans les talons, excepté Koura, qui l'avait sans doute au bord des lèvres à en juger par son teint épinard.

– Demain, même heure ! décréta Yoran. Certains ont besoin de progresser…

Koura émit un grognement tandis que Kern et Dori se lançaient un regard complice pétillant. Ils se séparèrent, et Yoran, d'humeur légère, amena son cheval devant chez lui. Il le débarrassa de son harnachement avant de l'abreuver au réservoir du potager.

– Éloigne-moi cet animal de mes salades, gronda Loda, mi-rieuse, mi-sérieuse.

– Il n'y touchera plus, promit Yoran avec un sourire désarmant savamment étudié.

Comme prévu, sa jeune épouse capitula sans qu'il ait besoin de négocier davantage.

– Il vaut mieux pour lui, menaça-t-elle en riant, sinon il ira dormir avec les mules.

Le cheval pointa dédaigneusement ses oreilles vers Loda, secoua sa queue pour signifier sa désapprobation et se concentra sur le cercle d'herbe parfait qui s'étendait autour de son piquet. Yoran le laissa brouter et rejoignit sa femme, qu'il enlaça tendrement. Il déposa un baiser sur son front à la lisière de sa chevelure noire.

– Où sont les filles ? demanda-t-il en cherchant le panier des yeux.

– Sous les groseilliers. Lédi adore fixer les grappes de fruits.

Sous la rangée buissonnante qui le couvrait de son ombre, le panier d'osier formait une tache claire. Il s'agitait épisodiquement de soubresauts. Une petite main émergeait comme si elle avait voulu toucher le ciel ou attraper l'un des nombreux insectes qui traversait le jardin en vrombissant.

Yoran se pencha au-dessus des têtes brunes. Elles avaient toutes deux hérité de la chevelure noire et abondante de leurs parents, et de la figure délicate de leur mère. Elles étaient si semblables qu'il avait fallu, les premières semaines, accrocher un ruban de couleur à leurs poignets pour différencier Lédi de Maya. Rubans qu'elles ne cessaient d'enlever avec une dextérité dont Yoran n'aurait jamais soupçonné l'existence chez d'aussi petits individus. Les jeunes parents avaient vite renoncé aux rubans, d'autant plus qu'au bout d'un mois ils parvenaient à les différencier. Lédi avait peut-être, si on y regardait de plus près, les sourcils plus fournis, et Maya la bouche plus ronde. Ce qui n'empêchait pas Yoran de se tromper parfois. Il n'y avait guère que leur mère pour ne plus faire la méprise, et elle avait pris l'habitude de les emmailloter d'une étoffe de couleur différente.

Les premiers temps, Loda les installait sur une natte dans le jardin. Mais, depuis que Lédi et Maya avaient découvert que se tortiller habilement modifiait leur champ de vision, elles ne se privaient pas de rouler loin de leur natte pour aller explorer les pieds de tomates alentour. Loda avait confectionné un panier adapté en maudissant vaguement le caractère intrépide de leur géniteur qui surgissait de manière fort inappropriée chez les petites demoiselles.

Yoran dut en effet admettre qu'en dépit de ses prières elles avaient hérité de son esprit de contradiction, de son tempérament emporté et aventureux et de son féroce appétit. Car, qu'on s'avisât de retarder l'un de leurs nombreux repas, de les caler dans leur panier contre leur volonté ou de les priver de ce que les petites mains maladroites avaient réussi à attraper, et on déclenchait immanquablement des cris qui faisaient fuir les oiseaux dans un rayon d'environ une lieue.

Mais ce qui étonnait Yoran par-dessus tout, c'était ces deux regards graves, imperturbables, qui le fixaient longuement sans ciller, les sourcils légèrement froncés. Il se demandait souvent à quoi pouvaient bien penser de petites personnes si sérieuses.

Il les taquina jusqu'à ce qu'elles se décident à esquisser un sourire identique, édenté et baveux, qui le ravit. Il sortit une natte, la déroula à côté des enfants, s'allongea sur le dos et laissa courir ses pensées tandis que son estomac impatient grommelait.

La matinée l'avait détendu, sorti de son apathie ; il avait eu l'impression de faire quelque chose, et il essaya de profiter de cette sensation de plénitude avant qu'elle ne lui file entre les doigts comme chaque fois depuis qu'il avait quitté la stèle du châtaignier quelques mois plus tôt. Les petites joies quotidiennes qui émaillaient sa vie à la Plaine semblaient trop fragiles pour compenser le manque. Quant à savoir de quel manque il s'agissait, il n'aurait su le dire.

Il avait pressenti, bien avant son retour, que la profonde métamorphose qui s'était opérée en lui le priverait de l'indolence qui caractérisait son existence avant qu'il n'aille parcourir le royaume. Il y avait comme une faille quelque part, malgré l'attachement qu'il éprouvait pour ses proches, pour Loda et ses filles. D'où lui venait ce sentiment d'être abîmé, morcelé ? Le corps ici mais la tête ailleurs.

Il voulait retrouver cette sérénité, sa Plaine, la vie et les gens qu'il aimait. Pourquoi ne parvenait-il pas à reprendre pied ? Quand arriverait-il à se sentir bien ? Il y avait perpétuellement en arrière-plan dans ses pensées cette insidieuse question : où était Tadeck et que faisait-il ? Yoran essayait de s'en défendre, mais impossible de l'ignorer.

Il avait rencontré Tadeck dans des circonstances pénibles, où ils se trouvaient tous les deux détenus par l'armée. Ils s'étaient évadés ensemble, Yoran parvenant à tuer les trois soldats chargés de leur transfert ; avant d'apprendre que Tadeck était le chef d'un groupe de dissidents qui contestaient le pouvoir de la reine, qu'il était l'un des rares Porteurs du Sceau encore en vie et, pour couronner le tout, le fils unique de la reine.

Il savait que Tadeck n'était pas seul. Il avait plus d'amis qu'un roi n'a de sujets. Mais pas d'amis comme moi, ne pouvait s'empêcher de penser Yoran avec une nuance de fierté et de regret à la fois. Du moins, il avait été son ami, avant qu'il n'aille chercher l'Aïguaviata qui avait décuplé les pouvoirs de la reine Yélana. Après… Eh bien, leurs chemins s'étaient séparés. Les insoumis et leur soif de rébellion attendaient Tadeck, qui les avait rejoints, alors que la vie de famille appelait Yoran.

Les premiers jours, il avait longuement fêté son retour dans la Plaine, et ce que les autres appelaient sa réussite. Les festivités s'étaient enchaînées, à grand renfort de danse et de musique, et il avait ri avec ses amis et sa famille. Insatiable, il n'avait pas lâché Loda pendant trois jours, avant d'admettre qu'elle pouvait au moins faire le tour de leur maison sans qu'il coure le risque de la perdre.

Il avait vaguement répondu à quelques questions sur le royaume. Oui, c'était partout la misère. Non, on ne rencontrait pas trop de monde sur les chemins. Oui, il fallait se méfier de l'armée de la reine. Oui, c'était un ami qui lui avait appris à monter à cheval. En revanche, il ne tarissait pas d'éloges sur la cité fortifiée ni sur le palais de la reine.

– Tu t'es rendu dans le palais de la reine ? s'exclamèrent un soir les plus jeunes avec une admiration teintée de crainte.

– J'ai même rencontré la reine en personne.

– C'est impossible, contredit l'un des adolescents qui se tenaient près de lui.

– Bien sûr que c'est possible, répliqua un enfant en pétrissant ses mains avec ferveur.

– Et alors, comment était-elle ?

– Vraiment charmante, avoua très vite Yoran en fuyant le regard perçant de Loda assise un peu plus loin.

Il évita ensuite prudemment tout commentaire un peu trop explicite au sujet du charme royal, et, de manière générale, il s'en tint au minimum d'explications. Aux questions un peu pointues qu'on avait pu lui poser il avait laissé entendre qu'ayant été présenté à la reine Yélana, de manière fortuite lors d'une Audience matinale, elle avait simplement accédé à sa requête et restauré le bouclier.

Mieux valait laisser de côté le fait qu'il avait, en échange de cette faveur, décuplé ses pouvoirs et ainsi un peu plus asservi le royaume en allant lui chercher l'Aïguaviata. Il avait conscience que ses proches ne se laissaient pas abuser par des explications aussi évasives, et il leur était d'autant plus reconnaissant de leur discrétion. Il étouffait sa culpabilité en se forçant à admettre, non sans ironie, que l'omission se distinguait sans mal du mensonge.

Quelques mois plus tard, alors qu'un calme accablant semblait s'être installé dans sa vie, la naissance des filles avait méthodiquement désorganisé son existence. Il rentra un soir d'une escapade en forêt avec ses amis et trouva la grand-mère de Loda sur le pas de sa porte.

Son sang ne fit qu'un tour.

– Le bébé est né ? demanda-t-il précipitamment.

Il aurait voulu que sa voix conserve le ton neutre qu'il avait longuement répété, mais elle le trahit sournoisement et trembla. Il vit que Sorda pinçait les lèvres pour retenir un sourire plus que malicieux.

– Va voir, dit-elle, et il se précipita à l'intérieur.

Il mit plusieurs jours à se remettre de la stupeur que lui causa cette vision.

Dans le creux du bras de Loda allongée sur leur couche, deux minuscules créatures entièrement nues sommeillaient dans un enchevêtrement de bras et de pieds miniatures à la peau fripée.

Loda semblait aussi déconcertée que lui. Elle fixait les petites têtes jumelles à la chevelure noire avec une expression stupéfaite.

– Deux filles, dit-elle simplement. Les deux pareilles.

Quand ils se furent remis de cet étonnement, Yoran proposa de les nommer Lédi et Maya, en référence à deux jeunes filles qu'il avait rencontrées en traversant le royaume. Lédi était la fille de Tana, qui l'avait soigné et lui avait offert le gîte lorsqu'il s'était rendu à Khatarstria, et Maya une talentueuse Porteuse du Sceau. Loda accepta. Ce choix s'était imposé à lui sans qu'il ne s'en rende compte, mais, avec quelques mois de recul, il se demandait si cela avait été judicieux. Plus les semaines passaient, plus l'évocation de ces prénoms trouvait d'échos dans sa mémoire et réveillait de sombres pensées.

Qu'advenait-il du reste du royaume ? Il avait refoulé sans cesse cette question. Il avait décidé que cela ne le concernait pas. Du moins, une part de son cerveau, aussi rationnelle qu'égoïste, avait pris cette décision. Ce que son cœur contestait un peu plus chaque jour, lui interdisant de s'apaiser.

Il soupirait fréquemment sans s'en apercevoir et éludait les questions de Loda, qui déchiffrait sans mal les tracas sur son visage.

En se levant un matin, quelques jours plus tard, il eut la certitude de ce qu'il devait faire. Il hésitait simplement sur la façon dont il s'y prendrait pour faire part à Loda de sa décision, car, de quelque manière que ce soit, et malgré tout le tact dont il pourrait envelopper ses explications, elle serait blessée. Son ventre se nouait à cette perspective, mais il savait qu'il n'existait pas d'alternative.

Il choisit un moment de répit durant lequel les enfants dormaient pour aborder le sujet avec sa femme.

Ils se tenaient dehors à l'ombre de la maison, Yoran assis sur le banc contre le mur, Loda en tailleur sur la terre battue.

Il contempla un moment sa longue chevelure noire, la cambrure de ses reins sous l'étoffe, la peau dorée de ses bras nus, avant de se lancer. Il prit une grande bouffée d'air avec l'espoir fragile que cela lui donnerait du courage.

– Loda… commença-t-il.

Elle inspira lentement, ferma brièvement les yeux.

– Je savais que ce moment viendrait, dit-elle.

– Quel moment ?

– Celui où tu vas rompre ta promesse de rester auprès de moi pour partir à travers le royaume défendre la veuve et l'orphelin, énonça-t-elle en levant les yeux vers lui.

– Loda, je ne voulais pas…

– Je sais, Yoran. Mais il s'est passé quelque chose dont tu te sens responsable. J'ignore de quoi il s'agit, mais tant que tu n'auras pas essayé de le réparer, tu n'arriveras pas à te poser.

– J'ai décuplé les pouvoirs de la reine, avoua-t-il très vite. Pour rétablir le bouclier afin que tout le monde soit guéri. C'était le meilleur choix, et s'il fallait le refaire je le referais, mais…

– Mais maintenant il faut que tu l'assumes.

Il songea très furtivement qu'elle parlait comme Tadeck. Sa gorge se serra.

– Pour l'assumer, il faut que j'essaye de réparer.

– Comment le pourrais-tu ?

Il n'osa pas lui avouer qu'il l'ignorait.

– Tad…

– Encore lui ?

– Oui. Il faut que je reparte, dit-il d'un ton presque suppliant, à peine audible.

– Tu as besoin de mon autorisation ? ironisa-t-elle, légèrement acide.

– Je t'ai fait une promesse, admit-il piteusement. Je suis désolé, mais je ne peux pas la tenir.

– Et tu veux que je t'en libère pour que tu partes la conscience tranquille, c'est bien ça ?

Il devait avoir l'air passablement malheureux, car elle le scruta un moment et son ton s'adoucit.

– Je te parle comme si tu étais coupable de quoi que ce soit, mais c'est tout le contraire, dit-elle à voix basse. Tu as pris des risques et des décisions difficiles pour nous préserver. C'est moi qui te suis redevable, Yoran. Tu es libre d'aller où bon te semble, même si ça t'éloigne de nous. Je ne peux pas t'empêcher de partir, et ça prouve même à quel point j'ai eu raison.

– Raison ?

– D'accepter de devenir ta femme. Tu as plus d'honneur et de courage que tous les hommes du royaume réunis.

– Tu ne connais pas le reste du royaume, contredit-il en songeant aux amis de Tadeck et à leur détermination.

– Mais je te connais toi.

Comme il ne disait rien, elle vint s'asseoir à califourchon sur ses genoux et l'enlaça.

– Quand veux-tu partir ?

– Le plus tôt possible. Demain. Si tu es d'accord, ajouta-t-il.

Elle secoua la tête en évitant ses yeux, partagée entre une certaine fierté et une angoisse sourde qui l'empêchait de croiser son regard.

– D'accord, dit-elle simplement.

Il se dit qu'il n'avait jamais pris de meilleure décision que de demander sa main à son père, près de deux ans plus tôt. Il se sentait infiniment soulagé et tout lui parut soudain plus facile.

Il se rendit chez sa mère pour l'informer de sa décision et croisa Kern en chemin. Il opta pour la franchise.

– Ne comptez pas sur moi demain, dit-il, je repars.

Kern, qui sembla pourtant faire un effort surhumain, le fixa un moment sans comprendre.

– Tu repars ?

Yoran acquiesça.

– Je ne peux pas rester là sans rien faire pendant que le royaume…

Il ne termina pas sa phrase. Il n'était pas certain de ce que devenait le royaume, malgré de fortes présomptions.

– Je vais rejoindre un groupe d'insoumis, dit-il.

De cela, au moins, il était sûr.

– Un groupe d'insoumis ? Qu'est-ce que c'est que cette histoire ?

Il soupira. Il n'avait aucunement l'intention de s'étendre sur ses erreurs. Il aurait préféré que ses amis conservent l'insouciance qui lui faisait défaut.

– Il faut que tu m'expliques, Yoran, insista Kern. Tu ne peux pas partir comme ça.

– Bon, d'accord, capitula-t-il sans trop de difficultés. Préviens Koura et Dori, et je vous retrouve dans un moment.

Il le quitta et se rendit chez sa mère. L'entrevue fut brève, et il l'écourta volontairement.

– Je m'y attendais, dit-elle avec douceur, mais elle ne posa pas de questions.

Il ne demanda pas non plus d'où lui venait cette certitude. Quand il retrouva ses amis devant chez lui, un peu plus tard, il lui sembla qu'ils l'attendaient de pied ferme.

– Un groupe d'insoumis, se moqua Koura, ça ne m'étonne pas de toi !

– Raconte-nous, proposa son cousin.

Yoran soupira.

– Je n'en avais pas vraiment l'intention, mais, puisque vous y tenez, je vais vous le dire. Avant de rencontrer la reine, j'ai fait la connaissance de Tadeck.

– Tu nous en as déjà parlé. C'est lui qui t'a appris à monter à cheval.

– Ce n'est pas sa seule qualité, et il se trouve aussi qu'il est à la tête d'un groupe qui conteste le pouvoir de Yélana.

– Yélana ?

– La reine. C'est comme ça qu'elle s'appelle.

– Et tu l'appelles par son prénom ? ironisa Koura. Bonjour le respect !

– Si tu m'interromps tout le temps, je n'aurais pas assez de la nuit pour tout vous expliquer.

– Il a raison. Laisse-le poursuivre, suggéra Dori.

– Donc, ce groupe conteste le pouvoir, reprit Kern pour relancer Yoran.

– C'est ça. Et c'est eux que je vais rejoindre.

– Mais pourquoi ?

– Parce que…

Il hésita.

– Parce qu'ils s'étaient fixé un but déjà difficile à atteindre, celui de renverser le pouvoir, et que j'ai rendu leur tâche encore plus compliquée.

– Comment ça ?

– J'ai décuplé les pouvoir de Yé… de la reine.

– Pourquoi ?

– Parce que c'était la seule façon de conserver le bouclier, voilà pourquoi, dit Yoran avec une pointe d'humeur.

– Donc tu culpabilises et tu veux arranger les choses, analysa rapidement Kern avec une perspicacité dont Yoran se serait bien volontiers passé.

Il essaya de lui lancer un regard noir.

– Ce n'est pas vraiment ça, mais…

– Bien entendu, dit Kern. Et ça t'a pris tout ce temps pour te décider ?

Yoran capitula.

– La naissance des filles… essaya-t-il de se justifier.

– Tu pars vraiment demain ? le coupa Dori.

Yoran acquiesça.

– Bon, dit Koura. Qu'est-ce qu'on doit emporter pour traverser le royaume ?

– Emporter ? questionna Yoran avec un mauvais pressentiment.

– Tu ne crois pas qu'on va te laisser partir tout seul ?

– Vous ne pouvez pas m'accompagner, réfuta Yoran en songeant pourtant combien ce serait agréable de ne pas voyager seul.

– Je ne pense pas que tu puisses nous en empêcher, opposa Dori.

Les deux autres secouèrent la tête dans un même mouvement, ce qui fit sourire Yoran malgré lui. Il céda sans trop de mal, avec pourtant le sentiment qu'il pourrait le regretter.

– D'accord, vous pouvez m'accompagner. Mais vous savez ce que ça signifie de se rallier aux insoumis ?

– Qu'on risque de bien s'amuser, badina Koura, comme il fallait s'y attendre.

– Je suis sérieux, tempéra Yoran. Je passe sur les aléas du voyage, mais se joindre aux insoumis, ça veut dire qu'on va contrarier fortement la reine. Au point qu'elle peut donner des ordres pour nous faire capturer et condamner à mort. Vous en avez conscience ?

Dori, Kern et Koura hochèrent vivement la tête, avec une étincelle dans les yeux qui indiquait clairement un enthousiasme démesuré à l'idée des dangereuses pérégrinations que Yoran leur proposait. Celui-ci abdiqua, vaguement désespéré.

– Demain, première heure du jour, ordonna-t-il.

Quand il se leva silencieusement avant le soleil, le lendemain, il ne fut pas surpris de trouver Loda debout. Elle avait terminé de préparer son bagage. Il l'enlaça, respira à travers ses cheveux.

– Prends soin des filles, dit-il comme s'il était possible qu'il en soit autrement.

– Prends soin du royaume, dit-elle avec un petit rire forcé. Et promets-moi que tu ne prendras pas de risques inutiles.

– Promis.

Il se détacha d'elle à contrecœur, et alla chercher son cheval. Il se sentait à la fois curieusement léger et le cœur lourd. Il avait tout simplement changé de fardeau, passant de la culpabilité qu'il éprouvait à ne pas rejoindre les insoumis à celle plus récente d'abandonner Loda et ses filles.

Il chargea sa monture et l'emmena docilement à la sortie du village. L'exubérant trio d'amis l'attendait probablement depuis un bon moment, car, lorsqu'ils l'aperçurent, ils l'acclamèrent avec une fougue qui le fit sourire.

– On a cru que tu avais changé d'avis, expliqua Koura.

– Ou que tu étais parti sans nous, dit Dori.

– Ou que tu avais oublié de te réveiller, renchérit Kern.

– Je faisais simplement mon bagage, mentit Yoran en sentant leur enthousiasme le gagner malgré lui. C'est tout ce que vous avez pris pour le voyage ?

Les autres se regardèrent. Ils s'étaient chargés du minimum, comme pour une sortie dans les environs, mais certainement pas pour un voyage périlleux avec tout ce que cela sous-entendait de rencontres impromptues.

– Oui, pourquoi ? demanda Koura avec un sourire.

– Pour rien, ironisa Yoran, heureusement que j'ai prévu le nécessaire.

Il cala leur attirail sur le dos de son cheval et se mit en route sans attendre, les trois autres le dépassant déjà sur le chemin de terre qui sinuait à travers les collines.

– Vous oubliez que c'est moi qui connaît la route, glissa Yoran pour tenter de reprendre les choses en main.

Ils lui lancèrent un regard amusé sans ralentir le moins du monde.

– Si tu te perds, on t'attend au bouclier, plaisanta son cousin.

Il maugréa un peu et amena son cheval à leur hauteur en se demandant si de tous les habitants de la communauté il n'avait pas choisi le pire échantillon pour l'accompagner.

Ils marchèrent d'un bon pas, tandis qu'une aube lumineuse se répandait entre les collines et que les oiseaux s'en donnaient à cœur joie. Yoran oublia très vite les risques de leur voyage, vu le peu de sérieux que cela suscitait chez ses amis, et il dut convenir que cela rendait les choses beaucoup plus faciles. Devisant et plaisantant sans fin, ils ignorèrent la distance parcourue, comme ils en avaient l'habitude durant leurs escapades, et, le soir, aux abords du bouclier, ils eurent l'impression d'être partis depuis une heure à peine.

– Ils vont faire une drôle de tête, chez nous, quand ils vont voir qu'on est partis, lança Koura.

– Vous ne leur avez pas dit que vous m'accompagniez ? s'étrangla Yoran.

– Sûrement pas, pouffa Kern, les Anciens auraient trouvé le moyen de nous faire renoncer !

– Mais vous manquez vraiment de sens commun, tous les trois ! Tout le monde va s'inquiéter !

– Tu as dit à Loda où tu allais ? questionna Kern.

– Oui, bien sûr.

– Et avec qui tu y allais ?

– Oui, heureusement.

– Eh bien, voilà ! À l'heure qu'il est, tout le village est au courant, prédit Dori.

– Et encore, ça aurait été encore plus vite si tu lui avais demandé de garder le secret ! plaisanta Kern avec une franche déloyauté à l'égard de sa cousine.

Yoran soupira bruyamment.

– Je ne sais pas ce qui m'a pris de vous laisser m'accompagner, dit-il en feignant le désespoir.

Intérieurement, pourtant, il se réjouissait de leur compagnie. Le reste du voyage se déroula sans incident notable, si ce n'est une belle chute de Koura, qui se prit les pieds dans une racine et s'étala de tout son long, pour le plus grand amusement de ses amis.

Le trio semblait prendre les choses à la légère. Le bouclier les ravit. Ils passèrent un temps phénoménal à y entrer et à en ressortir pour le seul plaisir d'en sentir l'immatérielle frontière, l'impression du filet d'huile tiède que cela leur procurait. Ils s'amusèrent un moment, et Yoran n'arrivait pas à s'en irriter, malgré le temps qu'ils perdaient. Il se promit de ne jamais faire mention de la crainte qu'il avait eue à franchir lui-même le bouclier des Porteurs du Sceau en compagnie de Tadeck, loin de l'euphorie de ses amis.

Dès qu'ils eurent quitté la Plaine et le bouclier, le froid leur tomba dessus avec une soudaineté déconcertante. Yoran, que la précédente traversée du royaume avait rendu avisé, déballa un large éventail de vêtements. Ils se couvrirent tous les quatre avec empressement, le trio négligeant de louer sa prévoyance. Leur enthousiasme eut du mal à s'émousser sous les arbres étranges de la forêt qu'ils durent traverser, et Yoran, qui marchait à grands pas énergiques pour la quitter au plus tôt, fut forcé de s'arrêter plusieurs fois pour les attendre. Il se demandait si chacun d'eux aurait éprouvé autant de confiance s'ils avaient, comme lui quelques mois plus tôt, fait le chemin en solitaire pour la première fois. Leur fougue résultait-elle de leur seule jeunesse qui les préservait de toute forme d'angoisse ? Il songea combien cette époque était agréable, et avec quel délice il aurait savouré le regain d'une paix semblable.

Lorsqu'ils laissèrent le lendemain la forêt grise pour la plaine rocailleuse, l'exaltation du trio fut à son comble. Les trois amis s'émerveillèrent comme des gamins devant les blocs de granit démesurés qui émaillaient le paysage et les contours déchirés des parois rocheuses entre lesquelles ils évoluèrent bientôt.

Yoran se souvenait très clairement d'avoir éprouvé les pires craintes de son existence dans ces caveaux de pierre, mais les trois garçons, eux, s'amusaient du hurlement que le vent modulait en s'engouffrant dans les anfractuosités et des formes que l'on pouvait imaginer dans les ombres projetées. Yoran eut du mal à poursuivre la conversation lorsqu'ils dépassèrent l'endroit où le vagabond qu'il avait rencontré quelques mois plus tôt sur ce même chemin avait trouvé la mort dans des circonstances pénibles. Circonstances dont il ne pouvait s'empêcher de se sentir responsable. Malgré leur entrain manifeste, les trois autres durent s'en apercevoir. Kern s'approcha de lui.

– Tout seul, ça a dû être vraiment effrayant, dit-il avec tact.

– Oui, un peu, admit Yoran.

Cette seule remarque sembla légitimer ses craintes, et il retrouva un peu d'assurance.

– Dis-moi, Yoran, demanda Dori un peu plus tard, tu ne nous as pas tout dit sur cette reine.

– Kéron vous a déjà tout raconté, éluda-t-il.

– Si j'en crois ce qu'il nous a dit, il n'a pas mis les pieds à l'extérieur du bouclier depuis une dizaine d'années. Ses informations sont dépassées.

– Que veux-tu savoir ?

– Les routes sont-elles aussi dangereuses que ce qu'on dit ? Nous n'avons croisé que quelques voyageurs, pas vraiment des bandits de grand chemin.

– Ces territoires sont quasiment déserts. On rencontrera plus de monde dans les environs de Khatarstria. Il faudra être plus prudents.

– Tu as fait de mauvaises rencontres, la première fois ?

Il hésita.

– Je m'en suis bien tiré, dit-il en pensant à l'attaque du convoi des marchands avec lesquels il voyageait, et à sa nuit en cage au camp des soldats du général Ast.

C'était là qu'il avait rencontré Tadeck. Il s'était battu, et avait causé la mort de trois hommes. Pas de quoi se glorifier.

– Et la reine ? Tu as dit qu'elle avait facilement accédé à ta requête, pour le bouclier, et pourtant tu vas jouer contre elle.

– C'est vrai. Mais elle a accepté en échange de quelque chose que je lui ai donné, et qui a décuplé ses pouvoirs.

– Je comprends mieux, déclara Dori. Il s'agissait de chantage, en fait.

– Non, pas du tout, se défendit Yoran. C'était juste un service mutuel. Elle n'est pas si terrible qu'on pourrait le penser. Je crois qu'elle ne se rend pas compte de tout ce qui se passe.

– C'est la reine, Yoran, contredit Koura, elle est censée avoir des espions et des informateurs à travers tout le royaume et même en dehors des frontières. Si elle ne sait pas ce qui se passe à l'extérieur de son palais, c'est qu'elle n'a pas envie de le savoir. Les insoumis ont raison de se rebeller. En plus, Kéron a dit que c'est une reine autoproclamée, elle n'a aucune légitimité.

– C'est vrai, admit Yoran. L'ancien roi, le roi Arden, a été tué, et son pouvoir usurpé. C'est pour ça que les insoumis se sont constitués : pour remettre quelqu'un sur le trône de Terendis.

– Terendis ?

– L'ancienne cité, le siège du pouvoir du roi Arden. Apparemment, le trône est verrouillé avec une sorte de bouclier magique, comme chez nous. Tadeck dit qu'il attend l'héritier légitime.

– Tadeck est le chef des insoumis, c'est bien ça ?

– Et aussi le fils de la reine Yélana, avoua Yoran.

– Le fils de la reine ? s'étrangla Kern. Le chef des insoumis est le prince héritier ? Ils sont plutôt du genre confiant, tes amis.

– Ce sont les insoumis qui se sont ralliés à Tadeck, Kern, pas l'inverse.

– Hum, admit Dori, dubitatif. Je trouve ça assez risqué, quand même. J'ai du mal à croire que ton ami puisse laisser les insoumis renverser le pouvoir avec tout ce que ça implique pour sa propre mère. Même si leurs avis divergent, il reste son fils.

– Tu le lui diras quand tu le rencontreras, trancha Yoran, un peu vexé que ses amis ne partagent pas sa confiance en Tadeck.

Il oubliait que lui-même y avait mis le temps. Sans doute l'éloignement avait-il dilué ses griefs à son égard pour mettre l'accent sur ses qualités.

En quelques jours, ils atteignirent l'immense cité de Khatarstria, sans rencontrer âme qui vive. Rien ne paraissait avoir changé, ni son imposante tour carrée, ni les pans effondrés de sa muraille, ni la porte monstrueuse. Malgré tout, Yoran la trouva moins sinistre que les fois précédentes. Il ne parvenait pas à se l'expliquer. Peut-être que la vue de la cité le rapprochait simplement des insoumis, des Porteurs du Sceau et de leur chef. Il commençait à se rendre compte qu'il appréciait Khatarstria plus qu'il n'était prêt à l'admettre. Comme une bouée au milieu de l'océan, un point fixe rassurant. Quel gâchis, songea-t-il, laisser tomber en ruine une si belle cité.

Le qualificatif ne semblait pas le plus approprié. Sa beauté ne résidait ni dans ses lignes, ni dans ses lumières, mais plutôt dans la force brute qu'elle dégageait, un résidu de puissance qui émanait de l'ensemble et dont nulle épreuve n'aurait pu venir à bout. La lumière rasante d'une fin de journée plutôt ensoleillée étirait les ombres pour les noyer dans le crépuscule, révélant les contours de pierre des fortifications et les toitures hétéroclites de la cité.

Le temps s'était radouci dans la plaine, et ils purent se découvrir avec soulagement. L'expérience aidant, Yoran bifurqua à travers champs pour entrer par l'un des côtés éventrés plutôt que par la porte. Subterfuge qui lui permettrait d'éviter le campement des miséreux sous la muraille et leur tas d'immondices, et les fossés avec leurs cadavres en putréfaction.

– Pourquoi on quitte la route, Yoran ?

– Pour vous éviter des semaines de cauchemars.

Ils le fixèrent un moment comme pour déterminer si ce qu'il disait reflétait la réalité ou s'il exagérait pour les inquiéter. Yoran les ignora en espérant qu'ils ne lui demanderaient pas d'être plus précis, car il s'en sentait incapable.

Un peu plus tard, ils entrèrent dans la cité en passant par l'est. Ils remontèrent la rue principale. Elle était pratiquement déserte et Yoran s'étonna du calme. Ils dépassèrent des boutiques qui retenaient l'attention de ses amis, malgré l'absence d'affluence, et quelques pauvres étals qui présentaient pourtant une diversité de nourriture assez alléchante pour des estomacs vides.

– C'est incroyable, commenta Dori, je n'aurais jamais imaginé que l'on puisse trouver autant de marchandises dans une seule cité.

– Et tu es loin d'avoir tout vu, l'informa Yoran. La cité fortifiée est encore plus riche que Khatarstria et ses commerces bien mieux approvisionnés. Pour peu que tu possèdes des pièces de monnaie et que tu saches t'en servir, tu pourrais t'offrir assez d'objets bizarres pour faire sensation à ton retour à la Plaine.

Dori afficha un air ravi qui indiquait clairement qu'il allait réfléchir à la question.

Yoran s'était résolu à passer chez Tana, un peu comme une étape nécessaire, et il y conduisit ses trois amis. Tana était la mère de famille qui l'avait soigné d'une main experte et hébergé le temps d'une nuit, avant qu'il ne rejoigne le convoi des marchands à la sortie de la ville, lors de son premier voyage. Bien avant qu'il ne contribue au déclin du royaume en décuplant les pouvoirs de la reine.

Il hésita brièvement lorsqu'il se trouva devant la porte de la maison, alors que la lumière d'un soir morne glissait ses ombres le long des façades. Il attacha sa monture, frappa, et presque aussitôt la porte s'entrouvrit. Le visage méfiant de Tana apparut dans l'entrebâillement ; elle dévisagea longuement les quatre jeunes voyageurs qui se tenaient devant elle. Son regard circonspect croisa celui de Yoran.

– Yoran, dit-elle en étirant un sourire lorsqu'elle le reconnut, je n'aurais jamais cru que l'on vous reverrait par ici. J'en connais une qui va être intenable ! ajouta-t-elle en s'effaçant pour les laisser passer.

Ils pénétrèrent dans la pièce principale ; elle n'avait pas vraiment changé depuis l'année précédente, mais Yoran fut surpris de constater que la demeure avait perdu son côté accueillant et chaleureux. Peut-être le fait d'avoir voyagé seul et d'être arrivé blessé avait-il eu sa part dans l'impression réconfortante du foyer. Maintenant, il voyait simplement quatre murs gris et vides. Il frissonna, soudain troublé sans qu'il ne puisse définir pourquoi. Il présenta succinctement Kern, Dori et Koura, qui esquissèrent un salut tout en s'excusant de déranger.

– Vous serez toujours le bienvenu ici, Yoran, le tranquillisa Tana, sans quoi j'aurais à subir les foudres de mon impétueuse fille !

Le trio lança un regard interrogateur et un brin moqueur à Yoran, qui s'ingéniait à ne pas rougir. Avec un sourire complice à l'adresse des nouveaux venus, Tana appela en direction de l'étage.

– Lédi, les enfants, nous avons de la visite !

On entendit un joyeux bruit de voix et une cavalcade qui fit trembler le plancher au-dessus de leurs têtes. Bientôt, un garçonnet et une fillette dévalèrent l'échelle, suivis de près par Lédi, qui tenait ses jupes pour ne pas manquer de marches. Les deux premiers saluèrent poliment, visiblement intimidés. Ce qui était loin d'être le cas de Lédi. Elle semblait avoir grandi plus que de raison et s'inclina gracieusement.

– Bonsoir, messieurs, dit-elle avec une ardeur toute adolescente avant de reconnaître Yoran.

Son sourire s'élargit, découvrant deux charmantes rangées de dents blanches.

– J'étais sûre que vous reviendriez, Yoran, s'exclama-t-elle glorieusement. Tu vois, je te l'avais dit ! lança-t-elle à l'adresse de sa mère. Tu ne me croyais pas !

Elle affichait une mine outragée qui arracha un rire à Koura.

– Yoran nous a beaucoup parlé de vous, mentit-il avec une ferveur qui laissa ce dernier interloqué.

Il ne se souvenait pas d'avoir abordé le cas de Lédi avec quelqu'un d'autre que Tadeck. Il n'eut pas le temps de demander d'éclaircissements, car Lédi remua bruyamment les chaises pour les inviter à s'asseoir. Elle fit le tour de la table en sautillant d'un pied sur l'autre malgré le froncement de sourcils insistant de sa mère.

– Vous restez dîner avec nous, bien sûr, affirma-t-elle.

– Lédi ! lui souffla sa mère avant de se retourner vers Yoran. Ce n'est pas que je vous refuse l'hospitalité, ce serait avec plaisir, mais je… je crains de n'avoir rien à vous offrir.

Elle était visiblement embarrassée, et Yoran sentit la gêne le gagner à son tour. Il avait secrètement espéré que Tana leur offrirait l'hospitalité, ce qui les aurait bien reposés de leur périple. Il passa la main dans ses boucles noires pour se donner contenance et éviter son regard.

– De toute façon, nous ne pouvons pas rester, mentit-il en esquissant un mouvement de retraite, nous sommes juste passés vous saluer et nous repartons.

– S'il vous plaît, supplia Lédi, ne partez pas encore.

Son ton était devenu implorant, et elle avait perdu son enthousiasme aussi soudainement que si elle avait pris une gifle. Yoran réalisa brutalement son jeune âge.

– Maman, s'il te plaît ! Je travaillerai plus longtemps chez la vieille Doma, je lui demanderai qu'elle me donne une volaille, tu sais qu'elle le fera, s'il te plaît.

Son petit visage semblait au bord des larmes. Ce fut Kern qui intervint avec une réserve de diplomatie non négligeable pour sauver la situation.

– On pourrait retarder d'une nuit notre voyage, proposa Kern à l'intention de Tana, et partager notre repas avec vous. Il se trouve que nous venons de passer chez l'une de mes tantes qui nous a comblés de provisions. Nous ne serons jamais assez de quatre pour en venir à bout.

Yoran le scruta pour tenter de deviner ce à quoi il pensait, et Kern lui lança un regard appuyé. Il ne se souvenait pas que leurs bagages recelaient encore suffisamment de nourriture pour eux tous. Après un bref passage en revue des solutions dont il disposait, Yoran opta pour la confiance.

– C'est une excellente idée, dit-il avec conviction. Acceptez, Tana, je vous prie. Pour vous remercier de ce que vous avez fait pour moi.

Ils devinèrent aisément que Tana n'était pas dupe de leur petit stratagème, mais il avait le mérite de conserver les apparences devant les enfants.

– Eh bien, dit-elle, si vous y tenez…

Lédi exulta et s'activa pour préparer la table tandis que Kern se proposa d'aller chercher les provisions dont sa soi-disant tante les avait comblés. Il resta absent un bon moment durant lequel Lédi monopolisa la conversation.

– Serez-vous longtemps à Khatarstria, Yoran ? demanda-t-elle.

– Nous ne sommes que de passage, répondit-il.

– Où allez-vous ?

– Chez des amis à quelques jours de marche.

– Lédi, combien de fois t'ai-je répété que chez une jeune fille la curiosité n'est pas une qualité ? questionna sa mère sur un ton de vague reproche.

– Au moins cent fois, maman, mais tu ne m'as jamais expliqué pourquoi !

– C'est inconvenant, c'est tout.

– Inconvenant, tu n'as que ce mot-là à la bouche, bougonna Lédi. Est-ce ma faute à moi si je meurs d'envie d'en savoir plus que ce que tu ne me dis ?

Koura pouffa.

– Excusez-la, messieurs, pria Tana, à son âge on ne sait pas trop ce qu'on dit. Depuis que *mademoiselle* travaille chez des gens importants, elle prend ses grands airs.

La conversation fut interrompue par Kern, qui revenait les bras chargés. Il arborait un sourire extatique et déballa immédiatement des monceaux de nourriture sur la table. En quelques instants, elle déborda de fruits, de pains, de pâtés, de gâteaux, de charcuterie et de pièces de viande. Sans attendre, les trois enfants croquèrent allègrement dans tout ce dont ils pouvaient se saisir, et le trio d'amis les imita, subitement oublieux des convenances. Yoran échangea avec Kern un regard qui disait toute sa stupéfaction et ce dernier lui sourit malicieusement en retour.

– Ma tante a été généreuse, dit-il simplement.

– En effet, commenta Tana, qui n'avait rien perdu de l'échange.

Elle se tenait un peu en retrait de la table, et Yoran lui trouva l'air exténué. Depuis sa précédente visite, il avait l'impression qu'une part de son entrain avait disparu pour faire place à quelque chose de plus sombre et de plus triste.

Tandis que les autres s'en donnaient à cœur joie, Yoran s'approcha d'elle.

– Quelque chose ne va pas ? demanda-t-il.

Elle le dévisagea avec insistance, comme si elle le voyait pour la première fois.

– Je ne sais toujours pas d'où vous venez, Yoran, dit-elle.

Il ouvrit la bouche avec l'intention de lui répondre, mais elle l'interrompit.

– Et je n'ai toujours pas besoin de le savoir. Mais ça fait deux fois que vous venez ici et que j'ai une impression… comment vous dire ? Une impression bizarre.

Il avait dû pâlir un peu, car elle ajouta avec un demi-sourire :

– Ne vous inquiétez pas, c'est plutôt une bonne impression. Comme si vous alliez réaliser de grandes choses, dit-elle avec une étonnante conviction.

– De grandes choses ?

– Ne me demandez pas lesquelles, je n'en sais rien, mais c'est l'impression que vous me faites.

Ce fut au tour de Yoran de sourire. Il était sur le point de lui demander des explications quand Lédi annonça que les premières côtelettes étaient dorées à point, et, sans doute volontairement, Tana coupa court à la conversation.

Ils se restaurèrent et discutèrent jusque tard dans la soirée. Lédi décrivit avec force détails son emploi chez l'épouse d'un dignitaire de la cité et les présents dont celle-ci la comblait.

– Je fais un peu de tout, dit-elle avec une nuance de fierté. J'aide à la cuisine ou au jardin, je fais la couture, et des fois je ne fais que rester auprès de la vieille Doma. Je lui tiens compagnie. Elle dit que ma jeunesse est le plus bénéfique des remèdes pour une vieille dame comme elle. Après, elle est si contente de moi qu'elle me paye avec des légumes de son jardin ou des volailles de sa basse-cour.

– C'est une vraie bénédiction, commenta Tana. Sans la vieille Doma et son attention à l'égard de ma fille, nous n'aurions pas assez pour subsister. Les choses ne se sont pas arrangées depuis votre première visite. Ce serait même plutôt l'inverse.

Yoran hocha la tête en essayant de ne pas avoir l'air trop impliqué, mais une phrase de Tadeck lui revint de plein fouet avec la violence et l'imprévisibilité d'un coup de poing : « Je n'aurais jamais cru que tu sacrifies impunément tout un peuple au bénéfice d'une seule personne. » C'était ce qu'il avait fait, et il entrevoyait maintenant les conséquences de ce geste.

Il se demanda si cela l'encourageait à aller rejoindre les insoumis pour leur prêter main-forte ou si cela lui donnait plutôt envie de fuir.

– Ne faites pas cette tête-là, Yoran, dit Tana, personne n'y peut rien.

C'était là où elle se trompait. Il hocha pourtant la tête, croisa le regard de Kern, qui ouvrit la bouche comme s'il allait dire quelque chose, mais choisit finalement de se taire.

Après le repas, les quatre jeunes gens gagnèrent la grange pour la nuit. Lédi porta des couvertures, les installa, les changea de place une bonne dizaine de fois jusqu'à ce que tout lui paraisse irréprochable. Elle bavarda à outrance et souleva tant de poussière qu'ils durent finalement sortir pour respirer convenablement. Ils s'assirent tous les cinq sur un muret, laissèrent les étoiles s'accrocher dans le firmament et la poussière tomber lentement avant de se séparer.

– Vas-tu nous expliquer, maintenant, Kern ? exigea Yoran une fois qu'ils furent allongés dans la paille de la grange. Où as-tu trouvé toute cette nourriture ?

– Quelle importance ? L'essentiel, c'est que nous ayons fait plaisir à ta petite amie.

Yoran fronça les sourcils en entendant Dori et Koura pouffer.

– Je ne trouve pas ça très drôle, bougonna-t-il en guise de défense.

– Ne te fâche pas, Yoran, plaida Kern. J'ai acheté la nourriture dans l'un des étals qu'on a vus en venant.

– Chez un marchand ? Avec quoi as-tu payé ?

– Et avec quoi veux-tu ? Avec des pièces, évidemment. Ça va sans doute te sembler bizarre, mais mon charme légendaire n'a pas suffi.

– D'où tenais-tu ces pièces ?

– De mon père. Il s'en sert une fois l'an pour acheter des marchandises aux abords du bouclier. Il les gagne en vendant ses propres productions aux marchands. Il m'en avait donné une bonne poignée, une fois, pour récompenser mon travail, et je me suis toujours demandé quand est-ce que j'aurais l'occasion de m'en servir. Voilà qui est fait.

– Merci.

– Pas de quoi.

Le lendemain, quand Yoran émergea d'un profond sommeil, il s'aperçut qu'il était seul dans la grange. Il rejoignit sa petite bande déjà en action, c'est-à-dire fort occupée à diminuer la réserve de provisions en compagnie des enfants. Tana servait des œufs au plat d'une taille indécente dans chacune des assiettes qui se tendaient devant elle.

– En voudrez-vous, Yoran ? demanda-t-elle tandis qu'il franchissait la porte.

Il acquiesça, s'assit sur la dernière chaise disponible et s'aperçut que son appétit s'était réveillé bien longtemps avant lui. Il imita les autres et engloutit le contenu de son assiette comme s'il avait craint que Koura ne le lui dérobe, ce qui était somme toute assez vraisemblable. Lédi, fraîche comme une rose de printemps, racontait au trio comment

Yoran avait frappé chez eux un soir et comment sa mère l'avait soigné pendant que son frère et sa sœur se disputaient le privilège de remplir le verre de Koura.

– Le bébé dort encore ? demanda Yoran en s'étonnant de ne pas voir le plus jeune des quatre enfants de Tana déjeuner avec eux.

L'ambiance légère se mua en une atmosphère écrasante, comme si une nuée de sombres pensées avaient envahi l'air autour d'eux. Yoran fustigea mentalement son indiscrétion et se demanda s'il valait mieux lever les yeux vers Tana ou éviter son regard. Il n'avait pas encore tranché quand Lédi lui répondit d'une petite voix sage et posée volontairement dénuée d'expression :

– Il est mort quelques semaines avant les cérémonies de l'An neuf. D'affaiblissement. Ces derniers mois ont été difficiles pour la cité, nous avons manqué du minimum. Les soldats se sont servis avant nous.

– Je… je suis désolé, bégaya Yoran, qui venait d'opter pour l'observation continue de son verre vide.

Il se sentait aussi désespérément vide que lui. Il y eut un flottement douloureux d'une longue minute, puis Lédi proposa à sa sœur d'aller remplir la carafe, et, comme s'il s'agissait d'un signal, les conversations reprirent, un peu forcées. Tana avait fait mine de ne pas avoir entendu l'échange, ce qui était sans doute une manière comme une autre de se préserver.

Quand les quatre jeunes gens se préparèrent à partir, Lédi profita de ce que Yoran harnachait son cheval pour s'approcher. Il l'observa à la dérobée. Elle arborait un air sérieux qui désavouait son âge, malgré la candeur que l'on devinait sous ses traits.

– Ne fais pas cette tête, dit-il au bout d'un moment. On reviendra vous voir.

Elle lissa machinalement ses jupes et s'assit sur le rebord de la fenêtre.

– Yoran, j'ai beau n'avoir que treize ans ou presque, je ne suis pas une imbécile. Ce n'est pas la peine de me mentir. Ça marchera avec Kyan et Nilia, mais pas avec moi. Vous n'aurez pas franchi les murs de la cité que vous nous aurez déjà oubliés.

Yoran secoua la tête.

– Impossible, dit-il. J'ai une petite fille qui porte ton prénom.

– Vous avez une fille ?

– Deux. Des jumelles. L'autre s'appelle Maya.

– Quel âge ont-elles ?

– Quelques mois à peine.

Lédi sembla réfléchir un moment à ce que signifiait cette révélation avant de détacher une fine chaîne d'or de son cou et de la tendre à Yoran.

– C'est la vieille Doma qui me l'a donnée, expliqua-t-elle. C'est un porte-bonheur. Prenez-le, vous le donnerez à votre fille quand vous rentrerez chez vous. Je n'en ai qu'un, mais à mon avis ce sera suffisant pour protéger deux sœurs.

Il prit l'objet qu'elle lui tendit et l'examina, fit glisser la chaîne entre ses doigts. Il y avait un pendentif d'or ciselé en forme de croissant de lune renversé, incrusté de petites gemmes. C'était un bijou d'une grande valeur qui témoignait de l'affection qu'éprouvait la vieille dame pour Lédi. Il se demanda ce qu'elle penserait si elle savait ce qu'en faisait sa petite protégée et fut tenté de refuser un tel présent. Mais la conviction de Lédi l'en dissuada, et il l'attacha autour de son cou, glissa le pendentif sous sa chemise.

– Merci, dit-il. Je suis certain qu'en grandissant ma fille Lédi en prendra grand soin.

Elle lui lança un regard complice enrichi d'un sourire éblouissant qu'il lui rendit. Il détacha son cheval et ils rejoignirent les autres devant la porte. Ils s'épargnèrent les recommandations d'usage et se saluèrent avec tant de pudeur qu'ils s'en trouvèrent mal à l'aise.

Les quatre garçons quittèrent la cité et, tacitement, évoquèrent peu les heures précédentes. Franchir les murs de Khatarstria réveilla le coté optimiste de Yoran, qui allongea le pas sans s'en apercevoir.

– Où allons-nous, maintenant, Yoran ? questionna Dori.

– Chez Akin. C'est un ami de Tadeck. Il nous dira où trouver les insoumis.

En milieu d'après-midi, le surlendemain, ils se trouvaient tous les quatre devant la propriété du père d'Akin. Si Yoran avait senti une différence chez Tana, en revanche, chez Akin, tout semblait immuable.

Le gardien à l'entrée lui adressa un simple signe de tête indiquant qu'il l'avait reconnu, et il y avait toujours autant d'enfants dans le jardin ensoleillé. La seule question était de savoir si l'envie d'Akin de le tuer persistait ou si cette pénible fantaisie lui était passée. Lors de leur dernière rencontre, Akin avait dégainé son épée dans le but très clairement affiché de le faire trépasser. À moins que Yoran ne renonce à son engagement d'aller chercher l'Aïguaviata. Tadeck s'était interposé avec violence et Akin avait finalement renoncé, mais Yoran n'oublierait jamais son expression de dégoût. Il se demanda comment il réagirait en le voyant. Il espéra qu'il lui laisserait au moins le temps de s'expliquer.

Après avoir franchi le mur de la propriété, Yoran prit la petite allée qui contournait la maison, le trio sur ses talons, et se retrouva nez à nez avec Nine, la sœur aînée d'Akin.

– Yoran ! s'exclama-t-elle en le reconnaissant. Que faites-vous ici ?

– Eh bien, je... commença-t-il.

Mais elle balaya ses explications d'un geste de la main.

– Mon frère va être drôlement surpris. Il visite les cultures, il sera de retour dans la soirée. Venez.

Sans leur laisser le temps de répondre, elle les entraîna sur la terrasse et leur servit des rafraîchissements. Yoran fit de brèves présentations.

– Akin m'en veut toujours ? demanda-t-il après que les politesses eurent été échangées.

Nine hocha vigoureusement la tête.

– Et à Tadeck aussi. Ils ne se sont quasiment plus parlé depuis que vous avez rejoint la Plaine. C'est la première fois que ça leur arrive.

– Et il faut que ce soit à cause de moi, commenta piteusement Yoran.

– À cause de toi ? questionna Koura, qui sirotait son breuvage.

Yoran hésita.

– Tadeck a pris ma défense quand j'ai décuplé les pouvoirs de la reine pour restaurer le bouclier, expliqua-t-il.

Akin aurait préféré m'occire plutôt que de me laisser faire. Il savait ce que ça impliquerait pour le royaume.

– Pourquoi êtes-vous revenu, Yoran ? interrogea Nine, qui semblait décidée à l'entendre énoncer ses intentions à voix haute.

– Pour rejoindre les insoumis et essayer de réparer ce que j'ai fait. Vous allez dire que c'est un peu tard pour y penser, mais je n'avais pas vraiment d'autre choix.

– Et tu as pris la bonne décision, j'en suis certain, garantit Koura en secouant ses cheveux noirs. Si tu ne l'avais pas fait, je ne serais plus là pour en témoigner.

Kern et Dori acquiescèrent, et Yoran évita de les regarder. Koura ne bénéficiait sans doute pas de l'objectivité nécessaire pour en juger, mais il était inutile de le leur faire remarquer.

– Je suis assez d'accord avec vous, estima pourtant Nine. Yoran, vous avez fait le seul choix qui s'imposait. C'était une décision difficile, et effectivement ses conséquences sont pénibles pour le peuple, mais j'aurais agi comme vous. Et Akin a beau prétendre le contraire, il aurait sacrifié le royaume sans hésiter pour sauver les gens qu'il aime. Personne n'est dupe. C'est pour ça qu'il vous en veut autant. Le seul qui aurait agi différemment, c'est peut-être Tadeck.

– Et c'est pourtant le seul qui a pris ma défense, constata amèrement Yoran.

Nine hocha la tête, entreprit de remplir leurs verres vides.

– Il se trouve dans un village en allant vers le nord. Il loge chez les parents de l'une de ses amies. Akin vous y conduira.

– Vous croyez qu'il y consentira ?

– J'aplanirai le terrain, promit-elle en riant. Je connais bien mon frère. Il s'emporte facilement, mais il n'est pas rancunier. Dès qu'il saura que vous êtes de retour pour essayer d'arranger les choses, il renoncera à ses griefs.

Ils discutèrent un moment. Nine leur raconta comment l'armée de la reine profitait de son impunité pour terroriser le royaume et s'approprier les biens des villageois déjà démunis. Seul le statut de leur père préservait Nine et Akin. La reine se souciait bien peu de ses sujets, s'en remettant aux Maîtres des cités dont elle achetait la loyauté avec des privilèges. Ceux-ci en profitaient pour s'enrichir en augmentant les impôts et emprisonnaient ceux qui tentaient de se rebeller, avant de leur faire intégrer l'armée de force ou de les envoyer dans les mines, où ils allaient périr. Nul ne songeait à pourvoir aux besoins du peuple.

Yoran participa peu à la conversation. Kern, Dori et Koura, en revanche, étanchèrent leur soif de connaissance au sujet des insoumis. Nine devait tenir pour acquise leur loyauté, car elle ne montra aucune réticence et répondit à toutes leurs questions. Le fait qu'ils viennent de la Plaine et accompagnent Yoran semblait légitimer leur curiosité.

La nuit tombait lorsqu'ils entendirent le galop d'un cheval. Akin apparut un peu plus tard à l'angle de la terrasse, visiblement épuisé d'avoir chevauché tout le jour, ses longues boucles noires tombant avec lassitude sur ses épaules.

– Désolé d'arriver si tard, s'excusa-t-il sans voir les jeunes gens, mais nous avons dû réparer une clôture. Sinon, tout est en ordre.

Son regard tomba sur Yoran et ses trois amis. Il eut un léger mouvement de recul et une grimace qui fit se serrer le cœur de Yoran. Celui-ci eut l'impression d'avoir avalé une pierre. Nine alla à la rencontre de son frère avec la visible intention d'éviter tout incident et le prit gentiment par le bras.

– Nine, gronda Akin en lançant un regard noir à Yoran par-dessus son épaule, mais elle l'entraîna un peu plus loin.

– Ça risque d'être difficile, commenta Dori à mi-voix.

– On ferait peut-être mieux d'aller faire un tour, proposa Kern.

Koura acquiesça.

Ils se levèrent d'un même mouvement, contournèrent la terrasse et disparurent traîtreusement à l'angle de la maison. Yoran se retrouva seul. Nine s'entretenait avec son frère un peu plus loin. La conversation semblait animée, mais Yoran ne distinguait pas leurs paroles. Il faisait de plus en plus sombre. Yoran commençait à avoir froid, et dans son estomac la pierre prenait tranquillement ses aises.

Au bout de quelques minutes, il vit Nine quitter son frère et se demanda si c'était bon signe. Akin revint lentement vers la terrasse, songeur.

Il ignora Yoran, s'affaira en silence. Il alluma les braseros et les lanternes au-dessus de la table avant de prendre une chaise en face de lui, de l'autre côté de la table. Le jeune homme se sentait comme un enfant pris en faute. Il avait un peu l'impression qu'une montagne infranchissable les séparait. Ils restèrent sans rien dire un long moment, tandis que depuis l'intérieur de la maison leur parvenaient les sons caractéristiques des jeux d'enfants et d'un repas qui se prépare, un mélange de cris, d'appels, d'éclats de rire, de bruits de vaisselle.

– Akin, je suis désolé, dit sombrement Yoran au bout d'une éternité. Vraiment. Je ne voulais pas que ça se passe de cette manière. Je voulais juste rétablir le bouclier. C'était tout ce qui comptait pour moi. Il ne faut pas en vouloir à Tadeck, il n'a fait que tenir ses engagements. Ce qui arrive est ma seule responsabilité.

Akin le fixait toujours. Yoran soupira et poursuivit. Au point où il en était, mieux valait aller jusqu'au bout.

– Il faut me laisser une chance de me racheter, Akin. Je veux rejoindre les insoumis, s'ils veulent bien de moi. C'est pour ça que je suis là. Pour que tu me conduises jusqu'à eux. Jusqu'à Tadeck.

Il leva les yeux vers Akin, qui le scrutait avec attention, comme s'il jugeait de sa sincérité.

– Tadeck se trompe rarement, dit enfin Akin en pesant ses mots. Pourtant, cette fois, j'ai cru que c'était le cas, alors que, comme toujours, il est le seul à avoir raison. J'aurais dû lui faire confiance.

– Confiance à quel sujet ?

Akin hésita encore, comme s'il mesurait la portée de ce qu'il s'apprêtait à dire.

– Eh bien… Tadeck était certain que tu reviendrais arranger les choses. Il est bien le seul, crois-moi. Pour ma part, j'étais sûr que tu resterais dans ta Plaine, hors de danger, à l'abri des difficultés qu'éprouve le reste du royaume. Mais il semblerait que je me sois trompé.

Un peu honteux, Yoran lissa consciencieusement le bois de la table pour se donner le temps de réfléchir à ce que lui disait Akin. Tadeck espérait qu'il revienne. La pierre se fit plus légère.

– Je vais te conduire jusqu'à Tadeck, décida Akin.

Il sembla hésiter avant d'ajouter :

– Et… une fois que tu seras là-bas, fais-lui confiance, Yoran. Je crois qu'on ne le regrettera pas, ni toi ni moi.

– Lui faire confiance ? répéta Yoran.

Akin sembla chercher ses mots.

– Il sait ce qu'il fait. C'est tout ce que je peux te dire. Le fait que tu sois revenu le prouve. Nine a raison.

Yoran secoua la tête.

– Ce n'est pas facile de suivre quelqu'un aveuglément, sans savoir dans quelle direction il nous emmène.

Akin eut un petit rire amusé.

– Tu sais, Yoran, je crois que nous nous comportons tous les deux comme de vrais imbéciles. Tadeck a toujours une longueur d'avance sur nous. Il a… une sensibilité hors du commun. Il ne s'agit pas que de prescience. C'est une capacité difficile à cerner, entre le trait de caractère et le don du Sceau.

Yoran hocha la tête. Il en était convaincu.

– Le pire, ajouta Akin, c'est que je suis certain qu'il ne nous tient pas rigueur de notre défiance.

– En me raccompagnant à la Plaine, il n'était pas fâché après toi. Il a dit que tu comprendrais.

– Tadeck ne s'est pas trompé. J'y ai mis le temps, mais je viens de comprendre. Je n'ai plus qu'à aller m'excuser.

– Et tu n'auras pas dit trois mots qu'il aura déjà tout oublié.

– Tu as raison, admit Akin en riant franchement cette fois.

La peur de Yoran s'envola vers des horizons inaccessibles.

– Tes amis seront-ils prêts à partir demain ? demanda finalement Akin.

– Ces trois-là sont toujours prêts ! Rien n'a l'air d'entamer leur moral, tu t'en rendras vite compte, se moqua Yoran en songeant à leur inaltérable bonne humeur.

– C'est de nous dont tu parles comme ça ? questionna Dori, dont le visage réjoui apparut à l'angle de la maison dans la lueur pétillante des braseros.

– Akin, voici mon cousin Dori, présenta Yoran, et voilà Koura et Kern. Ils ont tenu à m'accompagner quoi qu'il arrive. Je crains que nous n'ayons pas d'autre choix que de voyager avec eux.

Akin pinça les lèvres avec une moue faussement contrariée.

– Eh bien, s'exclama-t-il, avec une telle escorte, le royaume n'a qu'à bien se tenir !

– Akin, votre sœur vous fait dire que si vous en avez terminé avec vos enfantillages vous pouvez songer à préparer les braises pour notre repas, informa Kern, un rien sarcastique.

Avant de se coucher dans la chambre préparée par Nine pour la nuit, Yoran songea que, s'il avait su qu'Akin le nommerait préposé au barbecue pour le reste de la soirée, Kern aurait sans doute mis plus de formes dans sa requête.

Chapitre quatre
Eliassaba

Les jours suivants, Yoran commença à s'impatienter. Il trouvait le voyage terriblement ennuyeux. Ils chevauchaient toute la journée – à lui seul Koura comptabilisait déjà un nombre impressionnant de chutes et de haltes pour diverses raisons techniques –, montaient un campement de fortune pour une courte nuit, engouffraient leur ration de nourriture et repartaient dans les clartés d'une aube semblable à la précédente.

Ils croisaient parfois quelques voyageurs qui se rendaient d'un village à un autre, à pied ou à dos de mulet, et qui les dévisageaient d'un air suspicieux. Yoran aurait parié que chacun d'eux avait la main sur son arme, prêt à se défendre en cas d'échauffourée. Lui-même se rassurait parfois en passant la main sur le pommeau de son épée, même s'il n'était pas certain de se souvenir des enseignements de Tadeck.

Akin, lui, restait impassible, même après une altercation avec un groupe d'individus qui croisèrent leur chemin et rechignèrent à se serrer pour leur céder le passage. Après un échange verbal fort peu courtois, l'un d'entre eux enjoignit à Akin de descendre de cheval pour l'affronter. Le grossier voyageur dégaina son épée, mais Akin jeta la sienne et retroussa ses manches. Désarçonné, l'autre l'imita tout de même ; il lança le premier coup mais attrapa tous les suivants. Akin prouva que sa constitution robuste ne l'avait pas dispensé d'étudier les techniques du combat à mains nues. Il remonta à cheval sans un regard pour le perdant, et adressa aux autres voyageurs un « bonne journée, messieurs » un peu ironique. Yoran songea que, dans son cas, la seule carrure d'Akin l'aurait dissuadé de toute velléité de combat.

– Es-tu passé chez Tana, à Khatarstria ? demanda-t-il un soir à Yoran en jetant une brassée de petit bois au sol pour leur repas.

Yoran l'interrogea du regard.

– Comment sais-tu pour Tana ?

– Tadeck m'avait prié de faire quelque chose pour elle. J'ai fait engager sa petite chez des amis de mon père. Je crois que la vieille dame en est contente.

– Tadeck t'a demandé de faire ça ?

– Tadeck a une sérieuse tendance à vouloir sauver le monde, ce qui n'est pas sans occasionner une charge de travail non négligeable pour ses amis.

– Et tu l'as fait.

– Il semblerait, dit-il avec un clin d'œil.

Un matin, enfin, Akin annonça leur arrivée au cours de la journée. Ils avaient chevauché une dizaine de jours en direction du nord.

– On sera à Eliassaba en fin d'après-midi, prédit-il.

– Eliassaba ? répéta Kern.

– Le village où se trouve Tadeck. Vous verrez ensuite avec lui pour rejoindre les autres. Ils se trouvent à Quéloa, une cité à la frontière de Syanne, le royaume limitrophe du nord. À cinq jours de marche environ.

Akin ne se trompait pas, car Eliassaba se dessina bientôt devant eux, au milieu de champs tout juste fauchés qui pointaient crânement vers le ciel leurs tiges décapitées. La lumière sur le point de décroître inondait encore le paysage et révélait des ombres démesurées, donnant à d'insignifiants galets des allures de météores et à de maigres buissons des airs de chênes centenaires.

Yoran trouva que les maisons trapues, ainsi massées en un petit groupe désordonné, ressemblaient à des pêcheurs accroupis au bord de l'eau. Avec leur toit de chaume, comme un couvre-chef qui descendait si bas, elles paraissaient ne faire qu'un avec la terre dont elles émergeaient.

Ils descendirent de cheval pour entrer dans le village, où il régnait une joyeuse agitation suscitée par le battage saisonnier. Les habitants levèrent la tête à l'entrée des cinq cavaliers.

Un homme âgé, au visage tout couturé et au nez proéminent, s'enquit des raisons de leur présence, avant de reconnaître Akin. Les présentations faites, celui-ci demanda où ils pouvaient trouver Tadeck. L'homme éclata de rire, son gros nez tressautant comme s'il tentait de s'échapper :

– Là où on le trouve toujours : avec les chevaux !

Il rattrapa fermement Akin par l'épaule alors que celui-ci amorçait sans attendre un pas vers l'enclos des chevaux.

– Mais d'abord, jeunes gens, dit-il d'un ton à la fois enjoué et autoritaire, si vous voulez une place au repas de ce soir, il va falloir nous aider. On a besoin de tous les bras disponibles, il faut rentrer le grain avant la nuit, précisa-t-il, et, avant qu'ils n'aient pu se dérober, il les poussa tous les cinq sur l'aire de battage, où ils durent travailler avec acharnement un bon moment, malgré la fatigue du voyage, jusqu'à ce que Yoran parvienne enfin discrètement à se libérer.

– File, lui souffla Akin en riant, si le vieux tient parole, je te promets de te garder une part au repas.

Yoran obéit et se dirigea vers l'abri de pierre qui servait aux mules des villageois. Il passa la tête par l'ouverture et dut acclimater ses yeux à la pénombre avant de distinguer la tache flamboyante de la chevelure de Tadeck.

Celui-ci aimait particulièrement les chevaux et Yoran n'était guère surpris de le trouver au milieu d'eux. Il le regarda un moment étaler la paille jusque dans les angles, soulevant une poussière qui dans les rayons de lumière paraissait être en or.

Le silence avait une étrange allure et Yoran hésitait à le troubler. Il éprouvait une sérénité toute brute qui lui donnait l'impression de sentir le monde tourner lentement sous ses pieds. Il ressentait le lien qui l'unissait à Tadeck. Un lien étrange, magique, qui datait de leur première rencontre, plusieurs mois plus tôt, et qui ne semblait pas avoir diminué malgré l'éloignement. Bientôt, il ne douta plus que Tadeck percevait sa présence aussi sûrement que s'il avait hurlé un bonjour tonitruant. Yoran profita de ce singulier état de conscience et le prolongea un peu plus que nécessaire.

– J'ai failli croire que les autres avaient raison et que tu ne viendrais plus, dit simplement Tadeck, sans même se retourner, en étalant la dernière fourchée de paille.

– Toi qui sais tout à l'avance, tu ne l'avais pas deviné ? J'ai du mal à m'en convaincre.

Tadeck appuya sa fourche contre le mur, renfila sa chemise qui était pendue à un clou et lui adressa un sourire lumineux qui ensevelit sur-le-champ tout le temps écoulé depuis la dernière fois qu'ils s'étaient vus, à la stèle du châtaignier.

– Il m'arrive de douter de mes capacités. Tu es pourtant si prévisible que s'en devient lassant.

Yoran esquissa un sourire. Tadeck fit claquer sa langue à l'adresse des chevaux pour leur signifier qu'ils pouvaient reprendre possession de leur domaine, ce qu'ils firent sans plus de cérémonie.

– Comment se porte Loda ? demanda Tadeck en quittant l'enclos, Yoran sur ses talons.

– À merveille.

– Et le bébé ?

– Les bébés, corrigea Yoran. Deux filles.

– Eh bien, tu ne fais pas les choses à moitié !

– Il semblerait.

– La reine a tenu son engagement.

– Dans les moindres détails.

Ils se dirigèrent en silence vers la place du village, guidés par le tapage que produit une foule qui entame des réjouissances. La lumière était si basse que Yoran scrutait le sol pour ne pas trébucher. Il ne savait pas quoi dire de plus, ni même si cela était nécessaire.

Quand ils s'étaient quittés à la frontière de la Plaine, quelques mois plus tôt, il avait eu conscience qu'il décevait Tadeck. Son ami voulait qu'il reparte avec lui aider les insoumis à renverser le pouvoir, puisqu'il avait obtenu la guérison des siens en décuplant les capacités magiques de la reine et en compliquant leur tâche, mais Yoran avait refusé. Il était retourné sous le bouclier en essayant d'ignorer les dommages qu'il allait causer. Tadeck dut deviner son désarroi, car il s'arrêta brusquement pour lui faire face.

– Je vais t'avouer quelque chose qui va te tranquilliser, dit-il.

– Quoi ?

– Je savais ce qui se passerait, Yoran.

– Que je reviendrais ? Akin me l'a dit.

– Pas seulement ça. Il y a un moment, au palais, avant que tu n'ailles chercher l'Aïguaviata, où j'ai compris qu'il te faudrait du temps pour que tu te sentes responsable de ce qui arrive à ce peuple et que tu décides de changer les choses. C'est pour ça que je t'ai laissé remplir ta part du contrat.

– Que je me sente responsable ?

– Si tu n'avais pas fourni l'Aïguaviata à la reine, tu te dirais simplement que tu ne peux rien changer à l'histoire. Mais, maintenant, tu sais que tu ne peux pas faire autrement que de modifier le cours des choses. J'ai tort ?

– Pas vraiment... Pourtant, je ne vois pas comment je pourrais changer les choses, Tadeck. Je n'ai aucune qualité pour mettre la reine en échec.

– Ça, c'est toi qui le dis. Si tu es revenu, c'est que tu penses pouvoir faire quelque chose...

– Hé là, vous deux ! les interrompit Akin, qui sembla surgir de nulle part dans la pénombre, vous croyez que c'est comme ça que vous allez échapper à la besogne ? Le grain est rentré, mais il faut un volontaire pour s'occuper du feu… Bizarrement, Kern est introuvable.

Il s'approcha d'eux, donna une longue accolade à Tadeck.

– Désolé, dit-il.

– Je croyais que c'était un mot que tu ignorais, Akin, se moqua Tadeck avec un sourire éclatant.

– La preuve que non, se défendit-il faiblement.

Yoran fut certain que s'il avait fait encore jour, il aurait vu Akin rougir jusqu'à la racine de ses cheveux. Il semblait sur le point d'ajouter quelque chose, mais Tadeck coupa court à ses justifications.

– Yoran va se faire un plaisir d'allumer ce feu. Je meurs de faim.

Ils regagnèrent la place du village illuminée de flambeaux. Toutes les traces du battage avaient miraculeusement disparu. On avait porté du bois pour la veillée : Yoran se chargea de l'allumer, tandis que Tadeck faisait la connaissance de ses amis. Yoran les entendait plaisanter à son sujet dans son dos, ce qui avait tendance à l'irriter. Il se retourna plusieurs fois pour les fusiller du regard, mais peine perdue.

Il y eut très vite des danses et de la musique, comme une parenthèse bienvenue dans les temps troublés que vivait le royaume. Cette ambiance festive n'était pas sans lui rappeler la Plaine, et il se demanda comment se portaient Loda et les filles.

– Tadeck, qu'as-tu fait depuis la Plaine ? demanda Yoran tard dans la soirée, quand la musique se fit plus mélancolique et les danses plus chaloupées.

Ils se tenaient à l'écart de la foule, appuyés contre le grenier à grain tout juste rempli. Yoran avait le ventre délicieusement plein, et un léger mal au cœur probablement dû à l'une des boissons amères qu'on lui avait servies un peu plus tôt dans la soirée et dont il avait vraisemblablement abusé. Dans son champ de vision, ses amis assis près du feu à même la terre battue écoutaient les histoires du bonhomme au nez tordu, au milieu d'un cercle où jeunes et vieux rivalisaient d'attention.

– Je ne suis pas rentré au palais, si c'est ce que tu veux savoir, informa Tadeck. Nérielle a un peu insisté, mais c'était hors de question.

Nérielle était l'une des Porteuses du Sceau que Tadeck lui avait présentées.

– Pourquoi a-t-elle insisté ?

– Pour que je garde un œil sur les manigances de mon oncle et de sa sœur. Mais j'en aurais été incapable. De toute façon, c'est inutile. J'aurais pu retourner chez Akin, c'est là-bas que je vivais le plus souvent avant la descente de l'armée et la mort d'Esak… Finalement, Neschka a demandé à ses parents de m'héberger quelque temps ici.

– Neschka est née ici ? s'étonna Yoran.

Neschka était la plus jeune du groupe des Porteurs du Sceau qu'il avait rencontrés, et, tout comme sa beauté et son caractère batailleur, ses talents étaient déjà très prometteurs. Tadeck hocha la tête.

– C'est ici, à Eliassaba, que je l'ai rencontrée, tout à fait par hasard.

– Comment as-tu su qu'elle portait le Sceau ? Tu disais qu'ils ont tendance à cacher leurs dons.

– Et Neschka n'a pas dérogé à cette loi du silence. Mais nos deux Sceaux se sont reconnus, dans un sens. Après, Neschka a voulu m'accompagner, et j'ai dû négocier son départ auprès de ses parents.

– Négocier ?

– Pour faire court, dit-il avec un sourire, ma seule alternative était de l'épouser ou de l'acheter très cher.

– Je ne sais pas pourquoi, mais je devine que tu as délaissé la première option.

Tadeck émit un petit rire.

– Tu connais Neschka ! Elle m'aurait explosé à la figure si j'avais tenté une telle approche ! Son père a trouvé qu'elle valait bien quelques têtes de bétail, et, comme elle tenait à m'accompagner, elle a trouvé que ça convenait. Mais ne t'avise pas de lui parler de cet échange !

– Je ne m'y risquerai pas !

Akin les rejoignit, et ils laissèrent la fête se terminer lentement, au fur et à mesure que la nuée d'enfants s'assoupissait et que les plus âgés rentraient se coucher. Il ne resta plus que quelques adolescents qui recelaient encore assez d'énergie pour se défier et sauter par-dessus les flammes du bûcher. Koura disputait la première place à Nédine, un jeune garçon incontestablement doué, aux cheveux noirs et à la personnalité ensorcelante, qui refusait de lui céder l'avantage.

Yoran s'assoupit contre le grenier, et Dori dut le secouer pour le forcer à aller se coucher. Il tituba jusqu'à la petite cabane de pierre où résidait Tadeck et s'effondra sur l'une des nattes.

Il s'éveilla après quelques maigres heures de sommeil, et s'aperçut qu'on l'avait couvert. Il se redressa sur ses coudes, frotta ses yeux endoloris par la fatigue. Les cinq autres étaient encore plongés dans leurs rêves, enroulés dans leurs couvertures, les uns contre les autres. Yoran se leva en silence, enjamba Koura, qui émit un grognement réprobateur, et émergea au soleil.

La plupart des villageois dormaient encore, mis à part quelques bambins qui s'amusaient sous la surveillance de leurs mères. Il s'éloigna un peu en quête du cours d'eau qu'il devinait à son clapotis, trouva une plage de sable brun que l'eau venait chatouiller. Il y descendit, se dévêtit et s'immergea avec plaisir. Tadeck ne tarda pas à apparaître.

– Tes amis te cherchent partout, Yoran, l'informa-t-il.

– Qu'est-ce qu'ils craignent ? demanda Yoran en barbotant. Que je sois rentré seul à la Plaine ?

– Plutôt que tu sois parti t'amuser sans eux, il m'a semblé.

– M'amuser ?

– À la frontière, avec les insoumis. Je crains qu'ils n'aient pas le sens de la réalité, se moqua Tadeck.

– Hum. C'est affligeant, commenta Yoran en soupirant, faussement ennuyé.

Il jeta un coup d'œil à ses vêtements jetés en tas sur la rive.

– Dis-moi, Tadeck, suggéra-t-il, si tu voulais bien te retourner, je pourrais éventuellement sortir de l'eau.

– Jared dirait qu'il est très imprudent d'abandonner ses vêtements comme ça, ironisa Tadeck en se retournant. Quelqu'un pourrait te les voler.

Jared était le Porteur du Sceau le plus pessimiste que Yoran ait rencontré parmi les insoumis. Il eut un petit rire.

– C'est exactement ce qu'aurait fait Koura s'il m'avait trouvé avant toi.

Il sortit de l'eau, attrapa ses vêtements.

– Tadeck, pourquoi les insoumis sont-ils à Quéloa ? demanda-t-il en s'habillant.

– Disons qu'ils sont en mission de reconnaissance.

– De reconnaissance ? répéta Yoran en s'efforçant de glisser ses pieds trempés dans les jambes du pantalon.

– Tu te souviens de ce que je t'ai dit au sujet de Terendis ? Le trône vide et le but que nous poursuivons de trouver son héritier.

– Je me souviens. Tu avais parlé d'un Porteur du Sceau.

– Par exemple. Mais les insoumis pensent aussi au fils du roi Arden.

– Le fils du roi Arden ? répéta Yoran qui se souvenait vaguement d'avoir déjà abordé le sujet avec Tadeck.

– Séraphian est le fils qu'Arden a eu avec sa seconde épouse, sur le tard.

– N'avait-il pas disparu à la mort de son père ?

Tadeck acquiesça.

– Le prince et sa mère se sont enfuis quand le pouvoir a été usurpé, il n'avait alors qu'un an ou deux. Les insoumis pensent que Séraphian a des chances de pouvoir contourner la protection magique et devenir l'héritier légitime.

– Et ils savent où le trouver ?

– Plus ou moins.

Yoran fit un effort prodigieux pour garder son calme face à cette énième réponse évasive.

– Pourquoi être resté à Eliassaba ? demanda-t-il. Pourquoi ne pas avoir suivi les insoumis ?

– Disons que je prends quelques vacances, éluda-t-il. J'ai toujours préféré la campagne à la vie au palais.

– Tu désapprouves leur initiative d'aller chercher Séraphian, n'est-ce pas ?

Tadeck passa la main dans ses cheveux.

– Ils sont libres d'aller où ils veulent.

Yoran se demanda si ses rapports avec les insoumis s'étaient détériorés depuis qu'il était retourné à la Plaine, et ressentit une pointe de culpabilité.

– Tu n'iras pas à Terendis ? demanda-t-il.

– Ça dépend…

– De quoi ?

– De beaucoup de choses, Yoran. Mais pour l'instant ils n'ont pas encore trouvé Séraphian, alors la question ne se pose même pas.

Yoran renonça à lui demander plus d'explications et ils s'en furent retrouver les autres.

– On t'a cherché partout, Yoran, dit Koura.

– Partout, sauf là où je me trouvais, apparemment, ironisa-t-il. J'espère qu'il y a une bonne raison à tout ce battage.

– Tadeck nous a obligés à t'attendre pour manger.

– C'est en effet une excellente raison, admit-il.

– D'autant plus que la mère de Neschka nous invite. C'est sans conteste la meilleure cuisinière de tout le royaume, promit Tadeck.

Yoran dut reconnaître qu'il n'avait pas tort. Ils furent accueillis dans une maison où les odeurs de cuisine éveillèrent leur appétit aussi sûrement qu'un chevreau éveille la convoitise d'un loup, et ils s'assirent avec enthousiasme.

La mère de Neschka était une petite femme boulotte et extrêmement bavarde, qui leur servit un déjeuner si copieux que même Koura eut du mal à en venir à bout. Secondée par Massaïa, la sœur aînée de Neschka, elle allait et venait autour de la table en déployant une énergie colossale au service de la conversation qu'elle menait sur tous les fronts, les servant avant même qu'ils n'en expriment le désir, considérant sans doute une assiette vide comme la pire des inconvenances.

– Akin ne vous a pas nourri, dit-elle en lançant un regard de reproche à ce dernier, qui s'abstint prudemment de toute objection. Ça ne m'étonne pas, les hommes, ça aime manger, mais ça n'a pas assez de patience pour cuisiner, je l'ai toujours dit. Si on vous écoutait, vous seriez toujours à la chasse et jamais aux fourneaux, c'est ce que j'ai dit à mes filles. J'ai raison, n'est-ce pas ?

Tous acquiescèrent avec la pondération de diplomates. Tadeck échangea un regard amusé avec Yoran.

– J'ai raison, bien sûr, assura-t-elle. J'ai toujours dit à Neschka : « Ma fille, si tu ne sais pas faire à manger, tu ne te marieras jamais. » Mais elle n'en a fait qu'à sa tête, une révoltée, celle-là. Le père, il a beau dire, elle a tout hérité de lui, le sale caractère comme l'arrogance. Fallait la voir faire la loi au milieu des garçons, ici. Elle les mordait pour se faire respecter !

– Elle n'a pas vraiment changé, risqua Tadeck.

– Rien ne peut la faire changer, hein, même pas la ville, je crois. Petite, il fallait l'avoir à l'œil ou elle vous échappait, comme ça, d'un coup. On mettait des heures à la retrouver. Le père, il était furieux, chaque fois, mais rien à faire. Et pis voilà, Tadeck, vous êtes venus et elle a voulu partir à la ville avec vous ; je sais toujours pas ce qui lui a pris, à cette petite, elle avait pas treize ans. Enfin, elle a toujours été un peu bizarre quand même. Un jour, elle a réussi à mettre le feu à la table, juste là, le père, il a jamais compris comment… Moi non plus, ajouta-t-elle en secouant la tête.

Quand la maîtresse de maison les autorisa à quitter la table sans considérer leur départ pour une injure à sa cuisine, ils ne purent rien faire d'autre que d'aller s'asseoir en titubant dans l'herbe en dehors du village.

– Le père de Neschka est un vrai bourreau de travail, informa Tadeck, comme si les autres avaient pu en douter.

– Il ne nous a pas laissés arriver hier, confirma Akin. Il nous a de suite chargés de rentrer ses maudites céréales.

Tadeck secoua la tête.

– Ne dis pas ça, Akin. Ce grain est leur bien le plus précieux.

– Je le sais bien. Mon père est passé le mois dernier, il nous a rapporté que les récoltes sont médiocres dans le sud, et le bétail a été malade. Le village d'Eliassaba est plutôt favorisé cette année.

– Mais la vigilance s'impose. Un détachement de l'armée traîne dans les environs. Ils se sont installés un peu plus loin derrière la forêt, et personne ne connaît leur prochaine destination. Nous espérons qu'ils ne passeront pas par ici.

– Tu ne devrais pas rester là, Tadeck, conseilla Akin, c'est trop dangereux.

Tadeck fit la moue.

– Et où veux-tu que j'aille ? Je suis bien, ici.

– Nine te gardera toujours une chambre. Sinon, à cheval, Quéloa n'est qu'à cinq jours d'Eliassaba. Tu y serais très vite et cette cité est beaucoup plus sûre. Ça me tranquilliserait.

– Akin, je n'irai pas à Quéloa, dit Tadeck. Tu le sais très bien.

– Même pas pour les y accompagner ? C'est pour ça que Yoran est là et que nous sommes venus jusqu'ici.

– J'en ai assez de parcourir le royaume pour rien.

– Ça ne te ressemble pas, Tadeck.

– Peut-être, mais c'est ainsi. Vas-y, si tu veux. Accompagne-les. Moi, je reste là.

– D'accord, concéda Akin, soucieux de maintenir la paix revenue entre eux deux. Tu sais ce que tu fais.

Il se tourna vers Yoran.

– Tu veux toujours aller à Quéloa ?

Yoran hésita, jeta un coup d'œil vers Tadeck. Devait-il rester à Eliassaba avec lui, ou devait-il rejoindre les insoumis à la frontière, comme convenu ? Il n'avait pas prévu de devoir choisir entre son ami et les insoumis.

– Je ne sais pas trop…

– Tu fais ce que tu veux, Yoran, dit Akin. Je peux vous conduire tous les quatre à Quéloa, si c'est ce que vous décidez.

– Tu es venu pour agir, rappela Kern. Si tu restes ici, tu aurais aussi bien fait de rester à la Plaine. Il faut aller à Quéloa.

– C'est pour ça qu'on a quitté nos familles, glissa Koura.

Il était incontestable que les aspirations du trio en matière de péripéties atteignaient des sommets. Yoran hocha la tête, évitant le regard de Tadeck.

– Vous avez raison. Quand partons-nous ?

– Dès que les chevaux seront prêts. On peut partir dans une heure.

Sans attendre, Akin s'en alla préparer les montures et les bagages. Ils se mirent en route deux bonnes heures plus tard, Yoran traversé par le sentiment diffus de faire le mauvais choix. Tadeck accompagna les cinq jeunes gens à la sortie du village. Akin le serra brièvement contre lui.

– Tu es sûr que tu ne veux pas venir avec nous ? Rester dans un village isolé par les temps qui courent, ce n'est pas prudent.

– Ne t'en fais pas. Embrasse tout le monde pour moi, à Quéloa.

Ils enfourchèrent leurs montures, quittèrent le village et chevauchèrent en silence. Ils contournèrent la forêt et le campement présumé de l'armée qu'ils devinèrent seulement à un maigre filet de fumée s'élevant au loin dans un ciel limpide. La campagne semblait ramassée sur elle-même pour échapper à la chaleur. Quelques oiseaux prenaient leur bain de poussière quotidien sur le sentier qu'ils suivaient, mais le reste de la faune demeurait invisible. Seuls les insectes crissaient avec une arrogance appliquée.

Yoran marchait juste derrière Kern et Dori. Akin les devançait de plusieurs foulées et Koura fermait la marche, sa monture ayant tendance à s'octroyer des pauses intempestives pour mastiquer un brin d'herbe. Quelque chose dans l'esprit de Yoran le harcelait sans qu'il puisse le formuler. Il éperonna son cheval pour venir se mettre à la hauteur d'Akin.

– Tu m'as dit de lui faire confiance, lança-t-il brusquement.

– Exact, répondit Akin sans même le regarder. Mais tu n'es pas obligé de suivre mes conseils.

Il esquissa un sourire sans quitter l'horizon des yeux.

– Je ne veux plus y aller, Akin, décida Yoran tout à coup. Emmène Kern, Koura et Dori jusqu'à la cité, je retourne à Eliassaba.

C'était plus un ordre qu'une simple demande, mais Akin ne prêta aucune attention à ce ton péremptoire.

– Tu es sûr de ce que tu fais ? demanda-t-il simplement.

– Certain.

Akin le dévisagea avant de donner son assentiment. Yoran tira sur les rênes pour faire pivoter sa monture et remonta jusqu'à ses amis.

– Je retourne à Eliassaba, dit-il sans leur laisser le temps de renchérir. Partez avec Akin, je vous rejoindrai sans doute quand vous serez à Quéloa avec les insoumis. Pour l'instant, je reste avec Tadeck. J'ai... heu... quelque chose à faire, mentit-il, ce qui était plus simple que d'expliquer ce qu'il ressentait.

– Yoran ! tenta Koura, mais celui-ci avait déjà lancé sa monture au galop et il disparut rapidement de leur champ de vision.

– Akin, que se passe-t-il ? demanda-t-il en le rejoignant en tête de file.

– Tu l'as entendu, il retourne à Eliassaba.

– Mais… et nous ?

– Je vous conduis toujours à Quéloa, à moins que vous n'ayez changé d'avis.

Les garçons échangèrent un regard explicite.

– On va à Quéloa rencontrer les Porteurs du Sceau et les insoumis, décida Kern pour eux trois. Yoran a dit qu'il nous rejoindrait. Il est assez grand pour savoir ce qu'il fait et trop têtu pour qu'on le fasse revenir à la raison.

Quand Yoran parvint aux abords du village, il sut de suite que Tadeck avait prévu son retour, car il ne sembla nullement surpris de le voir.

– Comment as-tu trouvé la campagne environnante ? se contenta-t-il de demander avec un sourire entendu.

Yoran répondit par un haussement d'épaules volontairement incertain.

– Plutôt calme.

Il se demanda d'où lui venait cette soudaine certitude d'avoir fait le bon choix.

– L'armée traîne toujours dans le coin ?

– Elle campe entre le bois et les collines. Akin dit que c'est dangereux, ajouta Yoran.

– Et il a raison. Espérons qu'Eliassaba ne se trouve pas sur son chemin.

Yoran souhaita en silence que ses prières soient entendues.

Les jours suivants, Tadeck profita de la présence de Yoran pour rénover entièrement l'enclos des chevaux.

Ils travaillèrent avec acharnement, échangeant peu de mots et n'abordant que des sujets anodins, seulement dérangés par les petits chevaux aux crins emmêlés qui venaient quémander des bouts de galette auprès de Tadeck.

Yoran se sentait apaisé, sans qu'il puisse déterminer si cela tenait à la sérénité de l'endroit ou à la proximité de Tadeck. Même s'il ne voyait pas en quoi rester à Eliassaba allait l'aider à réparer ses erreurs, il était confiant dans les capacités de son ami et s'épargna des spéculations.

Lorsqu'ils eurent terminé l'enclos, le quatrième jour, ils s'installèrent pour manger dans l'herbe un peu plus loin, hors de portée des équidés, qui n'auraient pas hésité à venir partager leur repas avec eux. Le ciel s'était couvert dans la journée, mais l'air restait doux et, par endroits, le soleil transperçait la couche nuageuse jusqu'au sol.

– Tadeck, qu'est-ce qu'on fera après ? demanda Yoran en mordant dans une galette. Je veux dire, quelle est la marche à suivre avec les insoumis ? Est-ce que tu sais ce qu'on doit faire ?

– Tu veux savoir si j'ai la prémonition de ce qui doit arriver ?

Yoran hocha vigoureusement la tête, et Tadeck parut hésiter. Ses yeux d'or le dévisagèrent un moment. Yoran s'efforça de ne pas rougir sous l'inspection.

– Eh bien… commença Tadeck en cherchant ses mots, je dois admettre que je n'en sais rien. Je sens qu'il est inutile d'aller à Quéloa pour le moment, mais je ne saurais pas te dire pourquoi.

– Ce n'est pas très précis, comme prémonition.

– Non, en effet, admit-il avec un sourire. Tu préférerais une liste de travaux à accomplir, c'est ça ? Navré de te décevoir, mais ça ne marche pas comme ça.

– Dommage. Ce serait plus facile.

– Et sans doute un peu ennuyeux aussi, tu ne crois pas ?

– Peut-être. Je ne sais pas. En tout cas, savoir à l'avance ce qui doit arriver, ça peut préserver bien des vies si tu prends les devants.

– Mais parfois, aussi, tu sais ce qui va arriver sans rien pouvoir y changer, renchérit Tadeck d'un air sombre. Tu n'imagines pas le fardeau que c'est. Et, à l'inverse, quand il arrive des choses que je n'ai pas vues, je m'en veux terriblement. C'est à double tranchant. Je ne suis même pas sûr que ce soit un don, Yoran.

– Ne dis pas ça. Tu avais prédit que Loda guérirait, et c'est arrivé. Dans les moments difficiles, cette révélation était inestimable.

– La question est de savoir si tu as cru à cette révélation parce qu'elle était réelle, ou si elle s'est réalisée parce que tu y as cru ?

– Heu…

Yoran tenta laborieusement de saisir les données de l'énigme pendant une bonne minute, avant de renoncer.

– C'est trop compliqué pour moi, avoua-t-il au bout d'un moment. Je préfère m'en tenir aux faits, ils parlent d'eux-mêmes.

Négligeant ces considérations que Yoran trouvait hors de portée, ils terminèrent leur repas et profitèrent de la sérénité qui paraissait éternelle dans ce coin du royaume. Un peu comme à la Plaine, il était malaisé de garder à l'esprit les préoccupations de la grande majorité du peuple. Il y avait bien le danger latent que représentait la proximité de l'armée, mais la récolte généreuse avait aplani une part des difficultés du village, et les habitants évitaient autant que possible d'évoquer les risques qu'ils encouraient.

Yoran, un peu perdu dans ses réflexions, mésestima la distance qui séparait sa main de la gourde d'eau et la renversa d'un geste maladroit. Elle eut un mouvement qui aurait dû répandre l'eau qu'elle contenait, mais, contre toute logique, et comme si elle était animée d'une intelligence propre, la gourde contrecarra la trajectoire et se rétablit d'elle-même avant que la moindre goutte n'ait franchi son goulot. Yoran se demanda s'il venait bien de voir ce qu'il venait de voir. Il jeta un œil à Tadeck, qui restait bouche bée.

– Comment tu as fait ça, Yoran ?

– Je n'en sais rien ! Ce n'est pas moi ! Je l'ai juste renversée, j'ai voulu la rattraper, mais elle s'est redressée toute seule sans que je la touche.

Yoran s'en saisit avec précaution, comme si la gourde pouvait le mordre, et la tourna dans un sens puis dans l'autre sans rien déceler d'anormal. Tadeck le dévisageait maintenant avec intérêt.

– Recommence, pour voir, dit-il.

– Mais je ne peux pas. J'ignore comment on fait.

Tadeck n'insista pas, et Yoran devina sans mal ses pensées.

– Tadeck… lâcha Yoran au bout d'un moment, c'est vraiment moi qui ai fait ça ?

– Je suis sûr que c'est toi, affirma Tadeck.
– Mais… comment c'est possible ?
– Tu n'as jamais fait de choses semblables avant ?
– Non, jamais.
– Tu as sans doute raison. Dans le cas contraire, je l'aurais ressenti, comme pour Neschka et les autres.
Tadeck sembla considérer plusieurs éventualités.
– Tu ne m'as pas dit comment tu avais obtenu l'Aïguaviata, dit-il enfin.
Yoran secoua la tête comme s'il s'agissait d'une banalité. En réalité, il avait évité autant que possible de se rappeler ces moments-là.
– Je suis seulement descendu dans la grotte. Il y avait un lac souterrain à traverser, et puis une grande salle lumineuse avec un dôme transparent. Dessous, il y avait la Plaine.
– Comment ça ?
– Eh bien, je ne sais pas. Il y avait la Plaine en miniature, mais c'était elle. C'est difficile à expliquer.
– Tu veux dire, comme une maquette ?
– Oui, c'est ça, mais elle vivait vraiment, il y avait des gens qui habitaient là, et je me suis vu arriver à cheval. Je me suis vu faire tout ce que j'avais fait les heures précédentes, c'était vraiment incroyable. Pourtant, c'était bien réel.
– Comment peux-tu en être si sûr ? répliqua Tadeck.
– Parce que si c'était une illusion, modifier quoi que ce soit sous ce dôme n'aurait eu aucun effet visible sur la réalité, n'est-ce pas ? Pourtant, il y en a eu un. Il y a un rocher couché qu'on appelle l'Aiguille, sur la rivière ; j'ai grimpé dessus plusieurs fois quand j'étais

enfant. Je l'ai redressé, sous le dôme. Je suis retourné quelques semaines plus tard voir le vrai rocher au bord de la rivière. Crois-moi, il était debout. Droit comme un i, sans aucune explication.

Tadeck hocha la tête pensivement, mais ne commenta pas.

– Et l'Aïguaviata ?

– Elle était à l'entrée de la grotte, dans une niche creusée dans la pierre.

– À l'entrée ?

– Mais elle n'est apparue qu'après que je suis arrivé jusqu'au dôme. Je l'ai vue briller et je suis entré sous le dôme. Je me suis retrouvé instantanément devant la grotte réelle et je n'ai eu qu'à prendre la fiole dans la niche. C'est aussi simple que ça. Après, je me suis rendu à la stèle du châtaignier…

– …où je t'attendais depuis un moment. Je connais la suite.

La reine avait avalé le contenu de la fiole lors d'un phénomène cosmique qui avait terrifié Yoran, avant de disparaître. Les deux amis avaient échangé quelques paroles un peu acides puis s'étaient séparés, le cœur lourd. Yoran se rappelait honteusement de ce moment, loin d'être glorieux, où il avait préféré fuir ses responsabilités.

– Je suis désolé, dit-il en réponse à ce souvenir.

– Ne le sois pas, pria Tadeck, qui devait lire dans ses pensées. Tu as fait ce que tu avais à faire, rien de plus. Si je t'ai un peu provoqué, là-bas, c'était pour que tu réfléchisses.

– Tu voulais me faire culpabiliser.

– En quelque sorte.

– Pour que je revienne.

– Voilà. Et ça a marché, puisque tu es là.

– Je peux toujours retourner à la Plaine.

– Tu es libre de faire ce que tu veux. Mais tu ne le feras pas. Tu as pris conscience de certaines choses que tu ne peux plus négliger, quoi qu'il arrive.

Yoran dut admettre que c'était vrai. Il leva les yeux vers lui, un demi-sourire aux lèvres.

– Tadeck, je ne suis pas vraiment doué pour dire ce genre de chose, avoua-t-il, mais si j'avais un frère, j'aimerais qu'il soit comme toi.

– Si tu étais mon frère, dit Tadeck en rougissant légèrement sous le compliment, je serais beaucoup moins indulgent avec toi et tu serais capable de le regretter.

– Alors, c'est sans doute mieux comme ça.

Tadeck lui adressa l'un de ses sourires éblouissants à faire pâlir d'envie le soleil, puis, ayant terminé leur repas, ils décidèrent de s'entraîner un peu au maniement de l'épée, que Yoran avait délaissé ces derniers mois. Tadeck le houspilla pour lui faire payer son aveu fraternel, et, à la nuit tombée, ils s'effondrèrent dans leurs lits, épuisés mais satisfaits.

Yoran enchaîna une multitude de rêves décousus où il était question de gourdes rebelles et de chevaux envahissants avant d'être réveillé assez violemment par Tadeck, qui le secouait sans ménagement.

– Vite, Yoran, lève-toi.

Il faisait très sombre et Yoran scruta l'obscurité autour de lui. Il mit quelques secondes à se rappeler où il se trouvait, mais Tadeck ne lui laissa pas le temps d'émerger tout à fait.

– Dépêche-toi.

Le ton autoritaire de sa voix ne suffisait pas à dissimuler l'alarme qu'il y perçut. Tadeck le saisit vivement par le bras et le força à se lever.

– Qu'est-ce qui se passe ? demanda Yoran, qui commençait à ressentir une vague angoisse.

– L'armée de la reine est dans le village. Il faut se mettre à l'abri.

Comme s'il avait fallu que Tadeck le formule tout haut pour qu'il en prenne conscience, Yoran réalisa qu'à l'extérieur régnait une agitation inhabituelle. Maintenant, il entendait nettement crier, courir, appeler, et il se demandait comment il avait pu continuer à dormir au milieu d'un tel vacarme. Un bruit de galop et des hennissements se mêlaient à une clameur teintée d'épouvante. Tadeck le traîna plus ou moins à tâtons vers la sortie.

Dès qu'ils eurent franchi le pas de la porte, les bruits semblèrent éclater à leurs oreilles. À la lueur de la lune, Yoran distingua brièvement des ombres en fuite et des chevaux qui lui apparurent cauchemardesques. Il entendait, au milieu des cris, des éclats d'armes qui s'entrechoquaient et qui le glacèrent. Tadeck le poussa derrière le petit appentis attenant à la maison. Yoran se mit à trembler sans pouvoir se réfréner.

– Suis-moi, intima Tadeck.

Il n'avait pas vraiment d'autre option, vu la manière dont il lui enserrait le bras.

– Tu me fais mal, essaya-t-il d'objecter.

– Entre là-dedans, ordonna Tadeck en le lâchant.

Il avait vivement déplacé trois bûches de bois et écarté du pied un peu d'herbe séchée pour dégager une trappe qui s'ouvrait sur quatre marches. Yoran distingua une cavité creusée à même la terre, avec quelques planches douteuses pour étayer les parois.

– Dépêche-toi, Yoran, c'est le moment d'obéir sans discuter ou d'y laisser notre peau.

Curieusement, Yoran opta immédiatement pour la première solution. Il se courba pour entrer dans un minuscule réduit où il pouvait tout juste se tenir assis, les jambes repliées sous son menton. Tadeck le suivit en tirant la trappe sur eux, de manière à ce qu'un peu de foin la recouvre. Pourvu que ça suffise, songea Yoran. Son ami se tassa à son tour dans le peu d'espace dont ils disposaient.

– Pourquoi l'armée est-elle là ?

– Pour piller. Ils ont le champ libre pour se vêtir et se nourrir. Les villages sont à leur merci.

Yoran sentit son ventre se nouer.

– On ne peut pas les laisser faire !

– On ne peut rien contre eux. Partout où ils passent, c'est la tactique de la terre brûlée.

Yoran frissonna. Il sentit que ses cheveux s'étaient dressés sur sa nuque.

– Beaucoup de sang va couler dans les prochaines heures, prédit Tadeck d'une voix sombre.

Au-dessus d'eux, le vacarme était devenu intolérable. Au milieu des vociférations des soldats, des hurlements déchiraient la nuit. Yoran entendit des pleurs d'enfants comme dans le pire des cauchemars. Il commençait à étouffer dans cet espace confiné. Son cœur battait à tout rompre et il respirait beaucoup trop vite.

– Il faut faire quelque chose, Tadeck, supplia-t-il au bout d'un moment.

– Ne m'oblige pas à t'attacher, souffla Tadeck avec une soudaine férocité. Sache que je n'hésiterai pas.

Yoran comprit sans l'ombre d'un doute qu'il était loin de plaisanter. Impuissant, il remonta un peu plus les genoux sous son menton et plaqua les paumes de ses mains sur ses oreilles pour ne plus rien entendre.

Une terrible odeur de brûlé leur parvenait par les interstices de la trappe. Parfois, quelqu'un passait non loin, à pas précipités, sans qu'ils puissent savoir s'il s'agissait d'un villageois ou bien de l'un de leurs tortionnaires. Le sol tremblait par moments, comme si les murs des maisons alentour s'effondraient, et les parois de l'abri s'effritaient sous les chocs répétés.

La peur devenait envahissante, étouffante. Mais pas autant que l'immonde sentiment de lâcheté qui lacérait Yoran. Ils vont se mettre à l'abri, essaya-t-il de se convaincre. Il dut lutter contre les images terribles qui se formaient devant ses yeux en écho aux sons qui leur parvenaient. Sa position était plus qu'inconfortable, et tout son corps se raidissait de douleur.

Il ignorait depuis combien de temps ils se trouvaient sous terre quand Tadeck estima qu'ils pouvaient sortir. Ils n'avaient plus entendu aucun bruit depuis plusieurs heures. Tadeck entrouvrit très lentement la trappe, observa scrupuleusement les environs. Il dut juger qu'ils ne couraient plus aucun danger, car il émergea du refuge.

Yoran le suivit. Il réalisa qu'il tremblait sans discontinuer depuis son réveil au milieu de la nuit. Toutes ses articulations et tous ses muscles étaient douloureux, mais il ne leur prêta aucune attention. La lumière de l'après-midi les aveugla et révéla peu à peu la dévastation que laissait derrière elle l'armée.

Il n'y avait plus de village. Comme si une force divine avait voulu le rayer de la carte, l'anéantir sans possibilité aucune de le reconstruire. Çà et là se dressaient des rangées de briques où se trouvaient la veille encore des maisons débordantes de vie. De l'enclos, si soigneusement reconstruit, on ne distinguait plus que quelques débris de bois épars, et un unique pilier encore debout comme un mat sans étendard. Une fumée malodorante s'attardait dans l'air, bien que la plupart des foyers d'incendie se soient éteints. Les précieux greniers à grain achevaient de se consumer lentement.

Il n'y avait plus un son, et ce silence macabre offensait l'entendement. De la vaisselle brisée, du linge déchiré, des cadavres d'animaux jonchaient le sol. Tout avait été broyé, saccagé avec application, complètement exterminé. Le bétail qui n'avait pas été emporté avait été sacrifié et gisait éventré, le sang et les boyaux répandus se mêlant à la poussière et à la cendre pour former une boue répugnante. Même les petits chevaux gourmands de galettes n'en avaient pas réchappé. Yoran sentit que ses jambes n'allaient pas tarder à le trahir et que son estomac était sans doute sur le point de se changer en pierre tant il était douloureux. Il chercha l'appui de son ami, mais Tadeck paraissait aussi ébranlé qu'il l'était lui-même.

– Et les habitants… ? osa Yoran.

Tadeck lui épargna une réponse. Ils firent quelques pas presque mécaniques dans les décombres. Le silence semblait s'épaissir à mesure que la brise dispersait la fumée.

– Tadeck, murmura Yoran en se retenant de s'accrocher à son bras, dis-moi où sont les gens.

Tadeck désigna une forme étendue plus loin. Un corps. Il ne leur fut pas nécessaire de s'approcher pour se rendre compte que toute vie avait abandonné le malheureux. Sa seule posture indiquait clairement qu'il avait trépassé, gisant de la manière grotesque que la mort donne à ses victimes. Les angles bizarres que formaient ses membres témoignaient de son supplice. Ils se détournèrent sans un mot.

Ils découvrirent d'autres corps tombés là où les soldats les avaient rattrapés, la plupart en dehors du village. Les victimes avaient fui en direction du bois un peu plus loin, dans une dernière tentative pour échapper à leurs poursuivants. Les corps étaient disséminés à travers champs, certains rassemblés comme s'ils avaient trouvé une ultime consolation dans la proximité des leurs.

Yoran eut un haut-le-cœur en s'apercevant que plusieurs abris comme celui dans lequel ils avaient trouvé refuge avaient été découverts, et leurs occupants exécutés. Tous passés au fil de l'épée : femmes, enfants, jeunes gens, vieillards, sans distinction. Le père, la mère de Neschka et sa sœur Massaïa, comme les autres. Yoran réalisa qu'il s'en était fallu de peu qu'il soit étendu comme eux dans la fange.

Il ne put soudain plus avancer. Ses jambes tremblaient avec une telle violence qu'il chancelait littéralement. L'horreur le recouvrait comme une chape de plomb, le privant d'air. Il lui semblait qu'il allait tomber d'une seconde à l'autre... et pourtant, sans comprendre pourquoi ni comment, il se tenait encore debout. Son cerveau devait refuser de valider ce que voyaient ses yeux : Yoran ne réagissait pas. Il aurait dû hurler, appeler, chercher d'hypothétiques survivants. Il aurait dû agir, se révolter, prendre à témoin le ciel et la terre, mais il ne pouvait que rester immobile, au bord de l'étouffement.

– Yoran, ça va aller ? murmura Tadeck, hésitant.

Ils savaient tous les deux que non, mais Yoran hocha la tête comme si cela allait les convaincre du contraire, et Tadeck feignit d'y croire. Derrière ce qui restait d'un grenier à grain, Yoran aperçut le corps dénudé d'une jeune fille, presque encore une enfant. Un peu plus loin, deux garçonnets sans vie gisaient étendus dans la poussière qui s'était repue de leur sang ; leurs yeux grands ouverts comme des portes intimes sur le néant.

– Ils sont tous morts, dit simplement Yoran comme s'il lui était nécessaire d'exprimer l'horreur pour commencer à l'intégrer.

Il s'aperçut que les larmes coulaient sur son visage sans qu'il sache depuis combien de temps.

Ils allaient s'éloigner sans savoir où se rendre lorsqu'ils entendirent des râles qui les menèrent devant le seul survivant du massacre. Il gisait renversé dans la position incongrue que donne la douleur. Il n'avait pas quinze ans et Yoran reçut comme une gifle l'étendue de son supplice. Il reconnut Nédine, le jeune garçon qui rivalisait avec Koura en sautant par-dessus le bûcher l'autre soir.

Il s'agenouilla près de lui malgré la terrible envie de fuir qui le saisissait, mais les mots rassurants qu'il aurait voulu dire restèrent bloqués dans sa gorge. Le garçon roulait des yeux noirs agrandis de terreur. Un cri muet déchirait sa gorge, essayant de franchir la barrière de ses lèvres sans y parvenir. Les vêtements carbonisés étaient entièrement fondus sur ses chairs brûlées. L'odeur était insoutenable, mais moins encore que la main qui enfonçait ses ongles dans le poignet de Yoran.

Ce dernier tenta lâchement de se dégager, tandis que Tadeck, sans laisser paraître l'ombre d'une émotion, se penchait au-dessus de lui pour évaluer les blessures – des plaies béantes dans l'abdomen qui mettaient à jour le collier de nacre de ses intestins. Agenouillé à hauteur de son visage, il passa la main sur les cheveux si soyeux et si propres, étrangement épargnés par le chaos alentour.

– Ne t'en fais pas, Nédine, assura Tadeck d'une voix aux inflexions rassurantes en fixant les yeux noirs. On va s'occuper de toi.

Avec effroi, Yoran aperçut la lame. Il comprit dans un éclair ce qui allait arriver. La tête lui tourna, il s'arracha à la prise d'acier de l'agonisant et se rua hors de portée de voix. Il courut aussi loin qu'il le put, trébucha, tomba à genoux dans la poussière derrière un muret à demi démoli et vomit dans une succession de spasmes douloureux.

Il s'écoula moins d'une minute avant que Tadeck ne le rejoigne. Il était plus pâle qu'à l'ordinaire, ses mains et ses poignets étaient maculés d'un sang épais qu'il essayait vainement d'essuyer sur son pantalon. Il se pencha sur Yoran, si près que celui-ci sentit l'odeur de ses cheveux mêlée à celle du sang. Il posa un genou à terre, une main sur l'épaule de son ami.

– Ne m'approche pas, souffla Yoran en essayant de se dérober, ne m'approche pas.

– Yoran…

– Pourquoi ? Pourquoi tu as fait ça ? haleta-t-il.

– Il serait mort de toute manière.

– Mais pas comme ça ! hurla-t-il soudain en se redressant comme s'il allait se battre contre la Terre entière.

Il tremblait avec une violence inouïe qui l'empêcha de se mettre debout. Il essaya pourtant, chancela, retomba à genoux. Tadeck l'enserra d'une prise ferme qui l'obligea à se calmer.

– Pourquoi ? murmura Yoran d'une étrange voix rauque proche des sanglots. Dans quoi tu m'as entraîné ? Dans quoi elle nous a entraînés ?

Il subissait son étreinte comme si elle lui interdisait de s'effondrer et mit plusieurs minutes à retrouver un semblant de sérénité. L'épaule de Tadeck s'arrondissait sous sa joue, comme si elle n'avait vécu jusque-là que dans l'attente de cet instant.

– C'est de ma faute, souffla Yoran en se relevant quand il eut suffisamment recouvré son calme. C'est de ma faute. Si je ne lui avais pas donné l'Aïguaviata, le royaume ne serait pas à feu et à sang.

– Yoran, les exactions de l'armée sont connues. Elles ne datent pas d'hier. L'Aïguaviata n'est pas la seule responsable.

Yoran eut un sursaut d'orgueil et releva la tête.

– Tu as raison. Mais j'ai aggravé les choses, et ça, tu ne peux pas le changer, dit-il. Les insoumis sont dans le vrai. Il faut aller chercher Séraphian et le convaincre de s'asseoir sur le trône de Terendis.

– Yoran… commença Tadeck.

– Tadeck ! l'interrompit Yoran, il n'y a pas de temps à perdre. Pendant qu'on réfléchit à ce qu'on fera ou à ce qu'on ne fera pas, l'armée écume le royaume et prend les vies d'innocents. Cette fois, c'est moi qui décide de ce que nous faisons. Nous partons rejoindre les insoumis, que tu le veuilles ou non. Le trône de Terendis ne doit pas rester inoccupé plus longtemps.

Il s'éloigna et Tadeck le vit fouiller méthodiquement les décombres à la recherche d'une épée. Il en trouva deux dans les restes fumants d'une habitation. Yoran en passa une à sa ceinture et se retourna vers Tadeck, qui n'avait pas bougé. Il lui tendit la deuxième épée.

– Tu me suis ? lança-t-il d'un ton assuré.

Tadeck le dévisagea un bref instant, croisa son regard.

– Je te suis, dit-il simplement.

Chapitre cinq
Quéloa

En marchant vaillamment, il ne leur fallut guère plus d'une semaine pour rejoindre les amis de Tadeck. Les insoumis s'étaient établis chez un cousin de Loris, dans la modeste cité de Quéloa, près de la frontière nord.

La proximité avec les habitants du pays de Syanne avait sensiblement modifié la culture. Yoran eut l'impression d'être déjà passé dans le pays voisin. La plupart des gens au teint hâlé qu'ils croisèrent avaient un visage allongé et des pommettes saillantes qui les distinguaient nettement du reste du peuple. Ils étaient vêtus d'une sorte de longue tunique qui les dissimulait entièrement jusqu'aux sandales. Yoran se rappela les musiciens du banquet au palais de la reine. Il surprit quelques conversations dans une langue étrangère qui étirait délicieusement les voyelles.

– Quelle langue ils parlent ? questionna Yoran.

– Le saâdien. C'est une langue ancienne que parlait un peuple de nomades des montagnes, expliqua Tadeck. Ils se sont installés sur les rives du fleuve Syanne, ont construit des cités au cours des siècles et se sont imposés dans la région. C'est devenu un royaume autonome, mais il y a peu le pays de Syanne appartenait au royaume du roi Arden. Il leur a cédé le territoire, en contrepartie de quoi les deux royaumes s'engageaient à se soutenir en cas de conflit. Avec l'avènement du nouveau règne, le souverain de Syanne a dû revoir sa politique pour contenter la reine et préserver ses sujets. Mais apparemment, comme nous l'avons récemment découvert, il avait secrètement offert l'asile à la veuve du roi Arden et à son fils quand ils ont fui le royaume.

– Comment vous le savez ?

– Soh-Amah a récemment perdu son fils unique. Après quelques mois, il a légitimé l'adoption d'un jeune homme dont il a fait son héritier. Selon la rumeur, il s'agirait du fils d'Arden, Séraphian. Il aurait grandit dans l'anonymat à la cour de Soh-Amah où il aurait trouvé refuge. Nous ne sommes sûrs de rien, mais l'âge correspond.

– Si Soh-Amah en a fait son héritier, il ne le laissera pas partir facilement.

– À moins qu'il n'ait un autre héritier sous la main et qu'il ne conclue un pacte avec Séraphian. Une fois l'héritier d'Arden à la tête du royaume de son père, ils remettent l'ancienne alliance en vigueur et les deux pays s'enrichissent mutuellement.

– Pourquoi n'aide-t-il pas Séraphian à remonter sur le trône, alors ? Il aurait tout à y gagner.

– Peut-être pense-t-il que le moment n'est pas encore venu.

Yoran délaissa ces considérations et s'absorba un moment dans la contemplation de la cité.

– Tu es déjà venu à Quéloa ? demanda-t-il.

– Deux fois, répondit Tadeck. Une fois quand j'étais enfant, avec Akin et son père alors qu'il se rendait en mission à la frontière, et une autre fois assez récemment. C'est là, dit-il en désignant une bâtisse dans le renfoncement d'un porche.

Tadeck frappa vigoureusement à la porte, qui s'ouvrit presque immédiatement sur Sayaël, l'un des Porteurs du Sceau extrêmement doué que Yoran avait déjà rencontré.

– Tadeck ! s'exclama Sayaël en s'écartant pour le laisser passer. On ne t'attendait plus… et Yoran. Akin nous a dit que tu étais revenu. Tes amis sont là. Tadeck avait raison, comme toujours. Il va falloir qu'on s'y fasse.

Yoran bougonna un vague commentaire qui se perdit dans les salutations alors qu'ils entraient. Il y avait là, en plus d'Akin, Kern, Dori et Koura, un petit échantillon de la bande de Tadeck, à savoir Loris, son cousin Vandii, un jeune homme filiforme que Yoran trouva immédiatement sympathique, Liam, Flag, Zébana, Nérielle, et Din-Faradel. Et Neschka. Ils se pressèrent autour d'eux, mais Tadeck se déroba.

– Qu'est-ce qui vous a décidé à venir jusqu'ici ? questionna Nérielle, ravivant sans le savoir le souvenir de l'épreuve qu'ils venaient de vivre quelques jours plus tôt à Eliassaba.

Yoran vit que Tadeck fléchissait. La destruction du village ne leur avait laissé aucun répit malgré toute la volonté qu'ils avaient pu mettre dans l'oubli, et les corps torturés des proches de Neschka se matérialisèrent devant leurs yeux. Yoran cilla vainement pour les chasser. Il ne s'était pas attendu à revoir Neschka ici, et il aurait bien volontiers tourné les talons pour échapper à la confrontation. Il jeta malgré lui un regard d'envie à la porte derrière eux.

– Neschka… commença Tadeck.

Elle comprit à la seule vue de leurs visages. L'atmosphère se fit de plomb. Elle secoua la tête avec une telle violence qu'elle en était méconnaissable, et Yoran eut l'impression que ses entrailles éclataient.

– L'armée de la reine, c'est cela ? demanda-t-elle d'un ton brusque.

Tadeck acquiesça, passa la main dans ses cheveux. La stupeur et l'impuissance rendaient le reste du groupe silencieux.

– Et, bien entendu, vous n'avez rien fait pour les en empêcher, reprocha-t-elle d'un ton dur qui trahissait sa détresse.

– Tu sais comment c'est dans ces cas-là, essaya vainement Loris.

Mais cela ne suffit pas.

– C'est de ta faute ! hurla-t-elle soudain à l'adresse de Yoran, qui crut qu'un fouet le cinglait en plein visage et recula sous le choc. C'est de ta faute ! Si tu ne lui avais pas donné cette arme supplémentaire, ils seraient encore en vie !

Elle se tourna vers Tadeck, pointa un doigt menaçant sur lui tandis que des larmes explosaient aux coins de ses yeux.

– Si tu te trompes, Tadeck, tu le paieras ! Je te jure que je te le ferai payer !

– Neschka… tenta Zébana.

Mais elle semblait au-delà de tout raisonnement, et seule Nérielle put la convaincre de l'accompagner à l'étage.

Comme on pouvait s'y attendre, la soirée se déroula dans une atmosphère écrasante. Les quelques tentatives d'échanges que hasardèrent les insoumis se soldèrent par des échecs. Yoran fuyait les regards de ses trois amis et ceux de Tadeck. Il dut sortir prendre l'air plusieurs fois comme s'il était saturé de leur présence, mais, sitôt dehors, il ressentait un manque désespérant et les rejoignait. Finalement, il renonça à ses allées et venues indécises, et, choisissant le compromis, il se cala un peu à l'écart sur le rebord d'une fenêtre ouverte.

L'air semblait inexistant et l'absence d'étoiles accentuait le sentiment d'oppression qu'il éprouvait. Il ne put avaler quoi que ce soit de tout ce qu'on lui proposa, ce qui en disait long sur son état d'esprit. Neschka avait raison. C'était de sa faute. Bien sûr, Tadeck lui avait dit que les exactions existaient bien avant qu'il n'aille chercher l'Aïguaviata, mais cela n'effaçait pas pour autant sa culpabilité. Pour ne rien arranger, les pleurs incessants de Neschka perçaient à travers le plancher et lui vrillaient le cœur. Sa jambe droite tressautait de nervosité.

Il évita plusieurs fois le regard de Tadeck et son soutien silencieux, mais ne put éconduire Nérielle lorsqu'elle s'approcha de lui, tard dans la soirée.

– Tu n'es coupable de rien, dit-elle simplement. Neschka ne pensait pas ce qu'elle a dit.

Il secoua la tête.

– J'ai bien peur que si.

Nérielle agita sa main pour qu'il lui laisse la place de s'asseoir près de lui sur le rebord. Il retira sa jambe, se redressa un peu. Elle épousseta la pierre et s'assit gracieusement.

– Tu nous prends un peu de court, Yoran, affirma-t-elle en triturant le collier de perles noires qu'elle portait. Aucun de nous ne pensait réellement que tu reviendrais.

Sa première envie fut de lui répondre quelque chose de désagréable, mais il s'abstint. Après tout, lui aussi avait douté de son propre retour, et il n'avait plus l'énergie nécessaire pour se justifier. Nérielle l'observa un moment, pensive.

– Qu'est-ce que j'ai ? finit-il par demander, un peu décontenancé.

– Tu as changé, dit-elle.

– Crois-moi, ce que j'ai vu à Eliassaba aurait transformé n'importe qui.

– Je n'en doute pas. Mais il ne s'agit pas que de cela. C'est autre chose aussi. C'est plus… subtil.

Il ne releva pas. Il imagina que sa soudaine capacité à redresser les gourdes d'eau sans même les toucher avait sa part dans ce que Nérielle discernait de nouveau chez lui. Il n'était pas très enclin à poursuivre ce genre de conversation, et Nérielle, perspicace, n'insista pas.

Au bout d'un moment, Tadeck s'arracha à la conversation morne qui se tenait autour de la table pour s'approcher d'eux. Il paraissait épuisé, et le sourire qu'il arborait habituellement semblait relégué au rang d'un lointain souvenir.

– Où en êtes-vous avec l'héritier ? demanda-t-il à Nérielle en jouant distraitement avec une mèche de ses cheveux bouclés.

– Il a quitté Syanne et le palais de Soh-Amah il y a déjà plusieurs semaines avec sa suite. Il semble traîner dans le coin et nous essayons toujours de le localiser. Il est prudent, ce ne sera pas facile de le trouver.

– Il se cache ? demanda Yoran, qui préférait s'intéresser à la conversation plutôt que de ressasser ses propres pensées.

– Plus ou moins, expliqua Nérielle. Si nous supposons qu'il s'agit bien du fils d'Arden, crois-moi, la reine, elle, ne s'en tiendra pas à des suppositions. Elle ne prendra pas de risque. Il y a de quoi rendre méfiant.

– Nous mettons sa vie en danger en le cherchant de cette manière ? s'inquiéta Yoran.

Tadeck tempéra.

– Le prince n'est pas le premier imbécile venu. Depuis son plus jeune âge, il doit se méfier de la reine, et les insoumis sont la discrétion personnifiée. Mais si tu veux débusquer Séraphian, c'est un risque qu'il nous faut courir.

Yoran fit la moue.

– Quoi qu'on fasse, il y aura des dommages, c'est ça ?

– Je le crains, Yoran, admit Nérielle. Mais ce qui comptera à la fin, c'est que nous réussirons.

– Vous réussirez à mettre l'héritier sur le trône ? demanda Yoran.

Nérielle hésita, lança un regard à Tadeck.

– C'est ce que dit Tadeck, avoua-t-elle.

– C'est ce que tu vois, Tadeck ?

Celui-ci haussa les épaules.

– C'est ce que je ressens. Je ne peux pas te dire mieux.

– Ce prince Séraphian, comment est-il ?

– Aucune idée, répondit Nérielle en faisant glisser les perles de son collier entre ses doigts, nous savons seulement qu'il est le fils unique du roi Arden, si la rumeur dit vrai, ce qui justifie pleinement de lui faire essayer le trône.

– Il porte le Sceau ?

– Nous l'ignorons, mais ce serait plus facile pour lui ensuite de reprendre le royaume. Déverrouiller le trône de Terendis pourra seulement légitimer l'héritier et mettre le peuple de son côté. Le plus dur restera à faire.

Finalement, ils se turent comme s'ils avaient épuisé leur capacité à discuter pour le restant de la soirée. Plus tard, quand la nuit fut si avancée qu'elle semblait délavée sur l'horizon, Yoran monta se coucher, plus par désœuvrement que par nécessité. Il chercha longuement son sommeil qui, pour des raisons qu'il devinait sans effort, rechignait à se manifester. Il partageait une petite chambre sous les toits avec Tadeck, Zébana et Din-Faradel. Ses pensées se bousculaient en masse sous le plafond bas, heurtant probablement celles des trois autres que Yoran supposait éveillés à en croire leurs respirations. Tacitement, pourtant, ils évitèrent de partager leurs réflexions.

Yoran repassa bien malgré lui les événements de la soirée, depuis son arrivée à Quéloa. Il ne pouvait s'empêcher de songer à Neschka, à la souffrance qu'elle devait éprouver. Il aurait dû lui expliquer. Essayer de lui dire qu'il voulait intervenir. Mentir un peu et lui garantir que personne n'avait souffert. Cela ne l'aurait certes pas consolée, mais lui aurait peut-être épargné la torture des spéculations.

Il se surprit à respirer bruyamment. Tadeck s'agita non loin de lui, et Yoran s'efforça vainement de penser à autre chose. Son esprit avait beau prendre des chemins détournés, il revenait s'égarer du côté d'Eliassaba, où ils avaient laissé tous ces corps sans sépulture. Il voyait les yeux de Nédine comme s'il se trouvait encore à genoux à côté de lui. Ces yeux noirs qui n'avaient pas encore contemplé un quart de siècle et qui n'auraient plus jamais le loisir de le faire.

Yoran bannit ces visions, changea encore de position. S'il s'était écouté, il aurait enfourché un cheval et sillonné les environs à la recherche de l'héritier de Soh-Amah. Était-ce bien Séraphian ? Où diable pouvait-il donc se cacher ? Et que feraient les insoumis une fois le trône occupé ? Resteraient-ils seconder le roi ? Et lui, rentrerait-il à la Plaine ? Il n'ignorait pas qu'elle ne lui suffirait plus. Admettons qu'ils trouvent Séraphian, qu'ils parviennent sans encombre à Terendis et que le trône l'accepte comme successeur légitime de son père, feu le roi Arden. Il lui faudrait encore reconquérir les territoires et affronter la reine. Ils auraient peut-être encore besoin de lui et il pourrait rester parmi eux sous le prétexte de leur prêter assistance.

Bon. Admettons maintenant que le régime de la reine soit renversé, que Séraphian remette le royaume en ordre : rentrerait-il à la Plaine ? Non, il en était convaincu. Il irait chercher sa femme et ses filles et partirait sans doute s'installer en ville, qui sait, peut-être à Khatarstria si Loda acceptait. À moins qu'il ne lui prenne la fantaisie d'aller faire le tour du pays, et même d'aller voir au-delà des frontières comment se comportait le reste du monde... Lui qui s'était cru sédentaire se sentait poussé par l'envie inextinguible d'aller franchir les horizons. Et Tadeck ? Que ferait-il une fois son but atteint ? Où irait-il vivre ? À Terendis ? Il faudrait qu'il songe à lui poser la question.

Il dut s'endormir sans s'en apercevoir, car il sursauta lorsque quelqu'un frappa à la porte à peine quelques heures plus tard. Il frotta longuement ses yeux embués de sommeil, somma ses paupières récalcitrantes d'y mettre un peu de bonne volonté. Elles y consentirent, et il s'efforça de se rappeler où il était, trouvant soudain étrange de découvrir un mur de pierre à quelques pouces seulement de son nez. Il se croyait encore en route vers Quéloa, dormant à la belle étoile, et la réalité lui revint douloureusement à l'esprit.

Il regarda autour de lui. Le jour et ses amis semblaient levés depuis bien longtemps, l'un inondant la pièce de lumière, les autres ayant laissé derrière eux un chaos digne d'un champ de bataille où les couvertures auraient eu le dessus.

– Yoran, es-tu réveillé ? Je peux entrer ? demanda la voix de Neschka sur le palier.

Il se redressa promptement sur le lit, qui craqua en représailles, enfila sa chemise, mit un ordre relatif dans sa chevelure et acquiesça comme si elle avait pu voir au travers des portes. Ce qui, au regard des gens qu'il fréquentait, était vraisemblable.

– Entre, dit-il.

Il redoutait la confrontation, mais ne voyait aucun moyen d'y échapper. Neschka poussa anxieusement la porte. Cette timidité ne lui seyait pas vraiment. Ses yeux d'ordinaire pétillants étaient cernés et tout bouffis d'avoir tant pleuré. Il songea qu'il préférait son assurance et son entrain, plutôt que cette espèce d'acceptation qui alourdissait ses traits.

Il n'avait rencontré Neschka qu'une seule fois l'année précédente, au cours d'une nuit mémorable en compagnie des Porteurs du Sceau. Elle lui avait brûlé la main en y faisant s'enflammer un caillou rien qu'en le regardant. Il s'était dit, à ce moment-là, qu'il valait bien mieux être son ami que son ennemi. Il se demanda dans quelle catégorie il se trouvait à l'heure actuelle et évita son regard en se concentrant sur les manches de sa chemise, qu'il lissa avec application.

– Désolée de te réveiller, Yoran. Je voulais te parler. Je peux m'asseoir ? demanda-t-elle en désignant le bord du lit.

– Bien sûr.

Il lui fit un peu de place, et elle s'assit, hésitante. Il leva les yeux malgré lui et croisa son regard. Son cœur se serra.

– Comment tu te sens ? osa-t-il, en se demandant si cette question avait le moindre sens dans des moments pareils.

Elle haussa les épaules avec un mouvement fataliste.

– Ça ira. Ne t'en fais pas.

Elle sembla chercher ses mots.

– Excuse-moi… tu sais… pour ce que je t'ai dit hier soir. Je… Je ne le pensais pas.

Il grimaça.

– Tu ne le pensais pas ?

– En fait… si, je le pensais hier soir, mais plus aujourd'hui. Et je n'aurais pas dû t'accuser comme je l'ai fait.

Yoran soupira. Il avait horreur que les gens viennent s'excuser de lui avoir dit la vérité. Cela l'achevait plus souvent que cela ne le consolait.

– Tu avais raison, Neschka. J'aurais dû agir, et je ne l'ai pas fait. Je me suis seulement caché. J'ai mérité tes reproches.

– Non. J'ai été injuste avec vous deux. Si Tadeck et toi vous n'étiez pas restés cachés, vous seriez morts à l'heure qu'il est, et ça n'aurait rien changé au sort des habitants d'Eliassaba. Au sort de ma famille.

Il se garda de répondre. Il était bien aise qu'elle ne lui en tienne pas rigueur, mais il savait au fond de lui que, cette nuit-là, l'honneur lui avait cruellement fait défaut.

– Tadeck et toi avez fait ce qu'il fallait, Yoran. La reine est seule responsable de ce qui arrive. Elle n'a pas attendu que tu ailles lui chercher l'Aïguaviata pour écraser le peuple.

– Ça n'a pas arrangé les choses.

– C'est un fait. Mais ce qui va compter, c'est ce que nous allons faire maintenant. Ce qui va décider du sort de ce peuple, c'est ce que nous choisirons d'entreprendre.

– Il faut trouver Séraphian et le mettre sur son trône, Neschka. Il ne doit pas se cacher plus longtemps, mais prendre sa place à la tête du royaume de son père. C'est le moment de faire confiance aux prévisions de Tadeck.

Neschka eut un petit rire triste.

– J'ai une confiance éperdue en Tadeck, dit-elle. Il est vraiment le plus doué d'entre nous. Avant de le rencontrer, je ne savais pas quoi faire. Il m'arrivait des choses bizarres, vraiment effrayantes. Je ne savais pas qu'il s'agissait du don du Sceau, et je n'avais personne à qui me confier. Un soir, un groupe de voyageurs a demandé l'hospitalité pour la nuit. Tadeck était parmi eux. Il a compris ce qui m'arrivait, et il m'a proposé de les accompagner. Tu sais, Yoran, Eliassaba, c'est le village de ma famille et de mon enfance, mais je n'y ai pas que de bons souvenirs. Ma vie, c'est ici et maintenant, avec les insoumis. Je respecte Tadeck, je l'aime de tout mon cœur et je le suivrai au bout du monde, quoi qu'il arrive. Il ne s'est pas trompé une seule fois. Il a soutenu pendant des semaines que tu reviendrais nous aider. À part moi, tout le monde a douté, mais c'est lui qui avait raison.

– Que je reviendrais vous aider ?

– Tadeck pense que tu as un rôle essentiel à jouer dans la recherche de l'héritier.

– Moi ?

– Il ne te l'a pas dit ? Je m'en doutais. Il cherche à te ménager. Ça lui ressemble bien.

Yoran réfléchit une demi-minute.

– Voilà qui explique pourquoi il m'a accompagné ici sans rechigner alors qu'il y était d'abord opposé. Mais, Neschka, si je ne sais pas moi-même comment je dois m'y prendre, comment Tadeck le pourrait-il ? C'est absurde.

– Tout est absurde sous ce régime, Yoran. Tu n'as tout simplement pas envie d'y croire.

– Non, en effet. Laisse-moi encore cette liberté.

Elle acquiesça.

– Tu parles comme Tadeck. Il dit que connaître l'avenir ne nous donne pas le droit de décider à la place des autres. Que chacun fasse ses choix, mais les destinées s'accompliront de toutes façons.

– Je ne veux pas que ma destinée soit restreinte aux seules visions de Tadeck.

– Ta destinée ne peut pas se réduire à ça. Elle dépend de toi. Uniquement de toi. Des choix que tu feras, en fonction des données que tu auras. Tu restes maître de ta vie, Yoran. Le fait que Tadeck sache ce qui doit arriver ne change rien au fait que nous seuls décidons.

– Hum, marmonna Yoran, qui était en train de perdre le fil. Ça me paraît bien compliqué.

– Il y a deux choses que tu dois garder à l'esprit, à mon avis.

– Lesquelles ?

– Reste toi-même, et fais confiance à Tadeck. C'est tout.

– C'est ce que m'a dit Akin.

– Akin donne des conseils qu'il ferait bien de suivre lui-même, dit-elle avec une légère grimace. Si je me souviens bien, quand tu es rentré à la Plaine, c'est lui qui a dit à Tadeck qu'il ne lui adresserait plus la parole tant que tu ne serais pas revenu.

– Akin lui a vraiment dit ça ?

Elle opina.

– Je te dis que je suis la seule à ne pas avoir douté.

– Il paraît, oui, dit-il avec amertume en songeant aux paroles de Nérielle la veille au soir.

Lorsqu'il était reparti pour la Plaine, son engagement avec la reine lui avait fait descendre en trombe les échelons de l'estime dans laquelle les insoumis le tenaient. Il avait passé des mois ensuite à ressasser cet échec. Et voilà que maintenant ils étaient tous prêts à croire qu'il pourrait jouer un rôle important dans la quête de l'héritier. Apparemment, la constance n'était pas une vertu chez les insoumis.

– Si tu n'as pas douté, pourquoi es-tu venue ici avec eux sans attendre que je revienne de La Plaine ?

Neschka rougit légèrement.

– J'ai suivi le groupe, voilà tout.

Yoran se demanda si sa notion de groupe ne se réduisait pas à la seule personne de Zébana. Il se souvint avec quelle insistance celui-ci la regardait lorsque lui-même s'était trouvé avec eux deux et les autres insoumis, une nuit, sous le bouclier des Porteurs du Sceau.

Ils descendirent déjeuner un peu plus tard, tous les deux apaisés et sans aucun doute plus proches l'un de l'autre. Il apparut qu'ils se trouvaient seuls dans la maison. Neschka, visiblement une habituée des lieux, s'activa et servit un repas copieux à Yoran, qui le dévora sans pudeur, alors qu'elle-même grignotait du bout des doigts. Elle affichait un air serein et le taquina sur son appétit, mais, lorsque Tadeck entra, elle bondit de sa chaise et se rua dans ses bras.

Yoran l'entendit sangloter doucement, tandis que son ami la berçait en lui murmurant des paroles réconfortantes. Il se demanda si cette aptitude relevait de l'inné ou si elle pouvait s'apprendre au même titre que l'escrime. Il songea que, dans son cas, une vie entière d'apprentissage intensif n'y suffirait pas.

– Neschka, souffla Tadeck, je suis désolé pour ta famille. Vraiment désolé. Tu sais que si j'avais pu faire quoi que ce soit je l'aurais fait.

– Je le sais. Tu as fait ce qu'il fallait. Je ne t'en veux pas. Pardonne-moi pour tout ce que j'ai pu te dire hier.

Yoran s'efforça de détourner sa propre attention des reniflements et des murmures de consolation qui se tenaient dans son dos. Il aurait bien aimé posséder un don qui le rende invisible ou qui lui donne la capacité de disparaître instantanément pour réapparaître dans un endroit désert. Quelque chose de bien plus utile à son sens que de lire dans les pensées ou de faire trembler le sol.

– Tadeck, est-ce que cela fait mal longtemps ? demanda Neschka.

– Oui, avoua Tadeck. Mais un peu moins chaque jour. Et tu peux compter sur moi comme j'ai pu compter sur toi, tu le sais.

Yoran, qui s'était concentré jusque-là sur un morceau de viande pour dominer son envie de fuir, se leva en feignant d'avoir oublié quelque chose à l'étage. Il amorçait une retraite discrète quand la porte s'ouvrit à la volée et que les insoumis firent irruption. Ils s'arrêtèrent net dans leur élan en apercevant Neschka en larmes dans les bras de Tadeck, mais elle recula, secoua bravement la tête, presque avec provocation. Yoran admira sa résolution et la promptitude avec laquelle elle faisait front.

– Je vais bien, devança-t-elle.

Nérielle ouvrit la bouche, mais Neschka ne lui laissa pas le temps de placer le moindre mot.

– Alors ? Avez-vous des nouvelles de l'héritier ? demanda-t-elle comme si elle aboyait.

Loris acquiesça.

– Il a été aperçu il y a deux jours à la frontière du désert, derrière les dunes de Soncha, répondit-il en jouant le jeu. Peut-être qu'on peut encore l'intercepter.

Il jeta un œil à Tadeck.

– Qu'est-ce qu'on fait, Tadeck ?

Celui-ci se retourna vers Yoran.

– Qu'en dis-tu ?

Yoran hésita. La façon qu'avait Tadeck de le replacer à la tête d'une décision de groupe n'avait rien pour lui plaire. Il doutait être le mieux placé pour répondre. Il ne savait même pas où se trouvaient les dunes de Soncha.

– Il faut essayer de le localiser, dit-il, pourtant. C'est notre seule chance.

Il croisa le regard de Neschka, qui hocha imperceptiblement la tête.

En moins de deux heures, les chevaux étaient harnachés et les insoumis prêts à partir. Vandii, le cousin de Loris qui les hébergeait, barricada la maison, et ils se mirent en route. Tadeck avait profité de la matinée pour acheter des chevaux pour lui et pour Yoran, en remplacement des deux qui leur avaient été volés par les soldats à Eliassaba.

Leur formation ne pouvait pas passer inaperçue, compte tenu de leur nombre et de leurs bagages. Yoran se demanda combien de temps il faudrait à la reine pour être informée de leurs déplacements. Ils traversèrent Quéloa en direction de l'ouest pour rejoindre les portes du désert.

Dès qu'ils eurent quitté les murs de la cité, la chaleur sembla exploser autour d'eux. Yoran, qui ne connaissait du désert que le nom, dut dominer son impatience. Son trio semblait absorbé par une conversation fort intéressante où il était selon toute vraisemblance question de lui. Il se laissa distancer par les insoumis pour pouvoir y prendre part. Kern lui adressa un regard qui signifiait qu'il avait repéré son petit manège.

– Akin nous a raconté, pour l'Aïguaviata et tout le reste. Tout ce que tu avais omis de nous rapporter.

Il n'y avait aucune amertume dans sa voix, comme Yoran pouvait s'y attendre de la part d'un proche qui n'avait pas été dans le secret, mais plutôt une note d'admiration qui ne passa pas inaperçue. Il haussa les épaules.

– Ce n'était pas aussi glorieux que je l'aurais souhaité, avoua-t-il d'un ton morne.

– Je trouve que tu as eu beaucoup de cran d'agir contre la volonté des insoumis. Akin a un côté très persuasif, et je ne suis pas certain d'être capable de lui tenir tête.

Kern approuva.

– Tadeck m'a soutenu, rappela Yoran. Je n'étais pas tout seul.

– Il paraît, s'amusa Koura. Ils nous ont raconté. Ils n'étaient pas d'accord avec Tadeck, mais il semblerait qu'ils aient changé d'avis à ton sujet.

Après plusieurs heures de chevauchée au cours desquelles Yoran remarqua les très nets progrès de Koura en matière d'équitation, la végétation se raréfia, jusqu'à disparaître complètement pour révéler une terre rougeoyante et aride. De loin en loin, quelques maigres buissons se roulaient en boule sous la morsure du soleil. Une fine poussière eut tôt fait de recouvrir montures et cavaliers. Elle s'insinua dans les moindres replis et irrita rapidement hommes et animaux. Yoran aurait bu la totalité de sa ration en eau si Neschka, extrêmement prévenante à son égard, ne l'avait enjoint à plus de retenue. Elle lui montra comment rouler une bande de tissu autour de la tête pour se protéger de l'aveuglement de l'astre et de la poussière, et il lui en fut reconnaissant.

– Les dunes sont loin ? lui demanda-t-il.

– On y sera ce soir. Il y a un puits là-bas. On y campera.

Le soir, le soleil se coucha derrière les dunes qui ondulaient paresseusement sur l'horizon, et toute trace de chaleur disparut avec lui. La nuit engloutit l'étendue désolée et un vent glacial se leva, comme s'il avait guetté ce signal toute la journée. Yoran se mit rapidement à grelotter et voua Séraphian aux enfers. Il lui tardait de s'enrouler dans une couverture près d'un feu réconfortant et de dévorer n'importe quoi de comestible – le petit déjeuner du matin chez Vandii était bien loin.

Ils montèrent un campement improvisé non loin du puits, où ils abreuvèrent les chevaux, et Yoran se dépêcha d'allumer un maigre foyer, sur les recommandations de Loris, qui gérait la réserve de bois. Finalement, l'estomac plein et un peu réchauffés, tous passèrent une bien meilleure soirée que la précédente, comme si la proximité de l'héritier les éperonnait. Yoran avait enfin l'impression d'agir.

Les jours suivants, il déchanta. Ils parcoururent vainement les environs à la recherche du prince. Loris et Tadeck découvrirent les traces d'un campement récent ;

ils suivirent les empreintes une journée entière jusqu'à ce qu'elles se perdent à mesure que le sol durcissait, sans même être certains qu'il s'agisse de celles du fils d'Arden. Ils longèrent la bordure du désert, s'enfoncèrent un peu dans les terres stériles en reliant un puits à un autre, tournèrent en rond en scrutant le ciel à la recherche de fumée indiquant un bivouac. Au bout de dix jours de ce régime, le moral de Yoran, déjà fragilisé par les événements récents, avait largement eu le temps de s'émousser. Il faisait une chaleur torride le jour, un froid glacial la nuit sous la toile trop fine des tentes, et, pis que tout à ses yeux, les réserves de nourriture s'amenuisaient de jour en jour.

Un matin, Yoran se leva avant les autres, passablement irrité et bien décidé à trouver autre chose à se mettre sous la dent que des galettes desséchées par la chaleur. Ils avaient tourné en rond plusieurs heures la veille, sans trouver de traces méritant qu'on s'y intéresse. L'héritier, au mépris du bon sens, semblait divaguer avec sa suite dans l'immensité désertique comme au milieu d'un jardin ; et, lorsque les insoumis mettaient la main sur leur campement, ils avaient quitté les lieux depuis belle lurette sans qu'on puisse déterminer quelle direction ils avaient prise, et tout était à recommencer. Il fallait se rendre à l'évidence : retourner à Quéloa semblait être la meilleure option, et, en attendant de convaincre les autres de rebrousser chemin, Yoran avait la ferme intention de déguster un repas digne de ce nom. Les insoumis longeaient depuis quelques jours un torrent encaissé pratiquement dépourvu de végétation, et Yoran était certain qu'il y trouverait de quoi satisfaire son estomac.

Délaissant son cheval, il rejoignit d'un pas énergique les roches rouges qui servaient de lit au cours d'eau. Il dut marcher un moment à la recherche d'un endroit où descendre sans prendre le risque de se rompre le cou, car la roche acérée formait une gorge aux parois escarpées qui rendait le torrent quasiment inaccessible. Il aperçut enfin dans un coude un passage vers une rive épargnée par la furie de l'eau. Enfermé comme il l'était entre les murs de pierre, Yoran percevait le fracas de l'eau comme les roulements incessants d'un orage, ce qui n'était pas fait pour lui déplaire ; le silence du désert commençait sérieusement à l'obséder.

Il fouilla les anfractuosités à la recherche des crustacés qui devaient s'y dissimuler, mais, en dépit de ses efforts, il n'en délogea aucun. Il allait renoncer lorsqu'un mouvement à la périphérie de son champ de vision attira son attention. Quelqu'un se penchait périlleusement au-dessus de l'eau sur la rive opposée. Son premier réflexe fut de reculer prudemment pour se mettre hors de vue de l'intrus, puis il jeta un regard circonspect de l'autre côté. Un individu sans doute âgé d'une vingtaine d'années se tenait sur un promontoire rocheux à quelques coudées au-dessus des flots, dans un équilibre plus que précaire. L'éclaboussement montait jusqu'à lui, et, de là où Yoran se tenait, il distinguait très nettement son visage concentré et ses cheveux ruisselants. Le jeune homme ne semblait pas mesurer l'étendue du danger, le regard focalisé sur quelque chose en contrebas dont il tentait visiblement de s'emparer. Il était pourtant clair que la chute était imminente.

Négligeant les recommandations de discrétion des insoumis, Yoran hurla pour le mettre en garde. C'était peine perdue, car, malgré la distance dérisoire qui les séparait, le tumulte de l'eau engloutissait tous les autres sons. En désespoir de cause, Yoran fit de grands signes que l'autre, le corps tendu à l'extrême en direction de la rivière, ne vit même pas. Il se rappela un petit gué en amont, mais, le temps qu'il l'atteigne, le jeune homme aurait déjà disparu dans les eaux tourbillonnantes.

Yoran hésitait encore sur ce qu'il devait faire lorsque le jeune homme bascula en avant. Il étouffa un juron. Des plis de la cape de l'imprudent se prirent miraculeusement dans la roche et le retinrent suffisamment longtemps pour qu'il puisse se rétablir avec prestesse et prendre un appui temporaire sur la paroi. Il sembla un moment spéculer sur le nombre de chances qu'il avait d'atteindre le promontoire d'où il venait de tomber. Yoran jugea que, sans l'aide d'un tiers, il n'en avait quasiment aucune.

Il maudit intérieurement les rouages compliqués du sort qui plaçait sur son chemin des individus à la navrante faculté de se mettre en péril, remonta sur les hauteurs à la recherche du gué. Il courut à perdre haleine, traversa la rivière en bonds mesurés et atteignit l'éperon rocheux en un rien de temps. Yoran s'agenouilla au-dessus de l'eau pour apercevoir le jeune homme, qui tentait vainement un rétablissement alambiqué, à deux coudées à peine en dessous de lui.

– Tenez bon, lui cria bêtement Yoran, comme si l'autre avait pu avoir l'intention du contraire.

Yoran scruta les alentours comme s'il s'attendait à ce que le destin, affligé de devoir lui imposer ce genre de situation, lui octroie une échelle de corde pour mener à bien son sauvetage. Force lui fut de se rabattre sur les moyens dont il disposait. Il détacha sa ceinture et en lança une extrémité à l'intention du jeune homme. Elle était juste assez longue pour qu'ils puissent tous les deux s'y agripper en faisant deux tours de main et combler la faible distance qui les séparait. Yoran crut que ce serait laborieux, mais avec une aisance déconcertante l'autre reprit pied à côté de lui une poignée de secondes plus tard.

– Eh bien, jugea-t-il avec un enthousiasme que Yoran trouva mal venu pour un rescapé, heureusement que vous passiez par là ! Pour un peu, j'aurais été forcé de prendre un bain.

– Vous aimez prendre des risques, commenta Yoran en remettant sa ceinture.

Il dévisagea le jeune homme autant que la politesse le lui permettait. Les cheveux humides à la blondeur incertaine pointaient en tous sens comme de la paille cassée sur un vieux balai. Les yeux clairs, un peu étirés, hésitaient entre le vert et le brun sans pouvoir décider de la teinte qui leur convenait le mieux. Il portait une barbe châtain clairsemée qui semblait appartenir à quelqu'un d'autre. Il paraissait totalement inconscient d'avoir échappé à une mort certaine par noyade et examinait d'un air sceptique une remarquable brûlure que le frottement de la roche lors de sa chute avait provoquée.

– Je croyais arriver à recueillir un pied de cet œil-de-chat, là, expliqua-t-il en désignant une maigre touffe verte et velue qui se dressait avec insolence au-dessus des flots, accrochée à la paroi verticale à une distance qui aurait découragé les plus intrépides.

– Un œil-de-chat ? répéta Yoran, un peu perdu.

– Un spécimen assez rare qui manque à ma collection, précisa l'autre, visiblement enchanté du défi.

Il fit quelques pas en s'étirant, sembla vérifier que tous ses membres répondaient à l'appel, et, apparemment satisfait de cet examen corporel, sourit ingénument à Yoran.

– Merci de votre aide, dit-il avant de s'agenouiller derechef et périlleusement à l'extrême bord de la paroi.

– Hé ! s'écria Yoran, qu'est-ce que vous faites ?

– Il me faut absolument récupérer cette impudente qui me nargue, expliqua-t-il d'un ton concentré sans même se retourner.

Apparemment, le fait qu'il ait failli mourir noyé dans les eaux de la rivière en essayant de déloger cette même plante était à des milliers de lieues de l'effleurer. Yoran commença à se demander si son interlocuteur avait toute sa raison.

– Vous ne voulez pas au moins attendre que je me sois éloigné pour m'éviter d'avoir à risquer ma vie pour vous secourir une seconde fois ?

L'autre éclata d'un rire consternant.

– D'accord, concéda-t-il en se relevant, je reviendrai un autre jour, après m'être assuré que vous ne serez pas dans les parages. Aussi, que faites-vous dans un endroit aussi inhospitalier et reculé ?

– Je ne cours pas après des plantes, en tout cas, éluda Yoran.

– Je m'appelle Andala, dit l'autre en guise de présentation et en s'inclinant légèrement. Je campe un peu plus loin avec des amis. Joignez-vous à nous pour partager notre repas, proposa-t-il. Pour vous remercier de votre aide.

– C'est très généreux de votre part, mais mes propres amis attendent après moi pour se restaurer.

– Eh bien, allez chercher vos amis et nous partagerons notre repas. Ce sera toujours plus amusant que de demeurer chacun d'un côté de la rivière.

Yoran hésita. Il n'avait pas vraiment envie de se joindre à Andala et à ses amis. Le peu de sérieux d'un individu qui risquait sa vie pour quatre feuilles et une hampe florale au port têtu l'exhortait à la méfiance.

– Yoran ! interpella quelqu'un dans son dos.

Il se retourna pour apercevoir Tadeck, qui devait trouver qu'il tardait un peu trop à les rejoindre. Celui-ci le scruta de ce regard perçant qui devinait ses pensées, jaugeant d'un seul coup d'œil Andala et le danger potentiel qu'il représentait. Yoran soupira bruyamment et pensa aussi fort qu'il le put « je vais bien, inutile de s'inquiéter » en espérant que Tadeck devinerait son exaspération d'être ainsi couvé. Ce qui dut être le cas, car il afficha un sourire moqueur qui démolit toute tentative de réprobation. Pour finir, ce fut Yoran qui s'excusa :

– J'ai eu un léger contretemps, dit-il piteusement en désignant Andala du menton.

– C'est entièrement de ma faute, concéda ce dernier en s'inclinant poliment pour saluer le nouveau venu. Je dois admettre que votre ami m'a probablement sauvé la vie en venant à mon secours.

Yoran sentit le rouge lui monter aux joues, comme si le fait de sauver la vie de quelqu'un avait pu être source de honte, et Tadeck lui jeta un irritant regard en coin agrémenté d'un nouveau sourire qui confirma cette impression.

– Pourquoi cela ne me surprend pas ? ironisa-t-il.

– Ça va, coupa Yoran en rougissant franchement. Rentrons, ajouta-t-il pour couper court à tout autre commentaire, mais Tadeck soudain redevenu sérieux secoua la tête.

Il dévisageait maintenant Andala avec une attention qui alerta Yoran. Il fit un pas en avant.

– Je m'appelle Tadeck, se présenta-t-il.

– Andala, répliqua le jeune homme.

Tadeck étira un sourire ravi. Yoran regretta que son pouvoir ne fonctionne pas en sens inverse pour pouvoir deviner ce qui causait cette satisfaction manifeste.

– Évidemment ! exulta Tadeck, il n'y a que Yoran pour provoquer ce genre de coïncidence.

Comme les deux autres le regardaient sans comprendre, il demanda :

– Séraphian Andala ?

L'autre le scruta un moment avant de préciser :

– On ne m'appelle jamais Séraphian.

– Vous êtes le prince Séraphian ? s'étrangla Yoran, qui venait de comprendre.

– Séraphian tout court, contredit Andala. Pourquoi ?

– Andala, il se trouve que mes amis et moi-même cherchons à vous rencontrer depuis un moment, expliqua Tadeck sans se départir de son sourire. Mais il semble que vous vous déplaciez souvent et nous arrivons chaque fois après votre départ.

– Vous me cherchiez ? releva Andala avec une soudaine méfiance à l'égard de Tadeck et de Yoran.

Toute ingénuité l'avait déserté, et Yoran vit qu'il avait esquissé machinalement un geste vers sa ceinture – là où devait habituellement se trouver une épée.

– Ne vous inquiétez pas, nous n'avons rien à voir avec la reine Yélana.

Yoran admira l'aisance avec laquelle Tadeck mentait, avant d'admettre qu'après tout il n'avait pas tort. Même s'il était bien le fils de Yélana, il n'avait rien en commun avec elle. Andala parut sceptique.

– Expliquez-vous, exigea-t-il, toujours sur ses gardes.

Ce que fit Tadeck, au grand étonnement de Yoran qu'il avait habitué à plus de circonspection.

– Mes amis et moi vous cherchons pour vous demander d'aller essayer le trône de Terendis, expliqua-t-il sans détour.

Le nom de la cité sembla un instant résonner entre eux trois, avant qu'Andala n'éclate de rire.

– Très drôle, dit-il en secouant la tête. Ma filiation ne me donne pas accès au trône, vous ne l'ignorez pas.

– Qu'en savez-vous ? intervint Yoran. L'avez-vous essayé ?

– Inutile. De toute façon, le trône de mon père est verrouillé.

– En attendant l'héritier.

– Qui n'est pas moi, je vous assure, exposa calmement Andala. Je suis certain que le roi qui succédera à la reine n'est pas de la lignée de mon père.

– On ne pourra en être sûr que si vous essayez ce trône, argumenta Yoran, qui ressentit une pointe de mépris à l'égard d'Andala. Votre père a pris soin de ce royaume durant des années, vous ne pouvez pas lui refuser votre aide.

– Vous vous appelez comment ? demanda tout à coup Andala.

– Yoran.

Andala le dévisagea comme s'il le voyait pour la première fois, avant de se tourner vers Tadeck. Il échangea avec lui un long regard et Yoran eut l'impression d'être jeté à l'écart d'un conciliabule muet. Il dut dominer l'énervement que suscitait cet échange.

– Et vous, vous êtes le fils de la reine Yélana, affirma lentement Andala en scrutant toujours Tadeck, qui acquiesça sans ciller.

Yoran se demanda si ce lien de parenté n'allait pas jouer en leur défaveur. Il y eut un long silence seulement troublé par le fracas de l'eau avant qu'Andala ne reprenne la parole.

– D'accord, dit-il. Je veux bien aller à Terendis.

Yoran fronça les sourcils. Ce brusque revirement lui paraissait suspect.

– Vous disiez à l'instant que votre filiation ne vous ouvre pas les portes de Terendis, rappela-t-il.

– Et je maintiens ce que j'ai dit. Mais j'admets que vous ne pouvez pas en être certain tant que je n'aurai pas essayé ce trône. Comme vous venez de me sauver la vie, je peux au moins vous donner cette certitude. Laissez-moi prévenir mes amis et nous nous joindrons à vous. Nous partirons dès que vous le voudrez.

– Nous vous attendrons jusqu'au lever du jour, dit Tadeck. Après quoi, nous lèverons le camp.

Andala les quitta, et Yoran le regarda s'éloigner prestement entre les rochers.

– Explique-moi, intima-t-il en fusillant Tadeck du regard.

– Que veux-tu que je t'explique ? questionna celui-ci d'un ton faussement innocent. Tu viens de rencontrer le prince Séraphian et il accepte d'aller essayer le trône. Il faut croire que tu as été suffisamment convainquant.

Yoran rougit de nouveau.

– Le prince Séraphian n'est qu'un imprudent qui collectionne des végétaux sans intérêt. Il a failli perdre sa vie de prétendant au trône en essayant de cueillir une stupide fleur !

– Si je ne m'abuse, c'est la deuxième fois que tu sauves la vie d'un prince héritier, railla Tadeck. Méfie-toi que ça ne devienne pas une habitude !

En représailles, Yoran afficha une mine boudeuse et un silence obstiné tout le long du chemin tandis qu'ils rejoignaient les autres au campement. Le fumet prometteur d'un petit gibier en train de rôtir eut raison de sa mauvaise humeur, et il oublia instantanément ses griefs à l'égard de Séraphian et de Tadeck.

– Demain, on lève le camp, annonça fièrement ce dernier à tout le groupe. Yoran a trouvé Séraphian, et le prince est d'accord pour aller à Terendis.

Il y eut un flottement durant lequel les insoumis s'entre-regardèrent pour deviner s'il s'agissait d'une plaisanterie.

– Tu n'es pas sérieux, Tadeck ? demanda Loris.

Tadeck, visiblement ravi de son petit effet, hocha vigoureusement la tête.

– Comment as-tu fait, Yoran ? demanda Nérielle. Ça fait des semaines qu'on court après lui, et toi, en une seule balade dans le désert, tu arrives à mettre la main dessus ?

– Et à le convaincre de nous accompagner, ajouta Tadeck.

– C'est incroyable !

– Oui, bon, ça va, ce n'est qu'une coïncidence, ronchonna Yoran.

– Alors, comment est Séraphian ? questionna Liam.

– Bien loin de ce que j'imaginais, commenta Yoran avec une nonchalance censée dissimuler son agacement. Du genre imprudent et têtu. Il ne ressemble pas à ce que l'on attend d'un héritier.

Tadeck hocha la tête avec circonspection et, sembla-t-il, un brin de malice, mais Yoran s'appliqua à ne pas relever.

– Raconte-nous, Yoran, pria Kern.

– Il n'y a rien à raconter, il a failli tomber à l'eau et je l'ai aidé à remonter sur la berge, voilà tout. Tadeck est arrivé à ce moment-là, on s'est présentés, et Séraphian a bien voulu aller à Terendis. À moins qu'il ne se soit moqué de nous il sera là demain avec ses amis.

Les insoumis discutèrent toute la journée, spéculant sur la rencontre fortuite et ses conséquences jusqu'à une heure avancée de la nuit. Le froid mordant les tenait près du feu, en cercle serré. Une légère euphorie paraissait avoir gagné l'ensemble des jeunes gens ; même Neschka fut surprise à rire. Elle se tenait entre Tadeck et Yoran, qui lui demanda de montrer ses extraordinaires talents de Porteuse du Sceau à ses trois amis. Elle ne se le fit pas dire deux fois.

Plus tard, Yoran éprouva des difficultés à s'endormir. Les autres avaient depuis longtemps déjà plongé dans leurs rêves qu'il fixait encore, les yeux grands ouverts, la toile grise de la tente au-dessus de sa tête comme si elle avait pu lui apporter du réconfort.

Il avait très envie de se blottir contre Loda, de la savoir près de lui, d'entendre les petits geignements qui agitaient le sommeil de ses filles. Il ne cessait de réfléchir au tour irritant que prenaient les événements à son seul contact. Les paroles de Nérielle résonnaient à ses oreilles. Ils avaient sillonné les portes du désert des jours durant sans le moindre résultat, et voilà qu'une seule escapade en solitaire jetait Séraphian sur son chemin, et qu'il était même contraint de lui venir en aide. Il n'osait imaginer ce que cela pouvait signifier dans l'esprit tortueux d'insoumis trop prompts à voir des signes du destin là où il n'y avait manifestement que des coïncidences. Et encore, songea-t-il, Tadeck taisait l'étrange phénomène dont il avait été témoin à Eliassaba.

Yoran avait toujours du mal à concevoir qu'il ait été à l'origine de tout ça. Était-il possible qu'il ait le don en l'ignorant ? Sans même le ressentir ? Il avait cru, naïvement sans doute, que le don du Sceau nécessitait une dépense physique importante, une quantité non négligeable d'énergie. Tadeck n'avait-il pas évoqué cela lorsqu'il lui avait parlé de la façon dont il avait guéri de ses blessures après leur rencontre ? Et comment Yoran avait-il pu hériter d'un tel pouvoir ? Car Tadeck était formel, il ne l'avait pas avant son retour à la Plaine. Il n'y avait qu'une seule explication possible : son passage dans la salle souterraine et ce qui s'y trouvait devaient en être la cause. Il se rappela qu'il avait effleuré d'un doigt l'eau limpide qui se répandait dans la salle, qu'il l'avait même goûtée. Quelle imprudence ! Et comment en assumer les conséquences maintenant ? Ce don l'effrayait plus qu'il ne l'attirait. Il n'avait pas vraiment envie que son entourage apprenne ce genre de capacités. Pourvu que Tadeck tienne sa langue à ce sujet ! Il n'avait qu'une crainte : qu'un geste réflexe fasse éclater au grand jour la vérité.

Il se força à détourner ses pensées du don du Sceau pour les reporter sur Séraphian. Drôle d'individu. Yoran ne pouvait se départir d'une certaine méfiance. Il s'agissait seulement d'un malaise diffus, sans rien pour l'étayer. Il avait peut-être simplement imaginé quelqu'un d'autre que ce jeune homme au visage juvénile, malgré la barbe volontairement hirsute. Ses réactions le laissaient perplexe. Il songea qu'il avait un lot d'interrogations à lui soumettre dès que possible. Pourquoi refuser d'aller à Terendis, pour l'accepter l'instant d'après sans état d'âme ? Ce revirement faisait suite à l'échange muet qu'il avait eu avec Tadeck. Cela le mettait mal à l'aise. Il avait comme un pressentiment, sans pouvoir mettre de mot dessus. Séraphian viendrait-il vraiment ?

Chapitre six
Andala

Lorsque Yoran s'éveilla, le ciel était si rose que c'en était presque irréel. Le froid de la nuit disparut sitôt que le soleil bondit au-dessus de l'horizon, précipitant chaque vie animale encore à l'affût dans ses repaires secrets pour se protéger de la chaleur. La rosée qui n'avait pas été absorbée s'évapora aussitôt, troublant durant quelques minutes l'air limpide qui oscillait déjà au loin sur la crête des dunes de Soncha.

Il s'assit et se frotta longuement les yeux, s'étira, s'agita bruyamment dans sa tente pour réveiller les dormeurs, qui semblaient ignorer sciemment qu'aujourd'hui ils partaient pour Terendis avec l'héritier du roi Arden.

À court d'onomatopées suffisamment tapageuses, il secoua Kern, qui avait eu le malheur de se retourner dans son sommeil, et le força à ouvrir les yeux.

– Debout, la marmotte. Le soleil est levé depuis longtemps.

Il asticota les autres chacun à leur tour jusqu'à ce que tout le monde émerge enfin des couvertures et des tentes avec une mine ensommeillée, et consente à occuper par les conversations les plus anodines le temps les séparant de la venue de Séraphian – s'il venait.

Il vint ; il apparut à la tête de cinq cavaliers, vêtu à la manière étrange des habitants de Syanne et la tête enturbannée, comme surgissant de nulle part au milieu des dunes baignées de lumière. Le prince mit pied à terre, imité par ses compagnons, reconnut Yoran parmi les jeunes gens qui se tenaient devant eux, et s'inclina brièvement :

– Nous sommes prêts à vous accompagner à Terendis, dit-il simplement sans quitter Yoran des yeux.

Celui-ci se sentit déstabilisé par cette approche un peu trop solennelle à son goût. Il s'efforça de ne pas rougir, présenta succinctement ses amis, et Séraphian fit de même.

– Voici Milien, Arcellin, Mérick et Licette.

Les quatre jeunes gens s'inclinèrent à l'énoncé de leur prénom. Milien avait un visage anguleux, mais néanmoins engageant et un regard pétillant. Arcellin arborait une chevelure rousse comme Yoran n'en avait jamais vue, qui débordait allégrement de son turban, et des yeux verts semblables à ceux d'un chat. Mérick se contentait d'une forte carrure qui s'associait parfaitement à la consonance de son nom. Quant à Licette, elle avait le teint sombre du pays de Syanne, un tatouage compliqué sur chaque pommette et un charme non négligeable.

Il y eut un embarras propre aux présentations, où tout le monde se dévisageait en essayant de superposer les représentations qu'ils se faisaient de l'autre à la réalité qu'ils étaient en train de vivre. Cela dura une demi-minute durant laquelle Séraphian Andala considéra chacun des insoumis comme si cet examen allait le renseigner sur leur loyauté à son égard.

– C'est donc vous qui mettez la reine en émoi ? questionna-t-il finalement.

– En émoi ? répéta Nérielle.

Il lui sourit ingénument.

– Vous êtes recherchés, vous le savez sans doute ?

– Nous sommes quelque peu coupés du monde depuis une dizaine de jours que nous parcourons ce désert, glissa Yoran en feignant de retenir une pointe d'animosité.

Loin d'être dupe, Séraphian affronta son regard avec une bienveillance qui l'irrita un peu plus.

– Comment savez-vous que nous sommes recherchés ? coupa Tadeck avec diplomatie.

– En ville, il y a des espions de la reine qui demandent après vous, dit Licette avec un tel accent que Yoran crut une petite seconde qu'elle avait parlé saâdien.

– En ville ? demanda Loris, qui n'avait visiblement pas le même souci d'audition.

– À Pristana, précisa Séraphian, le siège du palais de Soh-Amah. C'était avant qu'ils n'apprennent notre départ. Quand j'ai su qu'un groupe me cherchait, j'ai préféré prendre de la distance et éviter de mettre mes proches en danger. J'ignorais dans quel camp vous vous trouviez.

– Vous le savez maintenant ? demanda Yoran avant que Tadeck ait pu l'en empêcher.

– Vous n'êtes pas du côté de la reine, en tout cas. Bien que vous soyez son fils, ajouta-t-il en regardant Tadeck.

– Je ne suis pas très fier de ce lien de parenté, Andala.

– Ni moi du mien avec mon père. Il m'a causé plus d'ennuis qu'autre chose, et j'ai l'impression que ce n'est qu'un début, maintenant que mon véritable nom semble connu de tous. Quoi qu'il en soit, j'ai promis de vous accompagner jusqu'à la cité de mon père et je tiendrai parole.

– Eh bien, alors, mettons-nous en route. Plus vite nous serons arrivés, mieux ce sera, trancha Yoran.

Tadeck lui adressa un regard qui voulait dire « fais un effort pour te contenir », mais Yoran l'ignora superbement. Comme il commençait à en avoir l'habitude, il prépara sa monture en bougonnant, avant de se rendre compte que Licette l'observait, les lèvres pincées en une moue franchement réprobatrice. Il fit mine de ne rien remarquer et enfourcha son cheval, un brin décontenancé quand même. Il le lança au petit trot, devançant les insoumis, puis se rappela qu'il ignorait totalement de quel côté se trouvait Terendis.

– Yoran, si tu veux aller à Terendis, il faut reprendre la route vers l'est, rappela négligemment Tadeck en le rattrapant.

– C'est toi qui as la carte, marmonna-t-il.

Tadeck farfouilla dans ses bagages et lui lança ladite carte.

– Maintenant, c'est toi qui l'as, dit-il joyeusement.

Yoran sentit fondre sa mauvaise humeur comme par magie…, ce qui était peut-être bien le cas. Il déplia la carte sur le garrot de sa monture, qu'il emmena à la même allure que celle de Tadeck.

– Par où faut-il passer, toi qui connais bien le royaume ?

– Le mieux, c'est de longer la frontière avec le pays de Syanne jusqu'à ce que nous dépassions la Cité de Terre, puis de prendre vers le sud jusqu'à Terendis.

– La carte indique une route plus directe.

– Celle qui passe par la cité fortifiée et le palais de la reine, je sais. Mais c'est beaucoup trop risqué. Il vaut mieux éviter les routes et passer par les plaines désertiques. On se ravitaillera dans les petits villages, ne t'en fais pas. Ton estomac n'aura pas à souffrir de ce voyage, ajouta-t-il avec un sourire.

Yoran ne pouvait qu'être d'accord avec ces dispositions qui préserveraient son moral.

Ils rebroussèrent chemin et regagnèrent Quéloa, où seuls Vandii et son cousin Loris entrèrent pour faire le plein de nourriture. Ils revinrent chargés de sacs et Yoran, dépité, reconnut le grain pour les chevaux. Il fusilla les montures du regard tandis qu'elles se régalaient sans scrupules.

– Il faut les gâter, Yoran, préconisa Tadeck. Sinon, les chevaux n'arriveront pas jusqu'à Terendis.

Ils les laissèrent se reposer et brouter tout leur content dans une prairie à l'écart de la cité. Le lendemain, tous reprirent la route le long de la frontière. Ils empruntaient des sentiers sinueux qui allongeaient considérablement leur périple, mais qui permettaient aux jeunes gens de la Plaine de découvrir la diversité du royaume.

Au cours des jours qui suivirent, et comme l'avait promis Tadeck, ils multiplièrent les haltes dans les villages pour se procurer des vivres. Par précaution, le groupe s'installait à distance pour éviter de se faire repérer par les villageois, et seulement deux ou trois insoumis se chargeaient des opérations de ravitaillement. Cela durait une heure ou deux, puis ils mangeaient et se reposaient, pour repartir aux lueurs de l'aube.

Andala et ses amis voyageaient groupés, ponctuant leurs interminables conversations en saâdien de grands éclats de rire et, parfois, de coups d'œil entendus en direction de l'un des insoumis. Yoran avait l'impression que son tour revenait plus souvent que celui de ses compagnons, et cela alimentait l'animosité qu'il ressentait à l'égard de l'héritier du roi Arden. Celui-ci en semblait parfaitement conscient, et ne faisait rien pour gagner son amitié. Plus d'une fois, il retarda tout le groupe en sautant de cheval pour aller à quatre pattes dans la prairie observer de plus près un spécimen floral qui l'avait interpellé. Il le saisissait alors entre deux doigts précautionneux, sortait un cahier racorni de son bagage et y insérait le précieux échantillon après y avoir noté une multitude d'informations. Les amis d'Andala paraissaient trouver ordinaire ce comportement, et Yoran se mordait la langue pour se taire. À son grand agacement, les insoumis faisaient mine de ne rien remarquer.

– Un peu de reconnaissance, Yoran, glissa un jour Andala d'un ton ironique en croisant son regard irrité, avoue que, sans ma passion pour les plantes, toi et tes amis seriez encore perdus dans le désert à ma recherche…

Si les yeux de Yoran avaient été une arme, il ne faisait aucun doute qu'Andala, tout héritier qu'il fût, aurait été tué sur place.

Andala n'était pas le seul à avoir un comportement bizarre. La monture de Yoran marchait quelques pas derrière celle de Licette, et il eut ainsi tout le loisir de l'observer. Licette avait une manière bien à elle de chevaucher, sans qu'il puisse déterminer en quoi elle différait de celle de Tadeck.

À un moment, elle arrangea son turban, qui libéra une épaisse natte noire et brillante comme un cobra. Aussitôt, quelque chose de vivant s'agita derrière elle au milieu du bagage qu'elle portait en croupe, essayant de saisir le jouet improvisé, et Yoran aperçut deux créatures tout en oreilles et en moustaches qui se fondaient dans la masse des couvertures. Il dut s'approcher un peu pour se rendre compte qu'il s'agissait de deux étranges chats au pelage si ras qu'il semblait inexistant, et à la finesse irréelle. Leurs immenses oreilles et leurs yeux de cobalt leur donnaient une attitude vigilante un peu inquiétante. Ils avaient une couleur singulière, dans les tons fauves, et mouchetée de taches sombres, tirant vers le doré sur les flancs et jusque sous le ventre.

Licette remarqua son regard insistant sur les deux créatures et marmonna quelques paroles incompréhensibles en saâdien avant d'aiguillonner sa monture et de le distancer. Il nota que quelle que soit l'allure à laquelle elle chevauchait, les animaux ne paraissaient nullement incommodés. Ils devaient être coutumiers de ce moyen de transport, car ils s'extirpaient parfois de ce qui semblait être un baluchon de fourrure confectionné à leur intention et profitaient du pas nonchalant du cheval pour entreprendre une consciencieuse toilette.

À chaque halte, ils bondissaient de leur perchoir pour satisfaire leurs besoins naturels et retrouvaient leur place dès que le groupe se remettait en route. Le soir, ils disparaissaient avant même qu'on ait débarrassé les chevaux de leur harnachement. Le matin, Licette sifflait ses chats comme on siffle un chien, et les deux énergumènes accouraient, bondissant – entre frétillement de queues jumelles et clignements d'yeux chatoyants –, excités par leur escapade nocturne où ils avaient mis à mal la communauté de rongeurs des environs. Licette soulevait les corps souples dans ses bras, les installait avec soin sur leur couverture, où ils se lovaient toute la journée, surveillant parfois les cavaliers d'un regard aiguisé ou ignorant royalement l'agitation autour d'eux, même lorsque le naseau inquisiteur d'un cheval s'interrogea sur la provenance d'une odeur féline et se posa sur eux avec circonspection.

Après avoir dépassé la magnifique et très ancienne Cité de Terre, ainsi nommée à cause de sa fortification de briques de terre séchée, les insoumis bifurquèrent vers le sud. Durant plusieurs jours, le royaume étira à leurs pieds des plaines désertiques, hostiles à toute vie en raison du vent permanent qui y régnait. Il semblait naître dans les montagnes grises que l'on distinguait à l'est, au milieu des brouillards.

Yoran essayait de conserver une humeur égale, mais il avait tendance à osciller entre une excitation extrême à l'idée qu'ils étaient en route pour Terendis, l'ancienne cité dont les insoumis ne cessaient de parler, et un accablement qui rampait sournoisement autour de lui. Ils parlaient peu. Même s'ils l'avaient voulu, le vent rendait vaine toute tentative d'échange.

Passées ces zones désertiques, le vent s'atténua jusqu'à mourir, et la plaine se couvrit de prairies à l'herbe dense et grasse. Le seul moyen dont disposait Yoran pour rompre la monotonie du voyage, c'était de ralentir ou d'accélérer sa marche. Il voyageait ainsi longuement aux côtés de Tadeck, dont la conversation passionnante laissait immanquablement filer les heures sans qu'ils s'en aperçoivent. Andala les rejoignait parfois, et Yoran ralentissait sensiblement sa monture pour l'éviter, dans une manœuvre où la jalousie avait sans doute sa part. Il se rapprochait alors de Nérielle et Neschka. Les envolées de leurs discussions lui rappelaient ses sœurs et sa vie à la Plaine ; il laissait ces échanges le distraire. Le plus malaisé durant tout ce temps vide, c'était encore de freiner son esprit vagabond, toujours disposé à engendrer des pensées peu fécondes.

Le soir, ils s'arrêtaient avant que le soleil ne descende derrière l'horizon. Ils montaient les tentes si la nuit promettait des températures trop basses ou se bornaient à dérouler les couvertures si l'air se montrait clément.

Tadeck persévérait dans son enseignement de l'escrime. Yoran se défoulait férocement dans cet exercice, et il lui arriva plus d'une fois de perdre patience. Il se blessa souvent aussi, son ami multipliant les offensives pour le forcer à progresser, et, un soir, Tadeck refusa même d'utiliser le Sceau pour le soigner – du jamais vu pour Yoran, qui s'en alla penaud demander de l'aide à Neschka.

– Comme ça, ça rentrera peut-être dans ta tête, commenta Tadeck. J'ai l'impression que tu apprends mieux quand tu es en danger.

– Si c'est comme ça, j'arrête les leçons, bougonna Yoran avec mauvaise humeur.

– Comme tu veux, Yoran, taquina Tadeck, mais il faudra alors que tu trouves de quoi occuper tes soirées.

Neschka condamna la manière d'enseigner de Tadeck en maugréant quelques imprécations où il était clairement question d'inconscience, de jeux dangereux et de la gent masculine en général. Yoran attrapa pourtant au vol un mot qui ressemblait drôlement au prénom de l'un des Porteurs du Sceau. Avec une prudence qu'il avait apprise au contact de Loda, il ne fit aucun commentaire. Neschka confectionna un pansement remarquable. Il la remercia, et elle lui colla un baiser sonore sur chaque joue en riant de sa reconnaissance. Par-dessus le feu de camp, Zébana leur lança un regard acéré.

Le lendemain soir, Tadeck ne vint pas piquer les fesses de Yoran de la pointe de sa lame comme il en avait pris l'habitude pour le convier au duel, mais s'assit paresseusement près de Séraphian, avec lequel il engagea la conversation. Le vent lui rapportait les échos de leur voix, et Yoran dut se résoudre à aller chercher leurs deux épées et à lui tendre la sienne en guise d'invitation. Tadeck eut l'intelligence de ne pas commenter.

– C'est de mieux en mieux, on dirait, analysa Neschka, qui observa leurs évolutions durant plusieurs minutes.

– Grâce à moi, tempéra Tadeck. Je suis un excellent professeur et le meilleur escrimeur du royaume !

– Voyons ça, monsieur le vantard ! s'exclama Neschka.

Émoustillée par le défi, elle courut chercher son épée et s'allia à Yoran pour affronter Tadeck, qui démontra une fois de plus son habileté. Ils eurent beau redoubler d'efforts, il parvenait sans mal à les repousser. D'un coup adroitement porté, il envoya valser l'épée de Yoran, qui commençait à en avoir l'habitude, puis celle de Neschka.

Loin de s'avouer vaincue, elle dégaina avec un sourire plein de malice la petite dague qu'elle portait à la ceinture. En deux temps trois mouvements, Tadeck la força à lâcher son arme en lui bloquant le bras d'une prise expéditive, et la contraignit à s'agenouiller dans l'herbe.

– Grâce, Votre Altesse, supplia-t-elle en riant. Grâce ! Je reconnais que vous êtes le meilleur escrimeur du royaume !

Il la lâcha enfin et elle s'effondra gracieusement dans l'herbe, à bout de souffle. Yoran lui tendit la main pour l'aider à se relever.

– Je crains qu'il ne faille éviter toute provocation au sujet de ses innombrables talents, conseilla-t-il sur un ton amusé. C'est plus prudent.

Ils rejoignirent les autres en riant, et se laissèrent tomber côte à côte près du feu. La nuit s'annonçait aussi douce que les précédentes, et, à défaut de déplier les tentes, Din-Faradel leur distribua les couvertures. Ils se restaurèrent avant de sombrer dans le sommeil, les uns après les autres.

Yoran apercevait de temps à autre le scintillement des paires d'yeux des chats de Licette, comme des follets aussitôt engloutis par l'obscurité. Il les devinait parfois autour d'eux, à la consistance que prenait le silence nocturne.

Il s'assoupit jusqu'à ce qu'un mouvement près de lui le tire de son sommeil. Neschka s'était relevée, emmitouflée dans sa couverture, et attisait le feu qui faiblissait.

Elle s'assit en tailleur dans le cercle mouvant de lumière. Yoran se leva à son tour et vint s'asseoir à côté d'elle.

– Ça va ? demanda-t-il à voix basse.

– Je n'arrive pas à me réchauffer.

Il se débarrassa de sa propre couverture et lui couvrit les épaules.

– C'est mieux, dit-elle.

– Tu parviens à enflammer un caillou rien qu'en le regardant et tu n'es pas capable de te réchauffer ? se moqua-t-il gentiment.

Elle rit.

– C'est paradoxal, en effet, admit-elle.

Ils gardèrent le silence un moment, tout à la contemplation du ballet incandescent qui se tenait devant eux, dansant, tressautant, creusant des cavernes lumineuses qui s'effondraient pour en dévoiler de nouvelles.

– Neschka, demanda Yoran en rompant le silence, comment as-tu fait pour maîtriser le don du Sceau ?

Elle le scruta avec perspicacité, il s'efforça de conserver un visage neutre.

– C'est donc ça, dit-elle simplement.

Il afficha un air innocent, tout en sachant pertinemment qu'elle ne pourrait se laisser abuser par un tel procédé. Elle secoua légèrement la tête.

– Je ne sais pas si ça s'explique, avoua-t-elle finalement. Il faut que tu essayes de visualiser ce que tu veux. On a des facilités dans des domaines différents, un peu comme certains sont doués à cheval ou à la pêche, sont de bons danseurs ou de bons musiciens. Souviens-toi quand tu as appris à siffler, quand tu étais petit. C'est un coup à prendre, et c'est en essayant que tu trouveras. Toutes les explications du monde ne t'aideraient pas.

Elle posa la main sur son genou.

– Tu vas trouver comment t'y prendre, Yoran. Laisse-toi envahir par le don plutôt que d'essayer de le dominer.

Il ne lui fit pas l'affront de réfuter ses capacités et opina en silence. Elle lui sourit en retour, lui rendit sa couverture. Elle retourna se coucher et il en fit autant.

Se laisser envahir, songeait-il. Voilà qui était bien vague comme conseil, et sans doute le plus inapproprié – au vu de sa propension catastrophique à s'attirer des ennuis. Il était quasiment certain de parvenir à mettre le feu à la prairie s'il suivait de telles directives et laissait le don du Sceau faire ce qu'il voulait de lui. Il s'absorba dans la contemplation du ciel étoilé avant que le sommeil ne fonde sur lui.

Il marchait seul au milieu d'un étroit pont suspendu à des dizaines de coudées de hauteur. Le vent sifflait à ses oreilles, et des oiseaux noirs passaient en tous sens autour de lui, comme des projectiles arrachés aux parois sombres des falaises qui l'entouraient. À chaque pas, le gouffre l'aspirait. Il devait garder les yeux fixés sur son but, l'arcade qui ouvrait une brèche dans le mur de pierre au bout du pont. Le salut était là-bas. Il n'y avait plus rien derrière lui, il en avait une conscience dévorante. Tout l'avenir, tous les destins – le sien, celui de ses proches et du royaume – dépendaient du fait qu'il parvienne sain et sauf de l'autre côté du pont. Mais la peur le terrassait, engluait ses gestes dans une paralysie à laquelle il ne pouvait se soustraire. Il voulait appeler à l'aide, mais qui l'entendrait dans cette immensité ? Il n'était même pas sûr de ne pas être le dernier survivant de ce monde.

– Yoran, réveille-toi, pria Tadeck sur un ton chuchoté.

Il s'arracha au cauchemar avec un élan de gratitude pour la réalité, aussi médiocre fût-elle, et se rendit compte qu'il s'agrippait au bras de Tadeck comme s'il craignait encore d'être aspiré par le précipice.

– Ça va ?

– Je crois que je rêvais, s'excusa Yoran à mi-voix en le lâchant.

– On dirait. Viens, je voudrais te montrer quelque chose.

Il tenait une torche et une couverture roulée sous le bras.

– Maintenant ? Qu'est-ce que c'est ?

– Tu verras.

Intrigué, Yoran le suivit. Les insoumis dormaient à poings fermés, abandonnés à leur sommeil, et il dut en enjamber quelques-uns pour rejoindre Tadeck. Sur l'horizon, l'aube se devinait au frémissement de l'air, bien que la nuit se révélât encore d'un noir inaltéré. Ils marchèrent en silence sur quelques dizaines de coudées à travers les herbes couvertes de rosée, avant que Tadeck ne s'arrête.

– Par là, ça devrait convenir.

Il n'y avait rien autour d'eux, seulement la nature et ses bruissements continuels. Tadeck lui tendit la torche, déroula la couverture sur le sol dans le cercle de lumière et s'assit souplement.

– Qu'est-ce que tu fais ? demanda Yoran.

Il lui adressa un sourire mystérieux, probablement très étudié.

– Je vais dire à Maya que nous approchons de la cité fortifiée et que les autres peuvent nous rejoindre pour aller jusqu'à Terendis.

– Mais… comment tu vas faire ?

– Eh bien… c'est assez difficile à expliquer.

– Avec les Porteurs du Sceau, tout est toujours difficile à expliquer, j'ai remarqué, bougonna Yoran, qui s'irritait constamment des réponses peu explicites.

– J'aimerais bien t'y voir… La seule chose que je sais, c'est que ça marche la nuit, et plus facilement quand il y a de la rosée.

– Pourquoi la nuit ?

– Parce que Maya doit dormir pour que ça fonctionne. Quant à la rosée, je n'ai aucune idée de ce à quoi elle sert. Peut-être une histoire d'humidité de l'air, va savoir. C'est tout ce que j'ai à t'offrir comme explication.

– Maya doit dormir pour recevoir ton message ?

Il trouvait ça de plus en plus étrange. Tadeck opina.

– C'est là que ça devient passionnant, répondit-il fièrement. En se réveillant, elle aura conscience de ce qu'elle doit faire, comme une certitude, mais sans pouvoir dire d'où ça vient. Enfin, maintenant elle a l'habitude, et elle s'attend à ce que je la contacte. Elle saura que c'est moi.

– Mais… comment vous avez fait pour trouver ça ? Tu t'es réveillé un matin en te disant « tiens, si je parlais à Maya pendant son sommeil ! », c'est ça ?

– C'est elle qui m'a initié, rétorqua Tadeck en réfrénant un rire. Au pays de Syanne, ils sont plus tolérants par rapport aux dons, et c'est un moyen de communication assez répandu. On raconte beaucoup d'histoires sur la façon dont certains amoureux se déclarent leur flamme, tu lui demanderas. Toujours est-il que, comme je suis plutôt doué dans mon domaine, j'y arrive bien.

– Pourquoi tu voulais que je sois là ?

– Parce que tu es bon public, se moqua-t-il.

– Hum, maugréa Yoran. Ou alors tu as peur du noir et tu n'oses pas l'avouer. Montre-moi, alors.

– En fait, il n'y a rien à voir, admit Tadeck.

– Comment ça, il n'y a rien à voir ? Tu me lèves avant l'aube pour me balader dans cette plaine humide au milieu de nulle part, tout ça pour me dire qu'il n'y a rien à voir ?

Tadeck hocha vigoureusement la tête, amusé par ce ton indigné.

– Exactement. En fait, j'avais besoin de quelqu'un pour me tenir la lumière.

Yoran réprima un sourire et s'installa au côté de son ami.

– S'il n'y a rien à voir, comment je vais être certain que tu ne me fais pas marcher ?

– En voyant Maya et les autres nous rejoindre, dans quelques jours, tu auras la démonstration de mes inestimables talents.

– Bien, nous verrons, alors.

Même s'il y avait eu quelque chose à voir, Yoran serait sûrement passé à côté, car, au bout de quelques minutes durant lesquelles Tadeck et lui demeurèrent silencieux, l'un apparemment extrêmement concentré et Yoran dévoré par une furieuse envie de fermer les yeux, il s'allongea dans l'herbe et s'endormit sur-le-champ. Moins d'une heure plus tard, la pointe de la botte de Kern asticotait joyeusement ses côtes.

– Yoran, lève-toi, on s'en va.

Ce dernier marmonna quelques paroles de protestation, mais apparemment l'humeur de Kern n'était pas à l'indulgence.

– Dépêche-toi, tout le monde t'attend.

Un soleil jeune mais néanmoins conquérant taquinait les dernières ombres, les forçant à reculer pour lui abandonner la place. Tadeck était levé et faisait quelques pas en s'étirant.

– Merci pour ton soutien, Yoran, railla-t-il en ramassant la torche froide. Je constate que je peux compter sur toi.

Le susnommé haussa les épaules, s'épargnant des commentaires superflus. Il songea que, malgré l'inconfort de l'endroit, il aurait bien dormi quelques heures de plus. Ils se pressèrent tout de même pour rejoindre les autres, et Akin apostropha Yoran :

– Alors, les amoureux, vous aviez tant besoin d'intimité pour fuir notre compagnie ?

Plusieurs insoumis pouffèrent avec une odieuse ostentation. Yoran les foudroya du regard, mais, loin de les freiner, cette manœuvre sembla les encourager. Il abandonna la lutte.

– J'ai prévenu Maya, expliqua Tadeck avec un clin d'œil complice à Akin.

Apparemment, Andala et Mérick traduisaient en riant les derniers échanges à Licette, Milien et Arcellin, qui n'avaient pas compris les propos d'Akin. Arcellin éclata de rire et Licette haussa les épaules en signe de réprobation. Yoran eut très envie de leur lancer une bordée d'injures soignées et dut se retenir pour ne pas compromettre les relations futures avec l'héritier du roi. De toute façon, il y avait trop de chances qu'ils ne les comprennent qu'à moitié. Il prépara son cheval en ignorant ouvertement le reste du groupe, et, lorsqu'ils prirent la route un peu plus tard, il s'était apaisé.

Il voyagea en silence dans le sillage de Tadeck, qui lui jetait de temps à autre un coup d'œil vaguement moqueur auquel il était vain de résister.

Le reste de la journée aurait pu se dérouler de la même manière si Andala n'avait pas volontairement remonté la file de chevaux jusqu'à lui pour l'interpeller. Il portait toujours cet étrange turban à la mode de Syanne, ce qui le faisait paraître plus vieux que son âge, et arborait continuellement l'air insouciant de quelqu'un qui passe son temps à trouver la vie amusante, ce qui avait le don d'irriter Yoran.

– Tu ne m'apprécies pas beaucoup, lui lança Andala sans préambule.

Yoran opta pour la sincérité.

– Pas vraiment, non. Mais je crains que ce genre de considération n'ait aucune importance.

Andala le dévisagea avec curiosité, mais Yoran fit comme s'il ne le voyait pas.

– Tu te battrais pour mettre sur le trône quelqu'un que tu n'estimes pas ?

– Mon jugement n'a aucune valeur, Andala. Si vous avez accès au trône, c'est qu'il vous revient de droit. Après, à vous de faire bon usage de cette légitimité. Sinon, vous prendrez le risque que des dissidents renversent votre pouvoir.

– Qu'est-ce que j'ai fait pour mériter cette inimitié ?

– Rien. Mais il me semble que vous devriez être plus impliqué dans le devenir de ce royaume.

– Comme toi, par exemple ? Mais, Yoran, ce peuple n'est pas mon peuple, et ce pays n'est pas le mien. Mon pays, c'est Syanne. J'ai grandi avec Soh-Amah, et c'est son peuple qui compte à mes yeux. Je ferai tout pour Syanne, parce que je me sens responsable de mon pays. Pas de ce royaume. Et ce n'est pas moi qui ai fourni l'Aïguaviata à la reine.

Yoran se sentit rougir. Les nouvelles voyageaient beaucoup trop vite à son goût. Les longues conversations entre Andala et Tadeck n'étaient sans doute pas étrangères à la rapidité de l'échange d'information.

– Tu agis par culpabilité, poursuivit Séraphian en ignorant son débat intérieur. En cherchant à t'offrir une nouvelle conscience. Tu n'agis pas pour les bonnes raisons.

– Moi au moins j'agis, rétorqua Yoran avec une certaine violence.

La nonchalance de l'héritier du roi Arden commençait sérieusement à l'exaspérer.

– Et moi je préfère ne pas prendre le risque de faire de mauvais choix.

– L'inaction est un mauvais choix.

– Pas sûr. L'inaction conduit à l'usure, et l'usure à la rupture. Les choses finissent par changer, qu'on le veuille ou non.

– Mais des vies d'innocents sont englouties, et rien ne les remplacera.

– Et quand le roi voudra reprendre son royaume, crois-tu que cela se fera sans verser une seule goutte de sang ?

Yoran hésita.

– Vous pensez que nous agissons comme la reine ?

– Nous légitimons toujours nos actes et nos morts par de grands idéaux. Mais, au final, ce sera pareil. Que les enfants meurent de faim ou de froid, quelle différence ? Que les hommes meurent dans ton camp ou dans celui de la reine, quelle différence ? Ils meurent, et c'est tout ce que retiendront leurs mères et leurs veuves.

– Mais si nous mettons un roi sur le trône et qu'il gère convenablement ses terres, nous pouvons faire en sorte que le peuple prospère, que son niveau de vie soit plus décent qu'il ne l'est sous ce régime. Nous pouvons faire en sorte que les enfants ne meurent plus de faim, que les vieillards soient choyés comme il se doit au lieu de les faire exécuter pour avoir volé de quoi manger, que les jeunes n'aillent plus mourir dans les mines pour avoir contesté la façon dont la reine régit ce royaume… Ça fait beaucoup de vies épargnées, il me semble.

– Mais en renversant le pouvoir, toi et tes amis, vous décimerez plus de vies dans l'année que la reine ne l'aurait fait par laxisme en dix ans, tu peux en être certain.

Yoran ne trouva aucun argument à lui opposer et préféra hausser les épaules en signe de dénégation. Il talonna son cheval, qui apprécia moyennement le traitement, et lui fit faire une volte pour couper court à la conversation. Il se laissa distancer par tout le groupe, qui lui jeta un regard interrogateur auquel il se garda bien de répondre. Il marcha loin derrière eux pour bien leur signifier sa contrariété, jusqu'à ce que Neschka le rejoigne.

– Quelque chose ne va pas, Yoran ?

– Tout va bien, mentit-il effrontément. Andala est seulement odieux, et j'en ai assez de passer mon temps à cheval. À part ça, tout va pour le mieux.

– Que t'a-t-il dit ?

– Aucune importance.

Il préférait éviter d'entrer dans les détails. L'intérêt de la jeune fille soulignait la puérilité de son comportement, et il en éprouva une certaine honte.

– Et toi, comment tu vas ? demanda-t-il pour se faire pardonner.

Elle devina le sens caché de sa question et grimaça un sourire censé dissimuler sa peine. Yoran se rappela qu'elle venait d'avoir quinze ans seulement. Sa légendaire arrogance paraissait ensevelie sous une digne réserve. Elle faisait preuve d'infiniment plus de maturité que lui.

– Tadeck a raison, avoua-t-elle, ça fait mal longtemps. Mais, heureusement, vous êtes tous là. Ça occupe mon esprit.

Elle désigna du menton le reste du groupe dont la file ondulait devant eux.

– Je profite de tous ces jours et de toutes ces nuits où nous sommes réunis pour traverser le royaume, expliqua-t-elle, parce que personne ne sait combien de temps ça durera, ni comment tout ça se terminera. Et peut-être alors que nous regretterons ce temps-là, Yoran. Même si ça finit bien, que ferons-nous après ? Est-ce que chacun partira de son côté ? Est-ce que le groupe sera disloqué, éparpillé aux quatre vents ? Est-ce qu'il faudra se contenter d'avoir des nouvelles des autres de loin en loin ? Est-ce qu'on se croisera des fois, en se disant combien ça nous fait plaisir, mais sans que plus rien ne nous unisse ? Tu comprends ce que je veux dire ?

Il acquiesça.

– Je comprends.

Il se sentait étrangement réconforté par ces paroles plutôt sombres, sans deviner pourquoi.

– Qu'est-ce que tu aimerais faire une fois que tout sera terminé ? demanda-t-il.

Il ne savait pas trop ce qu'il entendait réellement par « une fois que tout sera terminé », mais évita de s'y appesantir.

– Élever des chevaux. Au moins, je serais sûre que Tadeck passerait me voir de temps à autre !

Ils continuèrent à avancer en silence, chacun perdu dans ses pensées. Ils progressaient à travers une nature sobre faite de plaines herbeuses et de collines charnues, apercevant de rares villages et quelques troupeaux de bovins qui paissaient à l'écart de toute habitation. Ils avaient parfois le temps d'apercevoir l'ombre fugitive de l'enfant affecté à leur surveillance, qui désertait prudemment son poste à leur approche.

Kern et Dori, secondés par Din-Faradel et sous le regard amusé des autres, entreprirent de convaincre une vache plutôt rétive de se tenir tranquille, le temps de lui soutirer un peu de lait. Ils eurent d'abord du mal à la faire venir suffisamment près d'un arbre où ils durent la sangler étroitement, tant la dame outragée ruait des quatre sabots, avant que Sayaël n'ait l'idée de se servir de son veau comme appât. Elle finit par se laisser manipuler, non sans fouetter plusieurs fois de sa queue le visage de Kern en signe de contestation.

Le jeune vacher, maigre et déguenillé, observait leur manège d'aussi loin que possible, et, en partant, Andala voulut qu'on lui laisse quelque chose en contrepartie du lait qu'ils venaient de lui voler. Il se dépouilla d'un petit anneau d'argent qu'il portait à la main gauche et, l'ayant passé dans une cordelette, le pendit à la branche de l'arbre, où l'enfant ne pourrait manquer de le voir. Yoran dut admettre à contrecœur qu'il faisait preuve d'honnêteté et de générosité. Son animosité à son égard régressa de quelques points, mais il aurait fallu le torturer pour qu'il l'admette tout haut.

Zébana profita de l'agitation autour de la vache, cet après-midi-là, pour s'approcher de Yoran et lancer maladroitement la conversation. D'ordinaire sûr de lui, le jeune homme affichait cette fois une hésitation qui aiguilla Yoran sur le motif de sa démarche.

– Yoran, je me demandais si… enfin, avec Neschka, tu sais… je te vois beaucoup parler avec elle, et…

Yoran réprima un sourire.

– C'est une fille incroyable et que j'apprécie beaucoup. Mais comme une petite sœur, si ça peut te rassurer.

– Ah, fit Zébana sur un ton qui en disait long sur ses propres sentiments.

Yoran lui tapota l'épaule avec un sourire compatissant avant de s'éloigner.

Quelques jours plus tard, ils montèrent le campement un peu plus tôt que d'habitude. La fatigue et la lassitude se faisaient douloureusement sentir, autant chez les jeunes gens que chez leurs montures.

Tadeck décréta un jour de répit, et tout le monde approuva. Yoran ressentit pourtant une pointe de culpabilité en songeant que retarder ne serait-ce que d'un petit jour leur arrivée à Terendis pouvait signifier plusieurs vies anéanties par l'armée. Comme toujours, Tadeck devina ses réticences sans effort.

– Nous ne ferons rien de bon en continuant de cette manière, Yoran, le consola-t-il en le voyant desseller son cheval d'un air morne. Il faut savoir faire des choix, et, aujourd'hui, la meilleure option, c'est de préserver le moral des troupes.

Il effleura son épaule de sa main dans un geste fraternel.

– Fais-moi confiance.

Yoran hocha la tête.

– Je te fais confiance, assura-t-il en vérifiant l'intégrité des sangles pour éviter de croiser son regard.

– Mais… ?

– Mais je ne peux pas me défaire de cette impression que tout le temps que nous avons perdu…

Il corrigea.

– Que tout le temps que j'ai perdu… Que ça nous sera réclamé, je ne sais pas comment t'expliquer.

– Réclamé ?

– Tu sais, qu'il y aura comme… une punition divine. Qu'il faudra payer nos erreurs…

– Je vois. Comme s'il fallait expier, en quelque sorte.

Yoran opina lentement, croisa le regard grave de son ami.

– Il ne t'est jamais venu à l'esprit que d'autres expiaient déjà pour toi depuis longtemps ?

– Comment ça ?

– Tu n'y es pour rien, Yoran, et ça n'a aucun sens, mais certains payent un prix très élevé pour le seul fait d'être nés, tandis que d'autres bénéficient de privilèges, comme nous tous en somme. C'est l'équilibre du monde et on n'y peut rien. Je ne crois pas à ces punitions divines. Tu verras que certains font le mal sciemment et ne le paieront jamais.

– Et d'autres font le bien et n'en seront jamais récompensés.

Il pensait à Esak, l'ami de Tadeck, qui avait payé de sa vie le fait de s'indigner du sort de ses semblables. Il espéra que Tadeck ne le devine pas.

– C'est un peu noir, comme vision des choses. Douter du bien-fondé de nos actes, c'est plutôt bénéfique. Ça nous pousse à mieux faire. Mais à trop se poser de questions on n'avance plus. Tu n'es pas tout seul, Yoran. Tu fais partie d'un groupe, et d'un groupe qui t'estime, de surcroît.

Yoran se sentit rougir.

– Ne me dis pas que tu en doutes, s'amusa Tadeck.

– Ce n'est pas l'impression que j'ai eue quand je suis rentré à la Plaine, Tadeck.

– Je crois qu'ils ont changé d'avis depuis ton retour. Le fait que tu aies trouvé Séraphian les y a un peu aidés. Et encore, ils ignorent tes petits talents, ajouta-t-il avec un sourire.

– Ne leur en parle pas, s'il te plaît.

– Ce n'est pas à moi de le leur dire. Tu le feras en temps voulu, je ne m'en fais pas pour ça. Cela étant dit, ajouta Tadeck d'un ton plus sérieux, il faut que tu arrêtes de faire la tête à chaque fois que quelque chose te tourmente.

Cette fois, Yoran rougit franchement sous le reproche.

– Je ne fais pas la tête, protesta-t-il faiblement, mais l'expression moqueuse de Tadeck l'arrêta dans son plaidoyer. Bon, d'accord, concéda-t-il, je vais essayer.

Il s'appliqua à suivre les conseils de Tadeck, ce qui était plus facile à dire qu'à faire, mais la perspective d'un jour de repos avait considérablement détendu l'atmosphère, et il n'eut plus qu'à se glisser dans les pas des autres.

Il profita de leur sédentarité provisoire pour poser quelques collets à des endroits stratégiques qu'il repéra avec un flair dû à une longue expérience et qui lui valut quelques félicitations. Seule Licette regardait d'un mauvais œil ces pièges dangereux auxquels un de ses chats pouvait se laisser prendre. Elle équipa les deux félins de clochettes censées la prévenir en cas de danger et sursautait au moindre tintement un peu exagéré.

Pour la dérider un peu, Andala la pria de leur chanter quelque chose. Elle s'exécuta avec une grâce hautaine. Elle s'accompagna d'un instrument très étrange, au son étonnamment clair, composé d'un cylindre de bois tendu d'une peau, muni d'un manche et de quatre cordes. Le tout ne dépassait pas la longueur de son bras, mais cela fut suffisant pour charmer l'assistance. Yoran avait beau ignorer parfaitement le sens des paroles, il n'en fut pas moins touché.

– C'est magnifique ! s'exclama-t-il à la fin sans chercher à réfréner son enthousiasme.

Licette esquissa un sourire, le premier qu'il lui voyait depuis qu'elle avait rejoint les insoumis avec Andala et ses amis.

– Saâdi veut dire musique, expliqua-t-elle avec l'accent de son pays. C'est aussi le nom de notre langue, parce qu'elle chante. Syanne est le royaume du chant.

– Je l'ignorais.

– Il y a tellement de choses que tu ignores, Yoran ! se moqua Kern.

– Oh, tu peux parler, tiens ! répliqua Yoran, piqué au vif. Je me souviens d'une fois où tu ignorais même de quelle façon il fallait que tu t'y prennes pour t'habiller !

Dori et Koura se rappelèrent avec une franche hilarité ce moment où leur ami avait sillonné la campagne entièrement dévêtu. Kern tenta une explication des faits, qui se noya dans les gloussements du groupe.

– J'avais treize ans, plaida-t-il, et vous m'aviez fait boire une boisson immonde !

– La liqueur que fabrique mon père, précisa Dori, et ça valait le coup, croyez-moi !

Vraisemblablement, les insoumis le crurent sur parole. Koura raconta par le menu détail l'anecdote, et Kern dut amèrement regretter d'avoir lancé la conversation sur ce terrain-là. Enfin, les rires parurent s'épuiser d'eux-mêmes, chacun s'octroyant une pause qui laissa place au crépitement du feu.

– D'où vient la cicatrice que tu as sur le bras ? demanda soudain Nérielle à Yoran.

– Il ne vous a pas raconté ? demanda Kern avec une mine faussement surprise qui exprimait son désir de se venger du quart d'heure précédent.

Yoran frotta machinalement son bras sous la manche de sa chemise.

– Je ne me souviens pas vraiment, j'étais trop petit, mentit-il pour tenter de dévier leur attention, mais c'était sans compter sur Koura, qui saisit l'occasion.

– Mais moi je m'en souviens très bien ! déclara-t-il avec emphase. Tu avais, quoi… disons six ans, non ?

Il y eut un assentiment prudent de Yoran.

– Voilà, énonça Koura à l'adresse de la petite assemblée, c'est justement son âge qui rend l'histoire assez épique ! Figurez-vous que Yoran, qui est, soit dit en passant, le plus jeune d'entre nous, nous a tous convaincus de s'attaquer à l'ours des plaines qui rodait depuis plusieurs semaines autour du village. Nos parents avaient plus d'une fois tenté de s'en débarrasser : ils avaient fait des battues, posé des pièges, mais rien n'y faisait, ce bougre d'ours revenait sans arrêt semer la panique parmi les troupeaux, mettre à sac les vergers et les poulaillers. Yoran, qui, comme toujours, se croit meilleur que tous les autres – l'intéressé lui jeta un regard noir, tandis que Koura affichait un sourire ironique –, Yoran, donc, a pensé qu'il ferait mieux que ses aînés. Il a décidé que nous allions appâter l'ours, qui faisait bien cinq cents livres, et l'attirer dans une combe où nous jouions souvent et qui se trouve dans la forêt. C'est un dédale de roches qui se termine en cul-de-sac, encaissé entre des parois verticales de la hauteur de plus de deux fois celle d'un homme. Yoran pensait qu'une fois le fameux ours acculé une rafale de flèches et de lances aurait raison de lui. Pour sa défense, je dirais que nous avons tous trouvé que c'était un plan ingénieux. Dori a chipé un cabri dans le troupeau de son père, et nous avons promené le malheureux animal au bout d'une corde toute la journée dans la forêt, en le faisant bêler le plus fort possible.

– En sachant que nous avions l'interdiction formelle d'aller dans les bois à cause de l'ours, précisa Dori, avec un sourire jusqu'aux oreilles. Nous étions cloîtrés chez nous par sa faute, ce qui nous a sans doute encouragés à tout faire pour se débarrasser de lui.

– L'ours a fini par se montrer, poursuivit Kern, que le souvenir enchantait.

– Avec tout le raffut que nous faisions, il était impossible qu'il en soit autrement, exposa Koura. Inutile de préciser que, dès que nous avons aperçu le bout de sa truffe, nous avons tous déguerpi comme une couvée de perdreaux devant un renard !

– On peut compter sur vous, tiens, ronchonna Yoran sans parvenir à se fâcher pour de bon.

– Sans doute avions-nous plus le sens du danger que toi, se défendit Kern.

– Mais Yoran a voulu exécuter son plan jusqu'au bout, et il a traîné le chevreau jusqu'à la combe, où l'ours, comme prévu, l'a suivi. Relativement docile, et peut-être plus curieux qu'agressif. Là où ça a coincé, c'est quand le chevreau, pas fou, a refusé d'entrer seul dans le labyrinthe. Là, nous ignorons tous ce qui s'est passé dans sa tête – à Yoran, pas au chevreau –, mais toujours est-il qu'il est entré dans la combe et s'est retrouvé coincé entre le fond du labyrinthe et l'ours.

– Ce n'est pas vrai ! murmura Neschka, qui semblait réellement vivre l'histoire.

– Et alors, pressa Sayaël, qu'est-ce qu'il a fait ?

– Visiblement, il s'en est sorti, commenta Tadeck avec un sourire.

– Il s'en est sorti, oui ! s'exclama Koura avec emphase et une pointe d'admiration. Nous avons couru au village chercher de l'aide et, quand nous sommes revenus à la combe, Yoran se défendait si bien avec sa petite lance et son couteau au milieu des rochers que l'ours n'a même pas eu le plaisir de le dévorer. Bon, heureusement les hommes ont pris le relais et ont fini par l'avoir, ce sacré ours. Comme quoi, le piège était plutôt ingénieux. Ça ne nous a pas empêchés de récolter une punition mémorable ! Aucun argument n'a pu émousser la colère de nos parents.

– Et moi, j'ai hérité en plus de cette cicatrice, confirma Yoran. Je me souviens plutôt de mes hurlements quand il a fallu la recoudre sur toute la longueur. L'ours, finalement, c'était secondaire.

– C'est incroyable, commenta Sayaël. Tu n'avais pas froid aux yeux !

– C'est plutôt de l'inconscience, analysa Akin. À cet âge, on n'a pas la notion du danger.

– Peut-être pas la notion du danger, contredit Nérielle, mais en tout cas le sens de la communauté. C'était pour protéger son village, je trouve que c'est révélateur.

Yoran secoua la tête, consterné.

– Plutôt révélateur de ma capacité à foncer d'abord et réfléchir ensuite.

– Tu es un peu injuste, plaida Kern, nous avions passé une bonne matinée à mûrir ce plan !

– Et puis, dans certains cas, il faut agir sans trop réfléchir, professa Andala avec un clin d'œil à l'adresse de

Yoran. Sinon on n'agit jamais. Et il paraît que l'inaction est un mauvais choix.

– J'ai dit ça comme ça, se défendit Yoran.

Mais Andala se moquait pas mal de ses explications, et Yoran renonça à se justifier.

– Et toi, Tadeck, demanda Koura, en tant que prince héritier, as-tu aussi reçu des punitions comme le commun des mortels que nous sommes ?

– Plus d'une fois, avoua-t-il. Généralement, je devais trier du courrier ou ranger la bibliothèque, mettre de l'ordre dans la salle d'armes, ce genre de choses ennuyeuses. Une fois, je devais avoir quatorze ans, j'ai voulu échapper à mon précepteur. Je n'avais pas fait le travail qu'il m'avait demandé et je me suis caché toute la journée pour éviter la punition. Mon oncle m'a fait chercher partout. Il était furieux, il a fait ouvrir tous les placards du palais pour me mettre la main dessus. En dernier recours, je me suis réfugié dans la réserve de charbon. Mon oncle est venu jusque-là, mais j'étais si noir des pieds à la tête qu'il ne m'a pas reconnu et m'a pris pour le gosse qui approvisionne le palais. Il m'a demandé si je n'avais pas vu Tadeck. J'ai nié sans dire un mot, et il est reparti. J'ai passé la nuit dans ce réduit glacial, transi et mort de frousse. Je crois que je n'ai jamais eu aussi froid de toute ma vie.

– Et après ?

– Eh bien, le lendemain, il a quand même fallu que je rentre, et là, mon oncle n'a plus eu qu'à me cueillir. Je te prie de croire que j'ai passé un sale moment. Et j'ai dû quand même faire mon travail pour mon précepteur.

– Tu n'as plus recommencé, devina Yoran, qui avait un mal fou à imaginer un Tadeck adolescent faisant l'école buissonnière.

– Pas avant longtemps ! J'ai bien intégré la punition.

– Alors que moi, lança Yoran, elles ne m'ont jamais découragé. Je me débrouillais seulement pour ne plus me faire prendre.

La mine de Tadeck s'assombrit.

– Ensuite, mon oncle a pris l'habitude de faire fouetter mon personnel de chambre chaque fois que je n'agissais pas dans les règles. Ça m'a vite dissuadé.

– J'imagine que, si on s'y était pris comme ça pour moi aussi, je n'aurais jamais pris autant d'initiatives, admit Yoran, avec un élan meurtrier à l'égard de l'oncle.

Tadeck haussa les épaules comme si cela n'avait aucune importance.

– Ton oncle est abject, déclara Neschka avec fougue. Nous le savons tous. Mais, un jour, nous aurons notre revanche sur lui. J'en suis certaine.

Tadeck l'embrassa tendrement sur la joue.

– Je l'espère.

Il avait retrouvé toute sa joyeuse désinvolture, et ils poursuivirent leur tour d'anecdotes sans épargner personne.

Le lendemain, la plupart d'entre eux s'éveillèrent longtemps après le soleil. Au grand soulagement de Yoran, les chats de Licette avaient évité d'aller se frotter aux pièges et étaient rentrés sains et saufs. Yoran releva ses collets, s'accordant un peu de solitude. Il se dirigea vers le cours d'eau, mais Nérielle et Neschka y étaient déjà, et il ajourna ses intentions.

Un peu plus tard, il aperçut Tadeck au milieu des chevaux et l'y rejoignit. Il leur avait déjà servi leur ration en grains et vérifiait consciencieusement chacun de leurs pieds. Yoran attendit qu'il ait terminé, et ils regagnèrent le campement sans se presser. Les autres s'étaient éparpillés dans les environs, profitant d'un temps propice aux excursions.

– Ce n'était pas facile, la vie au palais, dit finalement Yoran, qui avait ressassé leur discussion de la veille.

– Je n'ai pas le droit de me plaindre, avoua Tadeck en lui jetant un petit coup d'œil. Je n'ai jamais manqué de rien, contrairement au reste du peuple. J'ai juste oublié d'être un enfant sage et obéissant, du point de vue de mon oncle.

Yoran tortura les dernières braises pour les forcer à rougir, et Tadeck sortit la carte, comme il le faisait souvent. La plupart du temps, avait remarqué Yoran, il la dépliait et la gardait sur ses genoux sans vraiment la voir. Il savait que son ami connaissait le royaume par cœur.

– Et du point de vue de ta mère ? osa-t-il en disposant du petit bois sur le foyer tandis que Tadeck s'asseyait par terre.

– Elle est la reine, Yoran. Seulement la reine. Ce sont les servantes qui m'ont élevé.

– Et ton père ?

– Je ne l'ai pas connu. Je ne sais même pas son prénom. Et toi ?

– Mon père est mort l'année de mes sept ans. Je ne m'en souviens pas beaucoup. J'ai grandi avec ma mère et mes six sœurs aînées. C'est le frère de ma mère, le père de Dori, qui a veillé sur nous. Mon oncle Jam n'a rien à voir avec le tien.

– Un Yélan est bien suffisant pour tout un royaume ! plaisanta Tadeck, et, au ton de sa voix, Yoran comprit qu'il fallait passer à autre chose.

Les insoumis ne tardèrent pas à apparaître, sans doute guidés par le fumet des deux lapins qui avaient négligé d'être prudents et s'étaient laissé prendre dans les collets de Yoran. Ils déjeunèrent, discutèrent de tout et de rien, profitèrent de leur temps libre, et le lendemain arriva bien assez tôt.

Ils remballèrent tout leur attirail, harnachèrent les chevaux et se mirent en route sous un ciel qui semblait incapable de se décider entre la grisaille et le beau temps. Assurément, Tadeck avait eu raison d'imposer un jour de repos, car la troupe paraissait plus enthousiaste que jamais. Loris et son cousin lancèrent les premiers leurs chevaux au grand galop, et ils eurent tôt fait de disparaître derrière la colline.

Ils revinrent avant même que les autres n'aient décidé de les imiter. Leur exaltation les avait désertés pour faire place à une certaine inquiétude, et Yoran devina que de sérieux ennuis se profilaient à l'horizon. Il rapprocha son cheval de Tadeck, suivi de près par Kern, Dori et Koura.

– Un détachement de l'armée se dirige sur le village voisin, informa Vandii, le visage rouge et la chevelure désordonnée. Nous sommes sur leur chemin. Il faut quitter les lieux le plus vite possible et aller se mettre en sécurité. Je ne crois pas qu'ils nous aient vus.

Loris confirma. Un souffle aisément perceptible parcourut l'ensemble des jeunes cavaliers. Mérick lança quelques mots en saâdien d'un ton contrarié, et Yoran n'eut pas besoin de traduction pour en comprendre le sens.

– Il y a des bois de l'autre côté de la colline, ça devrait convenir, dit Loris.

Tadeck approuva.

– On part sur-le-champ, ordonna-t-il.

– Attendez, pria Yoran, qui avait une autre vision des choses.

Fuir comme des lapins ne lui semblait pas être la meilleure option. Il se tourna vers Vandii.

– Combien sont-ils ?

– Je ne sais pas trop…

– À peu près, insista-t-il. Dix ? Cinquante ? Cent ?

– Je dirais moins de cinquante. Une trentaine, peut-être.

– Une trentaine seulement ?

– Pourquoi tu veux savoir ça ? interrogea Vandii.

– Parce qu'on ne va pas les laisser faire. Il faut aller prévenir le village pour qu'ils se préparent.

– Tous les villages se sont organisés, contesta Tadeck, ils sont sans doute informés par leurs guetteurs. Tu ne peux rien pour eux. Ça se terminera par un bain de sang, comme chaque fois.

– Pas cette fois, Tadeck, trancha Yoran, qui se sentait aiguillonné par une force inconnue. Il est hors de question qu'on les laisse se faire égorger sans réagir. On est quinze, et plutôt bien entraînés. Les soldats de la reine engraissent à garder les postes avancés des frontières, et ils s'attendent à trouver des villageois soumis, plus habitués à la charrue qu'aux armes. Leur faible nombre le prouve. Il faut qu'on aille au village se joindre à eux et les aider à s'organiser pour se défendre.

Un silence circonspect accueillit la proposition. Les insoumis se regardèrent comme s'ils calculaient les chances de réussite d'un plan aussi hasardeux.

– Tu crois vraiment qu'on peut faire la différence ? questionna Flag.

– À quoi sert ce qu'on fait, sinon ? se défendit Yoran avec une pointe de colère. S'ils restent cachés, les insoumis ne servent à rien. Il faut se faire connaître, mettre le peuple de notre côté et faire trembler l'armée.

Il se demanda fugitivement si c'était bien lui qui parlait de cette façon.

– Faire trembler l'armée, alerta Liam, c'est prendre le risque d'irriter la reine.

– Justement, affirma-t-il plus posément. Je crois qu'il est temps de lui apprendre qu'on ne bafoue pas le peuple en toute impunité.

– Yoran, je suis désolé, opposa Tadeck, mais aller à Terendis sans dommages est plus important que tout le reste.

– Plus important que la vie des citoyens, c'est ce que tu veux dire ?

– Il n'a pas dit ça, le défendit Akin, et tu le sais très bien. Mais on ne peut pas prendre ce risque… Si… si l'héritier était tué…

– Alors c'est qu'il n'était pas l'héritier, argua Yoran, et au moins vous serez fixés.

Il vit que l'argument avait fait mouche, car Zébana approuva d'un mouvement du menton.

– Il n'a pas tort. On a peut-être une petite chance. Ça vaut le coup d'essayer.

– Alors, tout le monde en selle ! On ne perd pas de temps ! trancha Yoran en montrant l'exemple.

– Et les filles, Yoran… glissa Akin, tu ne peux pas les laisser nous accompagner et prendre ces risques. Il vaut mieux qu'elles nous attendent derrière la colline.

Yoran jeta un regard auxdites filles. Elles affichaient un air décidé et un brin provocateur devant les réticences d'Akin. Nérielle surtout semblait sur le point de dire quelque chose, mais Yoran coupa court à toute tentative.

– Elles sont mieux entraînées que moi. On aura besoin d'elles aussi. Elles viennent avec nous. Mais tu peux essayer de convaincre Neschka de rester là sans rien faire pendant que le village sera ravagé. Moi, je préfère encore affronter l'armée de la reine.

Il propulsa son cheval au galop en direction du village, et, sans aucune hésitation, les autres se lancèrent après lui.

Chapitre sept
Pentissaba

Le village s'appelait Pentissaba, c'est-à-dire « Celui de la Dent », en référence à l'énorme rocher semblable à un croc démesuré qui émergeait du sol comme de la gueule d'un fauve. Une cinquantaine d'habitations de pierre et de chaume s'étaient groupées autour, avec une nette prédilection pour la proximité.

L'arrivée de tous les cavaliers provoqua un certain émoi au milieu de la basse-cour et des habitants. Des visages aux expressions inquiètes et curieuses à la fois apparurent sur le pas de chaque porte, et quelques hommes saisirent les armes les plus proches, prêts à se défendre. Tadeck mit pied à terre en signe de paix, mais Yoran le devança.

– L'armée de la reine se dirige vers vous, annonça-t-il sans préambule. Ils seront là très vite.

Le mouvement de recul qui avait commencé se mua en une onde de panique mêlée d'incrédulité. La voix d'une femme s'éleva au-dessus du brouhaha et des exclamations de stupeur :

– Qui es-tu pour détenir cette information ?

Il chercha des yeux celle qui venait de parler. Elle s'approcha d'eux d'un pas résolu, fendant la petite foule, qui s'écartait devant elle. Elle avait un visage dur et insolent à la fois. Les autres se turent aussitôt, et Yoran comprit que c'était avec elle qu'il fallait négocier la suite des opérations.

– Peu importe qui nous sommes, dit-il. Notre éclaireur a aperçu l'armée, nous sommes venus vous prévenir et vous prêter main-forte pour la défense de votre village.

Les insoumis acquiescèrent silencieusement dans son dos. Il sentait les yeux de Tadeck posés sur lui, et, à l'intérieur, il tremblait. Il soutint pourtant le regard de la femme, qui le scrutait, essayant de déterminer jusqu'à quel point elle devait croire ce qu'il lui disait.

– Si c'était vrai, notre propre guetteur nous aurait déjà prévenus, dit-elle.

– Si votre guetteur était efficace, il vous aurait prévenus que nous arrivions.

Elle se mordit la lèvre devant la justesse du propos. C'est le moment que choisit le guetteur pour faire irruption en gesticulant au milieu du village, en proie à une panique visible.

– L'armée ! hurla-t-il à plein poumons. Elle arrive ! Vite !

L'homme stoppa net en apercevant les insoumis.

– C'est ce que viennent nous dire ces jeunes gens, confirma la femme avec un regard de reproche.

Elle s'adressa à la foule.

– Tout le monde aux abris !

– Non ! hurla Yoran avant que quiconque ait pu amorcer la moindre retraite.

Il fallait à tout prix les empêcher de se cacher là où l'armée ne manquerait pas de les déloger.

– Non, répéta-t-il, ne les envoyez pas se cacher.

– De quel droit décidez-vous à ma place ?

– Je n'ai aucun droit sur vous, trancha Yoran d'un ton net, mais j'étais dans un village semblable au vôtre. Il a été rayé de la carte par l'armée. Les habitants avaient pourtant creusé des abris sous terre. L'armée a l'habitude des gens qui se cachent. Elle sait où les trouver. Leurs abris n'ont servi à rien, elle les a tous passés au fil de l'épée. À part nous deux, dit-il en désignant Tadeck et lui-même, il n'y a eu aucun survivant.

Il eut une pensée fugitive pour Neschka, que ces paroles devaient meurtrir, mais il n'avait pas le loisir d'avoir des scrupules. Il serait toujours temps d'en éprouver plus tard.

La femme sembla accuser le coup. Il comprit qu'ici aussi les hommes avaient creusé des abris pour protéger les leurs et qu'il réduisait leurs espoirs de survie à néant. La terreur devenait palpable.

– Qu'est-ce que vous proposez ? demanda finalement la femme en se rapprochant de lui.

Elle avait baissé d'un ton, sans doute pour limiter l'effet de panique. Les villageois autour semblaient pétrifiés par la nouvelle. Ils restaient étrangement silencieux, comme foudroyés, en attendant que leur chef prenne une décision. Yoran songea que le moindre battement de sabot sur la terre les précipiterait dans une fuite désordonnée où la raison n'aurait plus aucune emprise.

– Il faut vous battre, dit Yoran. Ils ne s'attendent pas à ça.

– Nous battre ? Vous plaisantez ! Nous ne sommes pas des guerriers.

– Il va falloir, pourtant. Mettez les enfants à l'abri à l'extérieur du village, nous nous battrons à vos côtés, nous aurons l'avantage du nombre.

Elle recula d'un pas.

– Vous êtes fou, souffla-t-elle. Pourquoi risquer vos vies ?

– Parce que l'armée doit apprendre que tout ne lui est pas permis. Mettez les enfants à l'abri, répéta-t-il.

Elle le scruta encore quelques secondes. Il vit nettement qu'elle calculait elle aussi les chances qu'ils avaient de réussir. Elle dut convenir qu'elles étaient non négligeables, car elle ordonna d'un ton qui ne souffrait aucune contestation :

– Tous les enfants sur l'île avec leurs mères. Celles qui veulent se battre peuvent rester. Tous les hommes en âge de manier une arme restent avec nous.

Tandis que la foule se morcelait par endroits pour se réunir un peu plus loin et rassembler les enfants en un groupe compact et bruyant, elle se retourna vers les insoumis.

– Vous avez un plan, bien entendu ? demanda-t-elle.

Akin amorça une dénégation, mais Yoran hocha vigoureusement la tête.

– Il faut les forcer à arriver par une seule entrée, proposa-t-il en jaugeant rapidement l'agencement du village. Ça veut dire bloquer toutes les autres issues avec les charrettes et tout ce que vous trouverez d'assez encombrant. On les attaquera une fois qu'ils seront entrés.

– Vous allez les laisser entrer ? questionna un habitant. C'est de la folie !

– C'est la meilleure option dont nous disposons.

– Ils ont des épées, pas nous.

– L'inconvénient des épées, c'est qu'à distance elles ne sont d'aucune utilité.

– À quoi pensez-vous ?

– Tout le monde se cache sur les toits, dans le chaume, avec le plus de projectiles possible. Il faut jouer sur l'effet de surprise et décimer leurs rangs avant qu'ils n'aient le temps de réagir. Ils ne sont qu'une trentaine. Nous aurons facilement le dessus, mais il faut se battre.

– Ça vaut le coup d'essayer, ajouta Tadeck avec conviction.

La femme se frotta les yeux d'une main pesante, sembla réfléchir une demi-minute avant d'acquiescer.

– Les enfants sur l'île, sans perdre de temps, ordonna-t-elle. Il y a une petite île sur la rivière, un peu plus bas, expliqua-t-elle à Yoran.

Elle semblait tenir pour acquis le fait qu'il dirige les opérations.

– C'est la cachette idéale, mais il faut les faire traverser en barque. Ça va prendre un peu de temps. Et si nous échouons, ils seront à leur merci.

– Nérielle, Loris, imposa Yoran, occupez-vous de mettre les enfants en sécurité. Vous autres, dit-il en désignant les hommes du village qui se tenaient devant lui, vous venez avec moi. Une moitié pour fermer tous les accès, l'autre pour rassembler tous les projectiles que vous trouverez : bûches, pierres, tout ce qui se lance et qui est susceptible de faire mal… Allez, dépêchez-vous ! hurla-t-il pour les réveiller.

Ils guettèrent l'assentiment de leur chef, puis d'un même mouvement se séparèrent pour obéir aux ordres.

Ils déplacèrent les deux seules charrettes du village de manière à ne conserver que l'entrée principale, et les autres accès furent rapidement encombrés de tonneaux. De cette manière, ils ménagèrent une sorte de couloir entre les maisons, un passage obligé pour les cavaliers jusqu'au centre du village, qu'ils croiraient sans doute déserté par ses habitants.

Pendant qu'une partie des hommes barricadait le village, l'autre hissa et dissimula sous le chaume une quantité impressionnante de projectiles de toute sorte, des bûches et des pierres dont Yoran avait parlé, aux outils et aux armes, comme les massues, en passant par la vaisselle la plus lourde.

Tout le monde eut juste le temps de se hisser sur les toits avant que le jeune guetteur n'annonce l'arrivée imminente de soldats à cheval.

Yoran recommença à trembler. Il s'était mis aux premières loges avec Tadeck, s'aplatit sur son toit en espérant qu'il ne conduirait pas le village à sa perte. De toute façon, même si leur révolte tournait au carnage, cela ne pouvait être pire que s'ils étaient tous restés terrés comme des rats à attendre d'être pourfendus par les lames ennemies. La seule culpabilité qu'il serait légitime d'éprouver, ce serait de les avoir laissé croire qu'ils pourraient avoir le dessus.

Il se tassa un peu plus et scruta l'horizon. Son cœur battait avec un bruit de forge et ses poumons s'efforçaient de se plier à la cadence. Tadeck, qui l'observait en coin depuis un moment, posa une main sur son épaule.

– Ça va aller, Yoran. Ne t'en fais pas.

Il se força à afficher un calme et une assurance qu'il appelait de tout son être.

– Il vaut mieux, ou je l'aurai sur la conscience. J'espère que les enfants sont en sécurité.

Tadeck retira sa main, et Yoran en éprouva un manque disproportionné.

– Ils arrivent, dit Tadeck.

L'armée apparut à la crête des collines avoisinantes, montée sur des chevaux dont le galop ne tarda pas à résonner jusque dans leurs os. Yoran les compta mentalement. Il y en avait quarante-cinq.

– Vandii ne s'est pas montré très précis, commenta Tadeck à mi-voix. J'en compte quarante-cinq moi aussi.

– Arrête de lire dans ma tête, pesta Yoran sur le même ton chuchoté.

– Avoue que dans ce cas c'est quand même très utile.

– Ça le serait si ça marchait aussi dans mon sens.

– Si ça se trouve, en t'entraînant tu y arriveras peut-être.

Ce n'était pas vraiment le moment de soutenir ce genre de conversation, et Yoran se concentra sur les cavaliers, qui grossissaient à vue d'œil.

Il jeta un regard aux habitants éparpillés sur les toits. Les autres insoumis étaient restés au sol, derrière les maisons, prêts à engager la bataille une fois que les soldats se rendraient compte qu'ils étaient tombés dans un guet-apens. C'étaient eux qui prenaient le plus de risques. S'ils échouaient, Yoran ajouterait la mort de ses amis à celle des habitants du village. Il fut pris de nausées et se concentra sur l'approche de sa cible.

Dans un fracas de sabots et de hurlements qui augmenta sensiblement la tension qu'il ressentait, les premiers cavaliers firent irruption dans le village. Ils se jetèrent en avant sans ralentir et, comme Yoran l'espérait, empruntèrent le passage aménagé. Les chevaux se tenaient flanc contre flanc, écumant, leurs cavaliers si près de Yoran qu'il distinguait leurs visages sous les casques de métal. Il essaya d'ignorer qu'il s'agissait aussi de maris et de pères de famille pour ne voir que l'ennemi.

Celui qui marchait en tête, entièrement vêtu de noir, fit le tour du rocher central. Il semblait peu surpris par l'absence des habitants. Fort heureusement, il ne songea pas à lever les yeux, car, avec cet angle de vue, les hommes cachés dans le chaume étaient facilement repérables.

– Ils se cachent, les pleutres ! railla-t-il en levant son épée. Sortez !

Yoran se demanda s'il s'attendait réellement à être obéi, ou s'il prenait simplement plaisir à entendre le son de sa voix. Il l'observa quelques secondes, incertain. Cette voix… il la connaissait. Cela faisait longtemps qu'il ne l'avait pas entendue, mais il la reconnut sans l'ombre d'un doute. Ses entrailles encaissèrent le choc.

– Oui, c'est Ast, souffla Tadeck. Donne le signal. Maintenant.

Ast, le général qui lui avait fait passer une mémorable nuit en cage alors qu'il se rendait au palais de la reine. Yoran déglutit. L'image de la clairière dans la forêt près de Khatarstria tenta de se matérialiser devant ses yeux, mais Tadeck lui pressa le bras et il s'obligea à la renvoyer. Il leva la main.

En réponse à cet ordre muet, une multitude d'objets jaillirent instantanément des toits pour aller s'écraser sur les soldats. Il y eut aussitôt une explosion de cris dans chaque camp. Surpris, les chevaux amorcèrent une retraite avant d'être poussés en avant par leurs cavaliers. Quelques soldats s'effondrèrent sur le sol, tandis que les autres perdaient de précieuses secondes à comprendre d'où venait l'attaque.

– Ils sont sur les toits ! hurla Ast, qui venait d'éviter un projectile de justesse. Pied à terre ! Ils sont piégés !

C'était sans compter sur la vague qui déferla sur eux. Akin le premier dégaina son épée et fonça dans le tas, aussitôt suivi d'Andala et de Mérick. Ils engagèrent le combat avec le premier flot de combattants, les envoyant à terre sans état d'âme.

Malgré leurs casques, leurs épées et leurs chevaux, les soldats furent rapidement submergés par le nombre d'assaillants. Les insoumis comme les habitants du village s'acharnèrent à repousser l'envahisseur avec une rage qui décuplait leurs forces.

Tadeck tira Yoran par le bras, et ils dégringolèrent du toit pour se battre aux côtés de leurs amis. Ils n'avaient pas touché le sol que déjà des soldats étaient sur eux. Tadeck repoussa Yoran pour le mettre à l'abri derrière lui tout en dégainant son épée, et entama un combat sans merci. Ayant pourfendu un premier homme, il s'attaqua au deuxième.

Yoran avait enfin eu le temps de réagir et ils l'affrontèrent de concert. Le soldat grognait au rythme de son effort, mais ne semblait pas vouloir faiblir malgré l'assaut combiné des deux jeunes gens. Un autre vint le secourir, et Yoran se trouva séparé de Tadeck. Confronté à un ennemi qui ne le ménageait pas, il répéta sans réfléchir les quelques attaques et parades que Tadeck avait eu la patience de lui enseigner ; elles portèrent leurs fruits, car il parvint à parer une offensive musclée et à dégager le fer de son adversaire à plusieurs reprises.

Il suait de grosses gouttes qui l'aveuglaient, s'efforçait de ne pas céder à la panique, tandis que le soldat rabattait aisément ses coups. La peur de voir l'un des leurs au sol le maintenait dans une sorte d'état second, entre détresse et colère. Il réussit, à force de manœuvres, à allonger au soldat une botte qui l'enferra au côté. L'homme grimaça, s'effondra sans un bruit, et Yoran profita de ce court laps de temps pour s'essuyer les yeux et reprendre son souffle.

Il prit alors conscience du silence appliqué qui l'entourait. Des cris fusaient de temps à autre, au milieu des bruits des corps qui s'effondraient au sol, sans qu'il puisse déterminer s'ils provenaient du camp ennemi ou du sien, mais même l'éclat du métal semblait assourdi. Rien à voir avec le vacarme de l'incursion de l'armée à Eliassaba ; ici, les soldats défendaient leur vie, et la peur les rendait silencieux.

Yoran n'eut pas le loisir de souffler plus longtemps. Les combattants de l'armée avaient pris pour cible les insoumis, qu'ils entendaient maîtriser avant les villageois. Arcellin, visiblement blessé au mollet, était aux prises avec trois adversaires, et Yoran se précipita à sa rescousse. Déterminé, il abattit sa lame sur le soldat qui lui tournait le dos, juste sous la nuquière. Il entendit un bruit d'os qui craque, et l'homme roula au sol.

Yoran esquiva habilement le coup porté de côté par son acolyte en faisant une volte, mais perdit l'équilibre. Il tenta en vain de se rattraper et tomba lourdement sur le dos. Pris de court, il eut juste le temps de parer le coup suivant, plutôt mollement ; son adversaire le désarma aisément. Impuissant, terrifié, Yoran croisa le regard conquérant de l'homme. Ses yeux s'agrandirent soudain, et le soldat s'écroula sur Yoran, frappé à l'arrière de la tête.

Hébété, le cœur battant, Yoran se dégagea avec difficulté pour apercevoir Nérielle, penchée au-dessus de lui. Elle lui tendit une main ensanglantée pour l'aider à se relever.

– Ce n'est rien, dit-elle avant qu'il n'ait eu le temps de l'interroger sur son état.

Il voulut la remercier d'un signe de tête éloquent, mais elle était déjà retournée au combat. Il constata qu'Arcellin s'était débarrassé de son adversaire pendant qu'il se relevait. Celui-ci lui adressa un signe du menton et Yoran aperçut à temps un autre homme qui se jetait sur lui, épée levée ; il para le coup, riposta en visant le flanc mis à découvert, mais l'autre se déroba et la lame ne fit que l'effleurer. Néanmoins, Yoran lut la peur dans ses yeux et le vit reculer, ce qui décupla son énergie. Il se rendit compte que sa propre peur avait disparu, et cette constatation le galvanisa.

Il lança adroitement un coup au visage qu'il ne se souvenait pas avoir répété et qui laissa son adversaire à genoux, un filet de sang sur le menton. Il le regarda s'effondrer au milieu des débris du champ de bataille avant de rejoindre Tadeck, qu'il avait aperçu un peu plus loin.

– On dirait que le temps passé à t'instruire n'a pas été perdu pour tout le monde, dit son ami avec un léger sourire.

Autour d'eux, l'agitation sembla progressivement s'apaiser. Même si les villageois ne se révélaient pas d'une grande habileté dans le combat, Yoran devait reconnaître qu'ils maîtrisaient l'avantage du nombre et du terrain.

Le combat dura finalement très peu de temps. Quand la totalité des soldats fut mise hors d'état de nuire, les insoumis se rassemblèrent au centre du village et firent le bilan avec les villageois. Il y avait plusieurs blessés, mais aucun dont la vie fût en jeu. Akin arborait un visage tuméfié, qui témoignait qu'il en était venu aux mains avec l'un de ses adversaires, et le bras de Séraphian s'ornait d'une estafilade sanglante. La plupart des blessures s'arrêtaient fort heureusement à des plaies et bosses sans gravité, ce qui parut miraculeux à Yoran. Tadeck eut fort à faire et dispensa ses soins avec une humeur égale. Le fait qu'il porte le Sceau créa la surprise, mais qu'il mette ses dons au bénéfice du peuple balaya les craintes que suscitait cette aptitude.

Du côté de l'armée, le bilan était bien différent. Ils comptèrent quarante corps sans vie, qu'ils entassèrent à l'extérieur du village et auxquels ils mirent le feu. Yoran n'arrivait pas à partager l'allégresse des villageois. Il trouvait obscène de se réjouir d'avoir mis un terme à autant d'existences, et, pis encore, de laisser les enfants assister à ce spectacle morbide ; la petite colonie avait fait un tour sur l'île avant de revenir au village, joyeuse et captivée par l'agitation, sans aucune conscience d'avoir échappé à la mort.

La conversation que Yoran avait eue quelques jours plus tôt avec Andala lui revint en mémoire. Que les hommes meurent dans leur camp ou dans celui de la reine, qu'importait, ils mouraient… L'héritier du roi Arden n'avait pas complètement tort, et c'était d'autant plus difficile à admettre. Tadeck devina son désarroi et le rejoignit à l'écart de la foule.

– Tu ne t'y habitueras jamais, professa-t-il en s'adossant au mur derrière eux.

– Rassure-moi, tu ne dis pas ça pour me consoler ?

Tadeck étira un sourire angélique qui fit briller ses yeux d'or.

– Non, admit-il. C'était juste pour parler.

Yoran haussa les épaules et lui rendit son sourire.

– Je ne sais pas si c'est la bonne méthode.

– En tout cas, ça t'a fait sourire. C'était une excellente initiative, Yoran. Et c'est ce qui nous manquait pour nous faire avancer. Je dois reconnaître que tu fais mieux que moi.

– L'élève finit toujours par dépasser le maître, ironisa Yoran.

– On verra bien. Viens, il y a quelqu'un que tu vas être content de voir, je crois.

Yoran haussa un sourcil et suivit Tadeck. Quelques hommes avaient rassemblé les chevaux des soldats dans un enclos et estimaient le prix qu'ils en tireraient. Il y en avait là pour une petite fortune. Tadeck en avait fait mettre deux de côté. L'un d'eux était pommelé et parut familier à Yoran.

– Mon cheval ! s'exclama-t-il.

– Et le mien aussi. Juste retour des choses, tu ne crois pas ?

Yoran hocha la tête.

– Je n'aurais jamais cru les retrouver.

Après avoir longuement flatté l'encolure des chevaux prodigues, ils regagnèrent le rocher au centre du village, où se trouvaient les cinq prisonniers. Ils avaient échappé de peu à la vindicte des habitants grâce à l'intervention de Yoran. On les avait jetés au sol contre l'énorme croc de pierre, les mains ligotées sur le devant. Ils étaient couverts de sang et de poussière.

Dans son idée, les voir ainsi à la merci des vainqueurs remettait en question leur statut d'ennemi. Il n'avait plus devant lui que des victimes. Comme un fait exprès, l'un des soldats avait l'air à peine plus âgé que Yoran, et celui-ci arborait des yeux noirs dont l'intensité rappelait Nédine, le jeune garçon d'Eliassaba que ni lui ni Tadeck n'avaient pu sauver.

Il sentit affleurer un sentiment frôlant la culpabilité et dut inspirer profondément pour faire preuve d'une assurance qu'il était loin de ressentir.

– Vous pouvez partir, déclara finalement Yoran en ignorant le murmure d'incompréhension des insoumis autour de lui. Allez retrouver vos chefs et racontez-leur ce qui s'est passé.

Le jeune soldat aux yeux noirs releva un peu la tête avec une expression proche de la gratitude. Yoran retrouva un peu d'aplomb.

– Dites partout que le peuple va se défendre, ajouta-t-il en jetant un bref coup d'œil à Tadeck, dont il devinait l'approbation tacite. Vous n'aurez plus le loisir de l'exterminer sans qu'il se rebelle. Le peuple de ce royaume va se battre. Il faut compter avec lui, maintenant.

– Qui es-tu pour parler au nom du peuple ? cracha l'un des prisonniers.

C'était Ast. Vraisemblablement, son échec avait décuplé sa haine. Il avait le visage si tuméfié qu'il était méconnaissable. Il s'était démis l'épaule en tombant de cheval. La douleur le faisait souffler comme un bœuf et un voile de sueur l'aveuglait.

– Vous ne me reconnaissez pas ? questionna Yoran en se campant bien droit devant lui.

Le soldat le scruta avec l'effort visible de quelqu'un qui fouille dans sa mémoire.

– Ton visage ne m'est pas inconnu.

– Vous m'avez accusé à tort d'avoir tué un de vos hommes la nuit où vous êtes partis pour combattre l'insurrection de Maltat.

Ast eut un sourire tordu, celui dont Yoran se rappelait, d'un seul côté du visage.

– Je me souviens parfaitement. À tort, dis-tu ? Disons que c'était par anticipation, alors… Car c'est sans doute toi qui as tué les trois hommes chargés de ta surveillance.

Yoran opina. Il sentait une certaine fureur se réveiller en écho à ces heures sombres, de longs mois après.

– C'était eux ou moi, dit-il.

– Il aurait mieux valu pour moi que ce soit toi.

– Mais ce n'est pas le cas. Dites à la reine que nous allons renverser son pouvoir.

Yoran se demanda, au moment où il l'affirmait si c'était bien lui qui parlait de cette façon. Ast ricana.

– C'est lui qui t'a mis ces idées en tête, n'est-ce pas ? demanda-t-il en désignant Tadeck du menton. Je croyais Son Altesse plus réceptive aux mises en garde de son oncle. Ou peut-être que mes hommes n'ont pas été assez… persuasifs.

Tadeck haussa légèrement les épaules sans daigner répondre, et Ast se tourna de nouveau vers Yoran.

– Je ne serai pas ton messager, cracha-t-il. Tu devras me tuer et annoncer toi-même à la reine vos intentions félonnes.

– Je l'aurais fait volontiers, mais il se trouve que j'ai des obligations à remplir.

Ast le fixa intensément, sans chercher à dissimuler sa curiosité.

– Que vas-tu faire ?

– Je vous l'ai dit, renverser le pouvoir.

Ast éclata d'un rire dur.

– À vous seuls ? Contre l'armée de la reine ?

– Nous vous avons bien battus, aujourd'hui. Et puis, nous aurons l'appui de Soh-Amah.

Le sourire que grimaça le soldat lui glaça le sang.

– Tu as encore des progrès à faire en matière de renseignement, gamin. Si tu veux jouer dans la cour des grands, il va falloir mettre les bouchées doubles. Ce chien de Soh-Amah est mort. La reine l'a fait exécuter. Les cartes ont été redistribuées, on dirait. Tu n'auras l'appui de personne.

Yoran encaissa le choc et dissimula l'horreur que lui causait cette nouvelle.

– J'ai l'appui du peuple, rétorqua-t-il bravement.

Si Ast fut sur le point de répondre, Licette ne lui en laissa pas le temps. Avec un cri proche du feulement d'un fauve, elle bouscula Yoran et, avant que quiconque ait eu le temps de s'interposer, elle réduisit le général à un éternel mutisme en lui tranchant la gorge de sa dague.

Ses compagnons d'infortune auraient sans aucun doute subi un sort semblable si les insoumis ne l'avaient arrêtée dans son élan vengeur. Andala l'enserra pour contenir sa furie, mais elle se débattit en l'injuriant en saâdien. Elle apostropha Yoran avec une telle violence qu'il se demanda où elle pouvait bien encore la puiser.

– Voilà tout ce que nous avons récolté ! Soh-Amah est mort ! Ouvre les yeux, Andala ne sera jamais roi de ce royaume ! s'écria-t-elle. Ce que nous faisons là n'a aucun sens ! Sinon nous faire prendre des risques inutiles et mettre nos vies en danger, ce voyage ne nous apportera rien de plus !

– Calme-toi, Licette… tenta Séraphian.

– Que je me calme ? rugit-elle en se démenant. Qu'avons-nous à gagner dans cette entreprise ? Je te rappelle que nous avons plus à perdre ! Regarde ce qui arrive à ceux qui se mettent en travers de la route de la reine ! Laisse ce peuple arrogant et inculte régler ses problèmes, et qu'ils nous laissent en paix ! Qu'ils nous laissent pleurer nos morts !

Elle ne prenait même pas la peine de parler en saâdien et se moquait pas mal de froisser les susceptibilités. Andala la lâcha.

– Licette, ce peuple arrogant et inculte dont tu parles était celui de mon père, rappela-t-il avec une certaine amertume. Je lui dois au moins ça.

– C'est Soh-Amah qui était ton père, corrigea-t-elle hargneusement, et il est mort. Tu ne seras jamais leur roi ! Ils n'ont pas besoin de nous. Rentrons à Pristana soutenir nos familles. Qu'ils aillent à Terendis sans nous !

– Aller à Terendis sans vous n'a aucun sens, gronda Yoran, qui se sentait piqué au vif par les insinuations de Licette. Si le fils d'Arden ne vient pas essayer le trône, alors nous n'avons qu'à tous rentrer chez nous.

– Je t'ai dit que je viendrai, Yoran, confirma Andala. Je ne vais pas rompre ma parole. La mort de Soh-Amah ne me fera pas renoncer à mon engagement.

Licette allait riposter, mais Séraphian lui lança un regard appuyé. Elle se tut. Andala avait perdu toute son ardeur, et Licette semblait sur le point de pleurer. Yoran lui trouva soudain un air épuisé que la seule révélation de la mort de Soh-Amah ne pouvait suffire à justifier. Elle secoua la tête dans un geste méprisant hérissé de douleur et quitta le groupe, Andala sur ses talons.

Mérick, Arcellin et Milien échangèrent quelques mots affligés en saâdien, et les insoumis se contentèrent d'un silence pudique. La mort de Soh-Amah était un vrai coup dur pour la petite troupe d'insoumis. Alors qu'ils auraient pu se réjouir de leur succès, la terrible nouvelle accabla le moral du groupe, déjà enclin aux tensions.

Les quatre prisonniers tentaient de se faire oublier. Ils devaient se demander si les révélations de Licette selon lesquelles les insoumis se rendaient à Terendis n'allaient pas remettre en question leur liberté. Le plus jeune retenait des sanglots de terreur qui n'échappèrent pas à Yoran. Il trancha lui-même ses liens, en évitant scrupuleusement ses yeux.

– Fiche le camp d'ici, dit-il à mi-voix. Rentre chez toi et fais-toi oublier.

– Je n'ai plus de chez-moi, souffla le jeune homme en s'agrippant à son bras pour le forcer à croiser son regard. Si vous me renvoyez, ils me poursuivront et me tueront.

– Ce n'est pas mon problème, dit Yoran en se dégageant.

– Maintenant, si. Laissez-moi vous accompagner.

Il voyait du coin de l'œil que Dori suivait leur échange et il préférait y mettre un terme le plus vite possible.

– Tu ne sais pas ce que tu dis.

Dori s'approcha d'eux, attrapa rudement le jeune homme par le col. Il semblait encore secoué. Yoran se rappela qu'aujourd'hui, pour la première fois, Dori avait vu des hommes mourir, et il eut un pincement au cœur en songeant à la manière dont l'innocence s'altérait sans qu'on puisse rien y changer.

– Il n'y a pas de place pour un soldat dans nos rangs, dit Dori en bousculant cruellement le jeune homme jusqu'à le faire mettre à genoux. Tu es un traître en puissance.

– Laisse tomber, gronda Yoran. Il vient avec nous.

Dori haussa les épaules dans un geste qui disait nettement son désaccord, mais n'ajouta rien. Yoran se demanda d'où lui venait cette aura de violence si brute.

Malgré des villageois avides de leur témoigner leur gratitude, les jeunes gens quittèrent Pentissaba et établirent leur campement à quelques heures de marche. Sans un mot, le groupe avait accepté la présence de Sourane, le jeune soldat, et avait laissé les trois autres soldats fuir dans la nature sans plus s'en préoccuper.

Yoran ignora tout le monde. Il avait l'impression douloureuse de flotter dans un état inquiétant, entre l'expectative et l'affliction. Il avait les nerfs à vif et afficha un air fermé toute la soirée. Il préféra se tenir à l'écart et attendre qu'ils soient tous couchés pour les rejoindre. Il divagua dans les environs, ignorant la fraîcheur et se contentant de cette solitude. Il n'arrivait pas à être pleinement satisfait. D'accord, son initiative avait sauvé un grand nombre de vies. Il en était conscient. D'habitude, cela aurait suffi à le combler. Mais, il ne savait pourquoi, il se sentait responsable de la mort de Soh-Amah. Il avait beau s'en défendre, un étau de culpabilité lui enserrait le cœur.

En retournant se coucher, il manqua de peu de marcher sur Andala et Licette, qui s'étaient isolés eux aussi. Ils avaient l'air de se disputer à mi-voix, assis côte à côte sur l'herbe d'un talus, et Yoran tendit l'oreille pour en découvrir les raisons. Peut-être la discussion véhémente qu'ils avaient eue un peu plus tôt en était-elle la cause... Ils lui tournaient le dos et ne s'aperçurent pas de sa présence. Les mains de Licette volaient autour d'elle comme si elles cherchaient quelque chose à malmener. Andala secouait lentement la tête. Il avait les épaules voûtées, ce qui ne lui ressemblait pas.

– Je sais ce que je fais, Licette. De toute façon, maintenant, je ne peux plus reculer. Au point où nous en sommes… Tu as bien vu, tout à l'heure, ils n'iront pas si je ne les accompagne pas.

– *Efer darat*, dit-elle d'un ton dégoûté.

Andala opina avec un petit rire amusé. Yoran n'aurait pas su dire pourquoi il avait la certitude qu'ils parlaient de lui.

– Tu as raison. Mais, en cherchant bien, on doit pouvoir lui trouver des qualités.

Il attira Licette à lui en la prenant par la taille, et elle abdiqua. Séraphian semblait étrangement prévenant à son égard ; il effleura son ventre d'une main câline, et Yoran comprit ce qui justifiait l'animosité de Licette. Il soupira et laissa les amoureux à leurs étreintes. Lorsqu'il s'emmitoufla dans sa couverture, un moment plus tard, il ne put s'empêcher de se reprocher d'entraîner Licette dans ce périple alors qu'une petite vie semblable à celles de ses fillettes germait à l'abri des regards.

Chapitre huit
Le temple ancien

Le lendemain, sa mauvaise humeur avait laissé place à la résolution. Toutes ses tergiversations et ses questions aboutissaient au même résultat : plus tôt ils atteindraient Terendis, mieux ce serait.

Dès qu'ils eurent laissé, loin sur leur droite, l'immense cité fortifiée au rayonnement solaire, siège du palais de la reine, un petit groupe de cavaliers apparut sur l'horizon matinal, grandissant à vue d'œil. Tadeck, qui avait entamé une conversation animée avec Andala – ce qui irritait Yoran au plus haut point – délaissa l'héritier présumé pour se mettre à la hauteur de son ami.

– Tu vois bien que je ne te menais pas en bateau, dit-il en désignant du menton la caravane.

– On dirait, admit Yoran avec un demi-sourire.

Un peu plus tard, les insoumis qui étaient restés en poste à la cité fortifiée rejoignaient ceux qui se rendaient à Terendis.

Tadeck descendit de cheval et étreignit Maya et les autres. Il y eut des embrassades auxquelles Yoran tenta piètrement de se dérober, mais Maya, sa sœur Yabila et

Salia le serrèrent dans leurs bras avec une force à lui couper le souffle. Il lui sembla que les filles de la Plaine faisaient preuve d'un peu plus de retenue lorsqu'il s'agissait d'exprimer leur attachement. Il dut passer une main à travers ses boucles dans une attitude tadeckienne pour avoir un semblant de naturel.

– Je suis désolée, Yoran, dit piteusement Salia en le lâchant.

– Désolée pour quoi ? questionna-t-il, mais Tadeck ne leur laissa pas le temps de s'expliquer.

– On verra plus tard, coupa-t-il.

Il présenta le prince Séraphian Andala, ses amis et le jeune soldat, qui s'inclinèrent poliment devant les nouveaux arrivants. Yoran trouvait cette manière de se saluer un peu trop solennelle, à l'opposé de la prodigalité des amis de Tadeck. Lui-même se contenta d'un signe de tête aux autres jeunes gens.

Il reconnut Guéran, l'ami de Yabila, chez qui ils s'étaient rendus après leur nuit passée sous le bouclier des magiciens. Il n'avait rencontré Kaldir et Malka qu'une seule fois, comme les jumeaux Brass et Jared. Il y avait avec eux un adolescent aux cheveux de jais révélant par contraste d'extraordinaires yeux d'émeraude. Il avait bien grandi, mais Yoran reconnut sans mal le jeune prisonnier qui était présent à ses côtés lors de l'Audience matinale où il avait rencontré la reine. Elle l'avait envoyé aux mines, avant de revenir sur sa décision alors qu'elle se trouvait en tête à tête avec Yoran.

– Eden... dit-il en essayant de dominer sa surprise. Que fais-tu ici ?

– Je ne savais pas trop où aller, expliqua Eden en rougissant légèrement. Salia a dit que je pouvais venir avec vous.

Yoran faillit lui dire qu'il était bien trop jeune pour ce genre d'expédition, avant de se rappeler qu'il n'avait jamais toléré cet argument de la part de ses aînés. Il se contenta de hocher la tête.

– D'accord. Je suis content que tu sois là.

C'était vrai. Il avait souvent repensé à Eden ces derniers mois, bien malgré lui.

Après les banalités d'usage, ils s'assirent autour d'un repas qui leur permit d'échanger les dernières nouvelles.

– Qu'est-ce qui t'a décidé à revenir, Yoran ? questionna Salia.

– La culpabilité, si tu veux vraiment le savoir, admit-il avec une pointe de ressentiment.

– Tu as fait le bon choix.

– On verra bien.

– Tadeck disait que tu reviendrais.

– Il le sait, intervint Akin.

– Nous étions convaincus du contraire, précisa Salia.

– Tu dis ça, mais tu es restée à la cité fortifiée, glissa Nérielle. Tu n'es pas venue à la recherche de Séraphian.

– On en a déjà parlé. Tadeck disait que, sans Yoran, c'était inutile.

– Et à ce sujet tu as préféré le croire, ironisa Neschka. Pas au sujet de Yoran.

Salia rougit violemment.

– Non, en effet, et je le regrette. Tadeck, je te présente publiquement mes excuses, voilà, tu es contente, Neschka ?

– C'est mieux, avoua la jeune Porteuse du Sceau, qui avait retrouvé un peu de son insolence.

– Et toi, tu es bien partie à la frontière ? Sans attendre le retour de Yoran.

Ce fut à Neschka de rougir. Elle s'apprêtait à répliquer, mais Tadeck qui était près d'elle passa gentiment un bras autour de son épaule.

– Si vous cessiez de vous chamailler, les filles, vous me feriez vraiment plaisir. Et j'accepte tes excuses, Salia, ajouta-t-il avec un sourire éblouissant qui effaça immédiatement toutes les divergences. Je vous rappelle que l'essentiel est que nous nous rendions tous à Terendis.

Les autres approuvèrent. Seule Licette afficha une mine encore plus renfrognée qu'à l'habitude. Elle caressait distraitement les deux petites panthères qui s'étaient lovées sur ses genoux en scrutant chacun des insoumis, comme si elle jaugeait leur loyauté. Elle croisa le regard de Yoran, pinça les lèvres et haussa légèrement les épaules avant de reprendre son inspection. Elle glissa quelques mots en saâdien à Andala. Il acquiesça simplement sans quitter des yeux Loris, qui racontait comment ils étaient venus en aide aux habitants de Pentissaba.

– L'idée de Yoran était excellente, conclut celui-ci.

– Comment as-tu pensé à les piéger ? demanda Yabila.

– Je ne sais pas. J'imagine que c'est la chasse au filet qui m'a aiguillé.

– La chasse au filet ? Qu'est-ce que c'est ? questionna Eden.

– Tu tends un filet dans la forêt, expliqua Koura, les rabatteurs se positionnent le long d'un couloir imaginaire pour forcer le gibier à aller dans la direction qu'ils veulent. Une fois pris au piège, il n'y a plus qu'à le cueillir. C'est ce qu'on a fait avec l'armée.

– C'était ingénieux.

– On a surtout eu beaucoup de chance. Ils n'étaient pas très nombreux et les villageois se sont démenés.

– Il faudrait prévenir les autres villages, les inciter à ne plus se cacher mais à se défendre.

– C'est leur faire prendre des risques, contredit Yabila.

– Ma famille n'a pas pris de risques, exposa Neschka avec une étonnante maîtrise. Ils se sont cachés, et pourtant, à l'heure qu'il est, ils sont morts, et le reste du village avec eux. C'est un vrai miracle que Tadeck et Yoran en aient réchappé.

L'annonce de la mort de la famille de Neschka dispensa les insoumis de renchérir sur ce sujet, ce qui soulagea Yoran. La mort de Soh-Amah fut aussi longuement abordée. La nouvelle était connue de ceux qui étaient restés à la cité fortifiée, car elle avait circulé de bouche à oreille depuis les chambres du palais jusqu'aux cuisines et aux écuries, grâce à un personnel auquel la discrétion semblait faire défaut.

– Ça n'a pas filtré à Alankana, ni au palais, apparemment, précisa Kaldir. Nous ignorons ce qui s'est réellement passé.

– Et le reste de la cour… ? questionna Arcellin.

Kaldir secoua la tête.

– Nous n'en savons rien, désolé.

Les quatre garçons de Syanne avaient l'air éprouvés. Yoran se demanda s'ils avaient de la famille à la cour, et comment ils pouvaient rester si calmes devant tant d'incertitudes.

– Que va-t-il arriver, maintenant ? demanda-t-il au bout d'un moment où personne ne disait rien.

– Yélan va mettre un pantin à la tête du royaume de Syanne, et le diriger depuis la cité fortifiée, prédit Tadeck.

– La place revenait à Andala, cracha Licette.

– Si nous ne vous avions pas rejoints, glissa Andala, je serais mort à l'heure qu'il est. Mais peut-être que Soh-Amah serait encore en vie.

– Rien n'est moins sûr, consola Tadeck. Le frère de la reine convoite le pays de Syanne depuis bien longtemps. S'il a tant attendu, c'est parce qu'il comptait sur la faiblesse d'Alodys pour faire les choses en douceur.

– Alodys ?

– Le fils de Soh-Amah, précisa Andala. Mon frère adoptif. C'était lui l'héritier jusqu'à ce qu'il ne meure dans un accident de cheval l'année dernière. Soh-Amah a alors officialisé mon adoption quelques mois plus tard et il a fait de moi le prince héritier – plutôt contre ma volonté. Mais il a trouvé que c'était le meilleur choix pour Syanne, puisqu'à peu de chose près j'ai reçu le même enseignement qu'Alodys. C'est là que mes ennuis ont commencé. Soh-Amah pensait que je ne risquais rien en devenant roi de Syanne. Tant que je n'occupais pas de place importante, ma véritable identité a pu rester secrète. Mais dès que la reine a su que j'aurais le trône de Syanne à la place d'Alodys ou d'un de ses cousins manipulables, elle a envoyé des espions qui m'ont rapidement démasqué. La reine a lancé des tueurs sur mes traces. Ce n'était pas rien, j'aurais eu à mes ordres toute une armée pour venger mon père et reprendre son royaume. J'ai toujours été méfiant, et mon personnel a déjà déjoué plusieurs tentatives de meurtre. J'ai craint qu'en essayant de m'atteindre la reine n'atteigne mes proches, c'est pourquoi je me suis éloigné de la cour et me suis réfugié dans le désert. Maintenant, le trône est vide, et je ne suis pas là pour assurer une succession stable.

– Yélan n'a plus qu'à envoyer son armée pour envahir Syanne, puis les États voisins, prédit Liam.

– Mais… ils ne vont pas se laisser faire ? Je veux dire, ils vont bien se rendre compte de ce que manigancent Yélan et la reine, non ? interrogea Dori.

– Tout dépend de la manière dont ils vont présenter les choses. Et Yélan prépare le terrain depuis si longtemps qu'il n'aura probablement aucune résistance. La plupart des hommes influents le suivront. La confiance de Soh-Amah en ses proches collaborateurs était démesurée, mais je n'aurai pas la même. Je suis certain de ne pas vivre plus d'un jour en remettant un pied au palais. Il y a trop d'héritiers potentiels qui intriguaient pour la succession de Soh-Amah et qui ont été satisfaits de me voir prendre la fuite.

Andala eut une moue désabusée. Yoran n'aurait jamais pensé qu'il puisse éprouver de l'amertume, mais sa voix en était pleine. Une vague de violence enfla dans sa poitrine, et Yoran dut se maîtriser.

– Le seul avantage que j'y vois, poursuivit Séraphian d'un ton las, c'est que mon peuple aura été jusque-là préservé des violences d'une guerre ouverte. Mais j'imagine qu'il va maintenant subir le même sort peu enviable que le peuple de ce royaume.

Yoran fut très tenté de lui rappeler sa théorie sur l'inaction, mais il se souvint juste à temps qu'il venait d'apprendre la mort de son protecteur et se contint.

– Il faut empêcher ça, souffla Brass comme pour lui-même.

– Je te rappelle que c'est exactement ce que nous nous efforçons de faire, énonça son frère.

– Terendis doit retrouver son héritier, coûte que coûte. Au plus vite, ajouta Yoran.

– Et la pierre du Sceau ? lança Liam. Peut-être que ça nous aiderait.

– La pierre du Sceau ? s'écria Yoran.

– Celle pour laquelle tu as quitté la Plaine la première fois.

– Je sais de quelle pierre tu parles, mais nous ignorons où elle est.

– Eh bien, il se trouve que tu te trompes. Enfin, oui et non.

– Vous savez où est la pierre ? questionna Yoran, un rien admiratif.

Il se demandait pourquoi Liam n'avait pas commencé par cette information. Celui-ci tempéra d'un geste de la main.

– Pas vraiment, mais disons qu'on s'en est rapprochés.

– Explique-toi, pria Yoran.

– Il y a un témoin qui dit avoir vu le frère de la reine aux abords du lac de Tectites peu de temps après que nous avons trouvé les corps de Tarkan et de son épouse. Ça pourrait correspondre. La reine l'a sûrement envoyé mettre la pierre en sécurité dès que possible.

– Où est ce témoin ? Où l'a-t-il aperçu ? Est-il sûr qu'il s'agisse de Yélan ?

Liam acquiesça.

– Ma source est fiable.

Il sembla hésiter avant de poursuivre.

– C'est un soldat, expliqua-t-il. Avec sa troupe, il a escorté Yélan à travers le royaume jusqu'au lac pour qu'il mène à bien sa mission pour la reine. Il ne savait pas à quoi correspondait cette tâche, mais, quand je l'ai interrogé, il a dit qu'il est tout à fait possible que ce soit pour cacher la pierre.

– Un soldat ? s'étonna Yoran. Et tu veux que nous lui fassions confiance ? Qu'est-ce qui nous prouve sa bonne foi ?

– Yélan a exécuté tous les soldats qui l'avaient accompagné avant de revenir au palais. Pour ne laisser aucun témoin.

– Tous, sauf lui… Bizarre… se méfia Yoran.

Le visage de Liam s'assombrit.

– Il l'a exécuté aussi, dit-il d'une voix morne. Il est mort dans mes bras en me disant tout ce qu'il savait, en échange de quoi je me suis engagé à prendre soin de sa petite fille. Je crois pouvoir dire que ce témoignage est valable, et il va falloir que tu fasses confiance à mon jugement.

Yoran pinça les lèvres.

– Je te fais confiance, concéda-t-il. Mais il faut que tu me racontes tout depuis le début. Comment t'es-tu retrouvé sur le chemin de ce soldat, précisément ?

Liam jeta un rapide coup d'œil en direction de Tadeck.

– Grâce à Darel.

– Darel ?

Ce seul nom réveilla un sentiment désagréable de danger latent chez Yoran. Il s'agissait du gardien de la prison, au palais de la reine, à Alankana, où il avait fait une visite brève mais mémorable. Il avait appris plus tard par Salia que Darel était un ami des insoumis. Une source de renseignements fiable et indispensable, mais qui laissait à Yoran l'impression diffuse d'une menace. Liam ignora ses états d'âme et poursuivit.

– Quelques jours après la mort de Tarkan, Darel a appris par l'un de ses collègues qu'une troupe de l'armée était détachée spécialement pour escorter Yélan. La mission était inconnue des soldats, et ça a éveillé ses soupçons. Mais quand il m'a prévenu, ils étaient partis. Impossible de les suivre, comme j'en avais l'intention.

– Surtout que je vous avais fait promettre de ne rien tenter de dangereux, Liam, rappela Tadeck avec un regard de reproche à l'adresse de Liam, qui l'ignora superbement.

– J'ai guetté leur retour en espérant pouvoir en soudoyer un pour en apprendre un peu plus sur leur destination... Mais, un matin, Yélan est rentré seul au palais. Kaldir et moi sommes partis à la recherche des soldats, et je te le donne en mille, nous les avons retrouvés à l'endroit même où nous avions trouvé Tarkan. Tous morts depuis plusieurs heures et abandonnés comme des chiens, après qu'ils eurent rempli leur mission.

– Et ton soldat ?

– Agonisant. Je n'ai même pas eu besoin de le menacer pour qu'il réponde à nos questions. Il voulait seulement que je prenne soin de sa fille. Il a escorté Yélan jusqu'au lac et, en guise de remerciement, ce dernier les a fait exécuter avant d'arriver au palais pour supprimer tous les témoins. Tu sais tout.

Liam soupira, passa ses mains sur son visage. Yoran n'en revenait pas.

– Tu étais au courant ? demanda-t-il à Tadeck, qui acquiesça. Yélan a caché la pierre du Sceau dans un endroit situé près du lac ?

– C'est logique, commenta son ami. Tu connais la meilleure façon de dissimuler un objet ?

Yoran secoua la tête.

– Mieux que tous les coffres-forts, énonça Tadeck, la meilleure cachette est à la vue de tous. Au milieu d'objets strictement identiques.

– La pierre est sur la rive du lac au milieu des autres pierres, c'est ce que tu crois ? questionna Yoran.

– Le lac de Tectites n'est pas un vrai lac, expliqua Andala, qui avait l'air bien mieux informé que Yoran, ce qui n'était pas vraiment fait pour lui plaire. C'est une immense plaine de galets à perte de vue.

– Si Yélan a déposé la pierre au milieu du lac, conclut Akin, nous avons à peu près les mêmes chances de la retrouver que de différencier un moineau d'un autre.

– Mais il doit bien y avoir un moyen de la localiser, objecta Yoran. La reine doit être en mesure de la retrouver en cas de besoin, ne serait-ce que pour être certaine qu'elle est toujours cachée au milieu des autres.

– Tu t'entends si bien avec elle que je te laisse le soin d'aller lui demander son secret, ironisa Tadeck.

Quelques insoumis pouffèrent, et Yoran ne prit même pas la peine de relever.

– Est-ce que ce lac se trouve loin d'ici ?

– Il faudrait faire un détour de plusieurs jours par l'ouest, répondit Tadeck en lui lançant sa carte du royaume. Je ne sais pas si c'est raisonnable.

Yoran l'étudia un moment. Le lac se trouvait à plusieurs jours de marche de là, ce qui les éloignait encore de Terendis.

– Terendis d'abord, décréta-t-il au bout d'un moment, tandis que tout le monde guettait sa réaction en silence.

Comme ils le regardaient d'un drôle d'air sans vraiment réagir, il se leva. Il se sentait une furieuse envie de les secouer un par un.

– On y va, intima-t-il.

Ils se levèrent à leur tour, et, un peu plus tard, ils se remettaient en route.

Leur groupe s'était considérablement agrandi. Il serait moins facile de rester discret, mais voyager dans un groupe aussi nombreux avait tendance à rassurer Yoran. Le temps s'était dégradé, et des nuages aigue-marine roulaient sous un ciel noir. Sayaël s'en inquiéta.

– L'orage va être violent, présagea-t-il.

– On s'abritera aux ruines du Cabrestan, dit Tadeck.

– Qu'est-ce que c'est ? s'enquit Yoran.

– Un temple des temps anciens. Dépêchons-nous, avant de tout prendre sur la tête.

Ils abordèrent les ruines de l'ancien temple en fin d'après-midi. La lumière s'était voilée de bleu et laissait tout juste deviner les reliefs. On se serait cru au crépuscule. Ce qui restait du temple semblait en sursis, entre une prairie dévorante et un ciel quittant son piédestal pour l'écraser de son poids. La construction, qui avait sans doute connu ses heures de gloire, se désagrégeait année après année sous les assauts des intempéries.

Elle se composait de cinq salles circulaires alignées par ordre croissant et reliées par un pavement qu'un œil averti pouvait encore distinguer sous la toison de mauvaises herbes. La plupart des colonnes gisaient renversées, entraînées par la chute des plafonds. Les gros cubes, fichés dans le sol, faisaient comme un labyrinthe en pierres au milieu duquel poussaient ronces et buissons. Sûre de son inéluctable victoire, la nature rognait avec une pugnacité toute végétale les dernières traces d'un culte oublié.

Ils s'installèrent entre les ruines de la salle la plus spacieuse. Il ne restait plus qu'un mur debout et une demi-douzaine de colonnes aux bas-reliefs richement sculptés. Dormir à ciel ouvert avec la perspective d'un violent orage ne réjouissait pas les insoumis, mais ils n'avaient guère le choix. À en juger par les traces noires d'un foyer, ils n'étaient pas les seuls à venir trouver refuge dans cet endroit isolé, loin des routes.

Ils tendirent les toiles des tentes pour s'abriter du mieux qu'ils purent, mais bientôt le vent souffla si violemment qu'ils durent les plier pour qu'elles ne soient pas emportées. Le feu que Brass s'échina à allumer pour le repas fut noyé en quelques secondes lorsque l'orage s'abattit sur eux. Ils se serrèrent les uns contre les autres le long du mur pour s'abriter de la pluie diluvienne. Un peu plus tard, ils grelottaient de froid dans leurs vêtements mouillés. Plus loin, les chevaux renâclaient en tirant sur leurs licols à chaque fracas du tonnerre. Yoran se demanda où se trouvaient les chats de Licette, avant d'entrevoir un éclair d'or entre deux blocs de pierre superposés. Au moins, ces deux-là passeraient la nuit au sec, ce qui n'était pas le cas de tout le monde. Malgré l'inconfort manifeste de la situation, les insoumis plongèrent les uns après les autres dans un sommeil haché, qui ne résista pas aux premières lueurs de l'aube.

Quand Yoran se décida à ouvrir un œil, l'orage s'était éloigné, emportant avec lui le froid et l'humidité. Les autres étaient déjà levés, et erraient en bâillant dans les ruines, affamés et transis. Kern et Séraphian pestaient après un bois mouillé qui refusait obstinément de s'enflammer malgré leurs menaces, et ils durent faire intervenir Neschka.

Yoran s'étira longuement, ôta sa chemise humide et la mit à sécher à côté des autres sur les branches d'un épineux. Il grogna quelque peu en constatant qu'il faudrait patienter pour pouvoir manger un morceau et occupa son esprit affamé en allant faire un tour.

Il passa un temps considérable à scruter les inscriptions érodées sur les colonnes et les bas-reliefs. Il y avait un foisonnement de symboles dont il ignorait la provenance. Il avait déjà eu du mal avec son propre alphabet, il aurait été a fortiori bien en peine d'en intégrer un autre.

Frissonnant sous les timides rayons du soleil, Yoran s'appuya sur un bloc et contempla la nature encore ruisselante qui semblait s'ébrouer après sa nuit d'orage. Les chevaux avaient été détachés, et leur petite horde paissait nonchalamment un peu plus loin en secouant ses crins de contentement. Derrière eux, invisible, se trouvait la cité fortifiée de la reine. À l'est, on devinait un quadrillage étrange dans la prairie qui retint son attention.

– Ce sont d'anciennes tombes, expliqua Tadeck en s'approchant. Les chefs religieux de ce temple reposent ici.

– Ce sont eux qui ont tracé tous ces symboles ?

– C'est l'ancien langage. Il raconte comment est fait l'ordre du monde et donne les formules pour le préserver.

– Tu sais lire ça ?

Tadeck sourit, l'entraîna devant la plus grosse colonne du sanctuaire. Elle était aux trois quarts effondrée, et ses peintures effacées, mais on devinait encore les signes par endroits. Il y avait des cercles ouverts ou fermés, des formes géométriques complexes, quelques symboles ressemblant à des vagues et que Yoran imagina naïvement avoir un rapport à l'eau.

– *Nécep medren o sora lo volten*, lut Tadeck. En gros, ça veut dire qu'on ne doit pas changer l'ordre établi. Ce cercle parfait représente l'ordre, et ce signe, là, est synonyme de changement.

– C'est pourtant ce que nous cherchons à faire.

– Pas du tout. Au contraire. Nous nous efforçons de rétablir les choses comme elles doivent l'être. C'est ma mère qui a changé l'ordre. Si on en croit les vieilles légendes, ce ne sera pas impunément.

Yoran se garda bien de commenter. Le fait qu'il ait mentionné la reine en l'appelant sa mère était révélateur d'un grand trouble.

– Les profanateurs et les sacrilèges du royaume seront maudits sur trois générations, récita Tadeck d'un ton neutre.

Si le châtiment prévu par les anciens textes sacrés s'appliquait, Tadeck faisait partie des générations visées, et il le savait. Yoran frissonna.

– Ce ne sont que des légendes, dit-il.

– Exact. Ce ne sont que des légendes.

Tacitement, ils abandonnèrent le sujet, qui avait juste eu le temps de faire éclore une nuée de couleuvres dans le ventre de Yoran.

– Tu viens manger ? demanda Tadeck.

– Va devant, j'arrive, dit-il en apercevant Maya.

Elle finissait de troquer ses vêtements de la veille, des jupes longues de cavalière, contre un pantalon d'homme plutôt seyant. Tadeck hocha la tête et le laissa. Yoran se dirigea vers Maya en ignorant comment il allait l'aborder, mais c'est elle qui entama la conversation :

– Cette nuit a été terrible, non ? dit-elle en nouant les lacets de ses bottes de cuir.

– En effet.

– Je crois que je n'ai pas eu mon quota de sommeil. Je vais m'endormir à cheval !

– Ça m'est déjà arrivé et je ne te le conseille pas. Le réveil est douloureux !

Elle rit.

– Ça me fait plaisir que tu sois revenu, Yoran.

– Hum.

– Non, sérieusement. Je ne savais pas trop quoi penser...

Elle lui adressa un sourire coupable, comme pour se faire pardonner.

– Maya, questionna Yoran, tu m'as bien dit que tu venais de Syanne ?

– J'y suis née. Pourquoi ?

– Tu parles saâdien.

– *Eli techa guêr*, dit-elle avec un sourire. Absolument.

– Que veut dire *effer darat* ?

– Insolent et borné. C'est à toi qu'on a dit ça ?

Il fit la moue.

– Pas vraiment, mais je crois bien qu'elle parlait de moi.

– Elle ? Licette, n'est-ce pas ? Je ne l'aime pas. Elle est hautaine.

Elle sourit en voyant sa mine renfrognée.

– Tu n'es pas insolent, Yoran. Borné, peut-être un petit peu, d'après ce que dit Tadeck. Mais plutôt dans le bon sens.

Il esquissa un sourire.

– Je vais le prendre comme un compliment, alors.

– Que dois-tu prendre comme un compliment ? demanda Neschka, qui les avait aperçus et rejoignait la conversation.

– Le fait qu'il soit borné, rit Maya. C'est Licette qui a dit ça.

Neschka fit la moue à son tour.

– Je ne l'aime pas, dit-elle sur le même ton que Maya, ce qui fit sourire Yoran. Je me demande bien pourquoi elle nous accompagne si c'est pour bouder toute la journée !

– Sans doute pour la même raison qui t'a fait suivre le groupe jusqu'à la frontière, ironisa Maya.

Neschka secoua la tête d'un air dégagé qui ne trompa personne, et Yoran étouffa un rire.

– Je ne vois pas du tout de quoi tu veux parler, fit-elle.

– Licette attend un enfant, lança Yoran sans savoir pourquoi.

– Ah, c'est donc cela. Comment le sais-tu ?

– Aucune importance.

Ils rejoignirent les autres et s'installèrent pour déjeuner.

– Où est Kaldir ? interrogea Guéran.

– Il doit être à la salle du Sacrifice. Je vais aller le chercher, proposa Jared en se levant.

– Laisse, j'y vais, dit Yoran, qui pouvait plus facilement que lui quitter le groupe sans marcher sur quelqu'un.

Il enjamba Eden, qui était venu s'asseoir près de lui et qui avait, à bien y regarder, un petit air chiffonné dû au manque de sommeil.

Il gagna la salle du Sacrifice dans l'alignement des quatre autres. Elle était minuscule, ce qui expliquait sans doute qu'elle ait été préservée. Son toit était le seul resté en place de tout le temple. Elle devait faire cinq foulées de diamètre, tout au plus, et son mur circulaire était resté debout. Yoran songea qu'ils auraient pu passer la nuit au sec dans cette salle, avant d'y pénétrer. Il comprit pourquoi ils étaient restés dans la grande salle.

Le sol était composé d'étroites marches concentriques qui se rejoignaient au centre à hauteur d'homme pour former un petit réceptacle de la taille d'une bassine. Un feu y brûlait, avec une odeur piquante de plantes aromatiques. Kaldir était agenouillé sur l'une des marches – la seule position, en fait, que l'on pouvait avoir dans cette étrange pièce sans risquer de se fouler une cheville.

Yoran resta prudemment sur le seuil et l'observa un moment. Kaldir psalmodiait quelque chose qui ressemblait à une prière dans une langue inconnue, et il patienta jusqu'à ce qu'il ait terminé, avant de l'interpeller.

– On t'attend pour manger, finit-il par dire.

Le jeune Porteur du Sceau se retourna vers lui en sursautant.

– Oh ! Yoran ! Je ne t'avais pas entendu arriver.

– Que fais-tu ?

– Je fais ce que les gens ont oublié de faire depuis des années.

Il se leva, se maintenant en équilibre précaire, et désigna les murs peints.

– Tu vois ces signes, là ? Ce sont les noms des anciennes divinités de mon peuple. Elles étaient vénérées avant, mais elles ont sombré dans l'oubli.

– Ton peuple ?

– Les Célanthes. C'est un peuple très ancien, plus ancien encore que le peuple de Syanne, expliqua-t-il. Il a disparu, ou du moins il s'est tellement mêlé aux autres peuples qu'il subsiste en eux dans l'indifférence.

– Mais cette langue…

– On la parle encore dans ma famille. Elle est importante. C'est avec les mots que l'on perpétue les traditions et les dons du Sceau.

– Les dons du Sceau ?

– Les Célanthes portaient tous le Sceau.

– Comme toi.

– Mieux que moi.

Ils abandonnèrent l'autel et regagnèrent la grande salle.

– Mon grand-père disait que pour détruire une minorité, le plus facile est encore de lui laisser le champ libre, expliqua Kaldir. Il n'avait pas tort. Durant des siècles, notre peuple a été persécuté à cause de ses dons multiples. Il était envié et suscitait la crainte par ignorance. Avant Iatos, le père du roi Arden, il fallait se cacher pour pratiquer les cultes. Les temples comme celui-ci ont été détruits, leurs prêtres tués ou dispersés. Mais, aussi étrange que cela puisse paraître, le peuple continuait de vivre. Il trouvait une cohésion dans l'illégalité et l'oppression. Quand Iatos a pris la succession de son père, il a renoué avec cette minorité et l'a intégrée à son royaume. Il lui a donné les mêmes droits que son peuple.

– Alors pourquoi dis-tu que les Célanthes ont disparu ?

– Parce que c'est le cas. Leur offrir cette légitimité les a perdus. Ils n'avaient plus rien à combattre, et sans l'urgence de transmettre les connaissances, elles se sont perdues peu à peu.

– Pas complètement, puisque tu parles encore cette langue.

– Tadeck aussi la parle. Mais nous ne sommes pas nombreux.

Ils arrivaient maintenant près des autres, et ralentirent.

– As-tu entendu parler des Ombres blanches, Yoran ? questionna Kaldir.

– Ce sont elles qui donnent les Annoncements, non ?

– Exactement. Seul le roi peut les rencontrer. Quand nous aurons trouvé l'héritier, j'aimerais qu'il me laisse l'accompagner pour les rencontrer. Elles sont vénérées des Célanthes.

– Si nous parvenons à mettre l'héritier sur le trône, analysa Yoran en retournant à sa place près du feu, je doute qu'il te refuse ce privilège.

Un peu plus tard, ils rassemblèrent et harnachèrent les chevaux et se préparèrent à quitter le Cabrestan.

– Où est Tadeck ? demanda Akin en regardant autour de lui sans le voir.

– Avec Malka, dit Yoran, qui les avait aperçus quelques minutes plus tôt. Je vais les chercher.

Il contourna les ruines en prenant garde à ne pas glisser sur l'herbe détrempée. Arrivé à la deuxième salle, il entendit Tadeck derrière le mur effondré et ouvrit la bouche pour l'appeler, mais l'inflexion de sa voix l'arrêta. Il parlait d'un ton incolore qui ne lui ressemblait pas. Yoran s'immobilisa tout net.

– Ne t'en fais pas, Malka, disait Tadeck.

– Si justement, répondit son ami de sa voix basse et profonde. Je n'aurais peut-être pas dû t'en parler. C'est un trop lourd fardeau.

– Je devrais pouvoir le gérer. Je ne suis plus un enfant.

– Ça n'a rien à voir. Ce serait très pénible pour n'importe qui, Tadeck. Cet Annoncement… il n'est pas comme les autres.

– Oublie ça, Malka. Ne t'en fais pas.

– Écoute, je ne veux pas te dire ce que tu dois faire, mais tu devrais être prudent.

Tadeck eut un rire sans joie.

– Prudent ? Et me cacher, c'est ce que tu veux dire ? Laisse tomber.

– Mets-toi à ma place. Si tu avais eu connaissance d'une telle prophétie pour Esak, qu'aurais-tu fait ?

Yoran entendit Tadeck soupirer.

– Rien, mentit-il. On ne peut rien changer aux prophéties, Malka. Quelle que soit la bonne volonté qu'on y mette.

– Je ne peux pas le croire.

– C'est pourtant ainsi.

– Il se peut que je me sois trompé. Ce ne serait pas la première fois. Souviens-toi, je pensais que Yoran ne reviendrait pas.

– Tu aimerais t'être trompé, mais au fond de toi tu sais bien que ce n'est pas le cas. Il y a une différence entre une conviction intime, une vision de l'avenir et un Annoncement. Tu le sais aussi bien que moi.

Il y eut un silence épais durant lequel le monde aurait pu se perdre sans que Yoran n'en ait conscience, puis Tadeck conclut :

– On y va ? Les autres vont nous attendre.

Yoran comprit qu'ils venaient vers lui et fit mine d'arriver à l'instant.

– Ah, je vous cherchais, dit-il en essayant de conserver un ton enjoué.

Mais ces bribes de conversation l'avaient glacé. Malka lui lança un regard en coin. Tadeck évita de le regarder, et ils rejoignirent les autres. Yoran eut du mal à rester impassible. Ce bref échange venait de déclencher une alarme stridente, qui agita ses pensées dans tous les sens. De quelle prophétie parlait donc Malka ? À l'entendre, il s'agissait sûrement d'un événement tragique, et il n'osait pas imaginer le pire.

Il enfourcha son cheval à la suite du groupe en essayant de trouver une explication à la conversation qu'il venait de surprendre. Il observa Tadeck à la dérobée, mais rien dans son attitude ne révélait qu'il avait eu ce pénible entretien. Il se demanda s'il oserait lui en parler. En revanche, Malka paraissait éprouvé. Son visage mince était pincé et ses yeux chocolat fixaient l'horizon d'un air morne. Il avait l'air épuisé. Il n'était pas le seul, d'ailleurs, car la trop courte nuit avait laissé ses marques sur les insoumis. Eden bâillait à s'en décrocher la mâchoire, et ils durent faire plus de haltes que de coutume.

Ils s'arrêtèrent bien avant la nuit tombée, montèrent le camp et s'affalèrent autour du feu, tous plus exténués les uns que les autres.

– Brillante armée ! s'amusa Jared en les voyant ainsi.

– Ça ira mieux demain, assura Andala. Même les plus grands héros ont besoin d'une bonne nuit de sommeil.

– Je ne sais pas où tu vois des héros, bougonna Brass en passant la main dans ses cheveux broussailleux. On n'est pas près d'arriver à Terendis ! Il y a encore la vallée à traverser, et maintenant que Yoran a laissé partir les soldats…

– Et alors, quoi ? s'enflamma aussitôt Yoran, que la fatigue et l'angoisse rendaient plus irritable que d'habitude.

– Alors, ils vont prévenir la reine que nous allons à Terendis. Tu n'aurais pas dû les laisser partir, Yoran.

– Pourquoi me laisser faire, alors ? répliqua-t-il en haussant les épaules.

Brass hésita. Son frère Jared répondit pour lui.

– Parce que c'est toi le chef.

– N'importe quoi ! s'insurgea Yoran.

– Bien sûr que si. Tu décides pour nous, chaque fois il faut se plier à ta volonté. Se battre contre l'armée, laisser partir nos prisonniers, ne pas aller au lac…

Il secoua la tête, plus lassé qu'irrité.

– Vous n'avez qu'à opposer des arguments, c'est tout. Je suis prêt à me ranger à votre avis si vous argumentez.

– Bêtises ! Tu n'en fais qu'à ta tête, et tu le sais.

Jared avait au moins le mérite de lui dire la vérité. Yoran hésita entre hausser les épaules et lui lancer quelque chose à la figure. Il opta pour une solution intermédiaire et soupira.

– Inutile de discuter avec vous.

– De toute façon, la reine se doutait que nous allions à Terendis, j'en suis certain, affirma Tadeck dans un souci évident de conciliation. Même si les soldats retournent à elle, ce dont je doute, ça ne changera rien. Les portes de Terendis ont toujours été gardées, elle aura seulement fait renforcer la surveillance.

– Ils ne rentreront pas, risqua timidement Sourane. La reine ne leur pardonnerait pas leur échec.

Personne n'ajouta rien. Yoran adressa un discret signe de tête au jeune soldat pour le remercier, avant d'aller se coucher. Comme la nuit promettait d'être douce, il s'éloigna du feu et s'enroula à l'écart dans ses couvertures. Ce fut peine perdue, car Eden vint bientôt chercher refuge à proximité, déroulant silencieusement son couchage à une enjambée, puis Sourane en fit autant. Yoran constata à contrecœur qu'il était touché de cette sorte de dévouement qu'ils affichaient à son égard, en dépit de son caractère emporté. Il maugréa en silence, avant de se laisser rattraper par le sommeil.

De nouveau, il marchait sur le pont suspendu. Il faisait nuit. Le froid était intolérable, le vent agressif. Il progressait extrêmement lentement, paralysé par la terreur de ce qu'il laissait derrière lui et plus encore par ce qu'il trouverait de l'autre côté. Il appela Tadeck. Il lui semblait l'apercevoir au bout du pont, dans le rectangle de lumière qui s'ouvrait dans la muraille, mais celui-ci ne l'entendait pas. Il se mit à hurler son prénom, essaya de courir avant qu'il ne disparaisse, englouti par la forteresse, mais ses pieds refusèrent d'obéir et il tomba dans le vide.

La sensation de chute le réveilla en sursaut. Yoran s'assit et regarda autour de lui pour finir d'effacer le cauchemar, imprégna ses yeux de la réalité. Le jour glissait silencieusement sur eux, frais et humide, et il se dépêcha d'aller raviver le feu. Une boule d'angoisse avait fait son nid au creux de son ventre, et il devinait que la conversation surprise la veille n'y était pas étrangère. Attends un peu que Malka se retrouve seul une demi-minute, pensa-t-il. Il allait avoir droit à un interrogatoire en règle. Il allait l'obliger à lui dire tout ce qu'il savait sur cette prophétie. Il se rappela ce qu'avaient dit les deux frères Brass et Jared avant qu'il n'aille se coucher, et tourna et retourna leurs paroles dans tous les sens jusqu'à ce que les autres s'éveillent à leur tour.

– Yoran, dit quelqu'un dans son dos.

L'interpelé se retourna.

– Laisse tomber, Jared.

Il dut le prendre au pied de la lettre, car il se laissa tomber à côté de Yoran.

– Je ne voulais pas t'irriter, hier soir, commença mollement Jared en nouant un lien de cuir dans sa chevelure blonde, mais Yoran l'arrêta d'un vague geste de la main.

– Laisse tomber, répéta-t-il sans aucune animosité. Tu avais raison, à moi d'en prendre mon parti.

– Je le sais, avoua Jared nonchalamment, mais j'aurais pu te le dire différemment.

– Hum.

Comme les autres les rejoignaient, ils arrêtèrent là la conversation, s'il était possible de la qualifier ainsi. Comme d'habitude, ils s'assirent en cercle autour du feu et déjeunèrent. Chacun discutait avec son voisin, occupant à peu près la même place tous les soirs et tous les matins.

Yoran observa ses amis en mâchonnant ses galettes et sa viande séchée. Kern et Koura ne semblaient pas se lasser d'écouter Akin. Son aisance dans la conversation en faisait un interlocuteur de choix. Yoran s'attarda sur Dori, qui se tenait près d'eux plus par habitude que par envie, semblait-il. Depuis l'attaque du village, il paraissait fermé. Il arborait une expression renfrognée qui pouvait passer pour de la peur comme pour du dégoût. Il réfléchit à ce qu'il pourrait lui dire pour l'aider, mais il ne se sentait pas capable d'avoir ce genre de discussion. Quelque chose le retenait à son égard. Deux ou trois fois, il avait senti une légère rancœur de la part de son cousin lorsqu'il lui avait adressé la parole, comme s'il le tenait pour responsable de tout ce qui arrivait. À son grand désespoir, il n'avait pas complètement tort.

Avant de quitter la Plaine, Yoran les avait pourtant prévenus tous les trois que l'accompagner dans cette entreprise pouvait se révéler dangereux, autant physiquement que moralement. Il se souvenait aussi qu'il n'avait pas beaucoup insisté pour les faire renoncer, et la culpabilité, sentiment bien connu qui revêtait sans cesse de nouvelles formes pour s'inviter dans ses pensées, fraternisait avec la peur insidieuse qu'il avait de faire les mauvais choix.

Il songea qu'en quittant la Plaine ils avaient tous les quatre renoncé à une part d'eux-mêmes et de leur passé commun. Yoran se sentait lié au trio comme par des racines, mais plus les jours passaient, plus ils s'éloignaient les uns des autres. Il se consola en songeant que d'autres amitiés qu'il devinait durables se tissaient au fil du temps.

Les insoumis devenaient des membres de sa famille. Évidemment, pour Tadeck ce constat était fait depuis bien longtemps. Il y avait toujours ce drôle de lien entre eux deux. Inévitablement, lorsque quelqu'un avait le don de lire dans vos pensées, cela vous enchaînait à lui d'une façon ou d'une autre. Plusieurs fois Yoran avait nourri une certaine méfiance vis-à-vis de ce don, mais il ne pouvait non plus se défaire, d'une certaine manière, de la dépendance que cela lui causait. Il en était le premier intrigué. Apparemment, il valait mieux l'admettre que de chercher à comprendre, mais perfidement la question de savoir pourquoi le taraudait.

À cette amitié il fallait ajouter celles d'Akin, Liam, Loris, Zébana, Kaldir, Guéran, Din-Faradel, Malka. Les frères Brass et Jared aussi, malgré tout. Et les filles, Yabila, Maya, Nérielle, Salia, Neschka. Il ressentait à leur endroit un attachement, qui oscillait entre l'admiration et l'affection jalouse d'un frère. Il avait mis du temps à se lier avec les amis d'Andala, mais Mérick, un matin, l'avait aidé à harnacher son cheval, et il s'était retrouvé à plaisanter avec lui. Arcellin et Milien s'étaient joints à eux, et leur bonne humeur avait fait le reste.

Andala, avec son air de ne pas s'en faire, suscitait encore son agacement – trop fréquemment pour qu'il puisse en faire abstraction. Quant à Licette, le sentiment qu'il éprouvait pour elle tenait plus de la compassion, mais il se garda bien de le lui montrer. Il se doutait que son caractère fier et tumultueux ne se serait pas vraiment accommodé de cette complaisance. Elle parlait très peu, le plus souvent à Andala. Le seul avec lequel elle acceptait de discuter semblait être Eden, qui rougissait plus que de raison chaque fois qu'elle lui adressait la parole. Plus d'une fois, Yoran était intervenu pour le libérer de son supplice et l'envoyer vérifier l'attache des chevaux, sous le regard méprisant de Licette, qui n'était pas dupe de son petit stratagème. Il ne prenait même pas le soin de s'en cacher et répondait par un geste d'indifférence.

En face de lui, Malka triturait les lacets de ses bottes d'un air tracassé que Yoran attribua immédiatement à la conversation qu'il avait eue la veille avec Tadeck. Ce dernier faisait comme s'il n'était pas affecté, mais Yoran ne se laissa pas abuser. Preuve en fut que son ami lui jeta un bref regard par-dessus le feu. Yoran secoua la tête pour lui signifier qu'il n'y avait rien d'important, avant de boire une lampée de sa gourde pour couper court. Il faudrait qu'ils aient une explication, tous les deux.

Peu après, tandis qu'ils remballaient, Yoran réussit à coincer Malka à l'écart du groupe tandis qu'il tapait ses bottes pleines de terre sur le tronc d'un arbre d'un air absorbé. Yoran se précipita à sa suite, prenant soin de tirer son cheval derrière lui pour faire écran vis-à-vis du reste du groupe.

– Malka !

Celui-ci afficha une moue résignée, et Yoran comprit qu'il s'attendait à ce qui allait suivre.

– Qu'est-ce que c'est que cette histoire de prophétie ? demanda-t-il sans préambule en se donnant un air assuré.

– Je savais bien que tu nous avais écoutés, affirma Malka.

Comme Yoran ne broncha pas sous le reproche, il soupira.

– Ça ne te concerne pas, ajouta Malka d'une voix laconique. Du moins pas directement. Ça concerne Tadeck. C'est tout ce que je peux te dire.

– Tu connais Tadeck, c'est une vraie tête de mule. Il préférera souffrir en silence que d'admettre qu'il a besoin d'aide. Dis-moi de quoi il s'agit.

Malka hocha lentement la tête. Visiblement, il était d'accord avec Yoran et réprouvait le choix de leur ami commun.

– Ce secret ne m'appartient pas, Yoran, dit-il pourtant. Il faut t'adresser à Tadeck.

– C'est bien ce que j'ai l'intention de faire ! gronda Yoran avec aigreur.

Malka ne répondit pas et le laissa s'éloigner. Évidemment, il se doutait bien que Malka montrerait plus de loyauté que nécessaire à l'égard de Tadeck. Qu'à cela ne tienne, Tadeck ne perdait rien pour attendre.

Yoran se sentait une légère rancœur qu'il devinait être une peur déguisée, et dut faire un effort pour donner le change.

Il espéra que tout cela serait vite fini. Qu'ils parviendraient sans encombre à Terendis, et que cet imbécile de trône voudrait bien de cet imbécile d'Andala. Andala pour roi, voilà quelque chose qui était pour le moins comique, mais apparemment la destinée avait sa propre conception de la prospérité du peuple. Tadeck pouffa à quelques pas de lui.

– Quoi ? questionna Yoran, avant de comprendre que Tadeck avait dû lire dans ses pensées, rompant la promesse qu'il avait faite – plusieurs fois, d'ailleurs – de ne plus se permettre ce genre d'incursion.

Pour se venger, il pensa aussi fort que possible à la conversation qu'il avait eue avec Malka au sujet d'une prophétie dont il ignorait tout. Tadeck tomba dans le piège avec une facilité déconcertante et Yoran espéra que cela le dégoûterait pour un moment d'aller farfouiller dans les pensées des autres.

– Tu ne peux pas t'empêcher d'écouter des conversations qui ne te sont pas destinées, laissa tomber Tadeck.

– Je n'ai pas fait exprès, dit Yoran, en se demandant pourquoi il cherchait toujours à se justifier.

Tadeck avait visiblement l'intention de se dérober, car il s'éloigna en soupirant. Yoran le rattrapa par la manche pour le forcer à lui faire face. Il ne ressentait ni rancœur ni colère, seulement une peur sourde.

– Qu'est-ce que c'est que cette histoire de prophétie ?

Tadeck se dégagea mollement.

– Je ne sais pas de quoi tu parles, mentit-il.

– Tadeck, je t'en prie, ne joue pas à ça avec moi, souffla Yoran. Je croyais que tu avais confiance en moi. Dis-moi.

Tadeck renonça, et Yoran comprit qu'il était soulagé de ne plus devoir se taire pour une raison aussi sotte que de vouloir protéger la quiétude des autres.

– C'est une révélation qui m'a été faite par Malka, avoua-t-il en passant une main dans ses cheveux.

– Malka, répéta Yoran pour l'encourager à poursuivre.

Il acquiesça.

– Il a hésité longtemps avant de m'en faire part, mais ça lui paraissait trop important pour se taire.

Yoran sentait son anxiété augmenter d'un cran à chaque mot.

– Quelle est cette révélation ? questionna-t-il.

Il y eut un long silence, puis :

– Que je mourrai après avoir mis l'héritier sur le trône.

Au loin, l'horizon avait dû se déchirer comme un morceau de cuir usé, à moins que ce bruit étrange ne provienne de ses entrailles. Le silence qui suivit dura trop longtemps pour être supportable. Yoran essaya de dire quelque chose qui aurait eu le pouvoir d'annuler ces derniers mots, mais n'y parvint pas. Tadeck esquissa un petit sourire, qui tentait faiblement de dissimuler l'angoisse que Yoran ne pouvait pas manquer de déceler. Il réfréna un tremblement. Tadeck se reprit avant lui, car il dit :

– Ce n'est qu'une prophétie. Rien ne prouve qu'elle doive se réaliser.

Yoran se retint de lui jeter à la figure que si elle se réalisait il serait trop tard pour que quiconque puisse songer à s'en glorifier.

– Comment Malka peut-il… ? commença Yoran avec ressentiment, mais Tadeck l'arrêta.

– Ne le blâme pas. Il est assez embêté comme ça.

– Mais… depuis quand… ?

– Quand nous étions à Quéloa.

Tadeck avait donc passé tout ce temps avec cette révélation écrasante sans même qu'il s'en rende compte ? Quel ami était-il donc ?

– Qui est au courant ? demanda Yoran en négligeant l'étau sur son cœur.

– Seulement toi.

Yoran soupira. Il fallait se ressaisir pour prendre les mesures qui s'imposaient, même s'il n'était pas sûr qu'il en existe.

– Et si… si tu te retirais de toute cette histoire, Tadeck ? Si tu nous laissais nous en charger, comme ça, ce ne serait pas toi qui mettrais l'héritier sur le trône, tu vois ce que je veux dire ?

– Je vois surtout que tu es prêt à admettre que cette prophétie a des chances de se réaliser.

Yoran se mordit la lèvre, ce qui étira un faible sourire sur les lèvres de son ami.

– J'essayais juste de…

– Je sais, le coupa-t-il. Ne t'en fais pas pour moi. Ça ne doit pas nous éloigner de Terendis.

– Tu devrais le dire aux autres, Tadeck.

– Certainement pas.

– Ce sont tes amis, ils sont aussi là pour ça.

– Tu es mon ami. Tu es au courant. Ça suffit pour le moment.

– Tadeck, je…

– Toi non plus, tu ne leur as pas parlé de ton petit geste magique quand nous étions à Eliassaba, n'est-ce pas ? Je n'ai pas insisté. Alors garde le secret là-dessus, s'il te plaît. Tout ira bien.

Yoran renonça à le convaincre et s'efforça de prendre un air confiant qui fit sourire Tadeck lorsqu'il s'en aperçut. Un peu plus tard, avant de partir, il se décida bravement à aller trouver son cousin.

– Ça va ? demanda-t-il simplement pour tâter le terrain.

– Oui, oui, dit Dori.

Il s'appliquait à rouler la toile de sa tente et Yoran l'aida, plus pour occuper ses mains que par réelle envie.

– Tu n'as pas l'air dans ton assiette.

– Ça va, assura Dori.

Il était heureux que cette tente lui offre l'opportunité de ne pas regarder son cousin en face, ce qui, pour une raison inconnue, lui paraissait beaucoup trop difficile.

– Dori, tu es mon cousin, je te rappelle… essaya-t-il. Ce qui veut dire que je te connais bien. Je vois bien que ça ne va pas.

Dori hocha la tête en gardant les yeux rivés sur le nœud compliqué qu'il s'était mis en tête de réaliser.

– C'est… tous ces morts, tu sais… ça me rend… bizarre.

– Je sais.

– Je n'avais pas prévu que ce serait aussi…

– Difficile ? Personne ne pouvait l'imaginer. Ce qui compte, c'est que nous allions tous bien. On va bientôt rentrer tous les quatre sains et saufs à la Plaine.

Dori releva le menton avec une certaine arrogance, grimaça l'expression d'un doute qui lacéra le cœur de Yoran. Il n'avait pas l'impression de reconnaître son cousin dans cette expression de dédain.

– Comment peux-tu être si sûr de toi ? cracha Dori. Aucun d'entre nous n'a la certitude de rester en vie. Et même si c'était le cas, es-tu certain de rentrer à la Plaine avec nous ? Je doute que tu délaisses tes nouveaux amis pour les anciens.

Il avait dit le dernier mot avec tant de mépris dans la voix que Yoran dut faire un effort pour ne pas se sentir insulté. Il se demanda subitement si c'était vraiment tous ces morts qui lui laissaient cette amertume, ou s'il s'agissait simplement de jalousie. Il essaya de le prendre sur le ton de la rigolade, comme du temps béni de la Plaine, mais il doutait que son rire sonne juste et se retint.

– Mes anciens amis, en effet, plaida Yoran avec sincérité. Les meilleurs que je connaisse. Entreprenants, courageux, fraternels. Dori, tu me connais. Tu n'es pas mon cousin pour rien. Je rentrerai avec vous. Il y a trois femmes qui m'attendent à la Plaine, je te rappelle.

Dori acquiesça vaguement.

– Moi, personne ne m'attend, laissa-t-il tomber comme une pierre, avant de porter la toile roulée jusqu'à sa monture.

Yoran inspira profondément. C'était donc cela, le nœud du problème ? Il désirait plus que tout mettre un terme à cette conversation, mais suivit Dori.

– Eh bien ! Belle ingratitude pour ton père, feignit-il de gronder. Et puis, tu verras le nombre de filles qui vont se presser à ta porte une fois que tu rentreras chez toi en héros !

Cette fois, son cousin renonça complètement à son air fermé. Il rit franchement, au grand dam de son cheval, qui secoua la tête d'un air inquiet. Yoran l'apaisa d'une main sur l'encolure.

– Enfin une perspective qui m'enchante ! s'amusa Dori. J'espère seulement que Koura ne me volera pas mes conquêtes.

– Voilà qui est moins sûr, plaisanta Yoran, infiniment soulagé, en l'aidant à arrimer son bagage.

Quand ils se remirent en selle, un peu plus tard, Yoran eut un pincement au cœur en songeant avec quelle aisance il maniait le mensonge.

Chapitre neuf
La tour d'Estrëa

Un matin, après quelques jours de chevauchée qui les menèrent au pied des volcans derrière lesquels se trouvait Terendis, le vent leur apporta des odeurs de fumée. Din-Faradel, Akin, Guéran et Arcellin partirent prudemment en éclaireurs. Ils s'absentèrent deux bonnes heures, et revinrent avec de mauvaises nouvelles.

– Un autre détachement, lâcha Akin. Fanion rouge. Celui d'Argoran, le chef des armées. Une centaine d'hommes. Je crois que ton oncle est avec eux, Tadeck. Ils surveillent le passage vers Terendis. On ne peut pas passer par la vallée comme les fois précédentes.

Cette annonce les assomma.

Les derniers jours avaient été épuisants ; les montagnes semblaient s'éloigner au fur et à mesure qu'ils avançaient, et Yoran se demandait si, à ce petit jeu-là, ils finiraient par avoir le dessus. Le paysage s'était métamorphosé. La végétation avait changé. L'herbe était devenue plus épaisse, ils avaient croisé de plus en plus de ruisseaux, où l'eau transparente bondissait sur des pierres noires qui affleuraient un peu partout, grignotant la vallée ; mais surtout le sol accusait une forte progression vers les sommets, ce qui avait mis à mal leurs mollets pourtant entraînés. Le froid s'était intensifié, et cette chute brutale des températures pesait sur leur entrain.

Ils mirent une bonne minute à se remettre de ce qu'Akin leur annonçait. Une centaine d'hommes ! Aucun doute possible : leur objectif était connu de la reine, et bien longtemps avant qu'ils ne donnent cette information aux hommes d'Ast, visiblement.

– Il n'y a pas d'autres passages ? demanda Eden à voix basse, comme si l'armée avait pu l'entendre.

– Entre nous et Terendis, répondit Akin, il y a un torrent, et le seul passage est le pont que garde Argoran. Tout le reste est infranchissable sur des dizaines de lieues.

– Il y a le passage à flanc de falaise, glissa Tadeck. Il n'est sûrement pas surveillé.

À l'expression alarmée d'Akin, Yoran devina que cette solution n'était même pas envisageable.

– Tu n'y penses pas, Tadeck. C'est du pur suicide. Même à pied sans les chevaux, c'est l'échec assuré.

– Il y en a qui sont déjà passés par là.

– Et la plupart y ont perdu la vie. La roche ne tient pas. La falaise s'éboule continuellement.

Mérick secoua nonchalamment la tête. Apparemment, il n'était pas du genre à se laisser impressionner par l'environnement le plus hostile.

– Si la route est barrée, nous n'avons pas vraiment d'autre choix, dit-il en égratignant tous les « r » de sa phrase. Il faut prendre le risque.

– Le passage dont parle Tadeck est vraiment trop dangereux, admit Sayaël. Il est très étroit par endroits à cause des effondrements. Au-dessus du torrent, la pierre s'est effondrée, et il faut marcher sur des planches. On court à la catastrophe.

– Et en prenant le chemin habituel on court aussi à la catastrophe. Je ne crois pas que nous ayons le moindre espoir que l'un d'entre nous survive après leur être passé sous le nez. Alors qu'en prenant l'autre passage on a encore une petite chance.

– En tout cas, je préfère tomber dans le vide que de me retrouver sous la lame de Yélan, souffla Salia d'une voix déformée par l'épouvante.

– Au temps pour moi, approuva Maya. S'il nous attrape, il nous fera payer cher notre échec.

Yoran eut la vision des corps torturés de ses amis abandonnés aux charognards de la vallée. Il frissonna d'effroi et dut déglutir plusieurs fois pour garder le contrôle.

– Hors de question que vous preniez tous ces risques, trancha-t-il d'un ton qui trahissait la démesure de sa peur. Vous rentrez. Tous. J'accompagnerai Andala jusqu'à Terendis.

– Yoran… protesta Koura.

– Vous n'avez rien à prouver. Moi, je dois…

Il s'arrêta juste avant de dire qu'il devait payer pour avoir donné l'Aïguaviata, mais ce devait être clairement inscrit sur son visage, car Salia gronda :

– Toi non plus, tu n'as rien à prouver, Yoran ! Tu ne vas pas payer de ta vie pour l'Aïguaviata !

Il secoua violemment la tête avec l'intention de répondre.

– Il a raison, le coupa Andala. Nous irons seulement tous les deux. Inutile de faire prendre des risques à tout le monde.

Licette l'injuria longuement en saâdien, mais il fit mine de ne pas l'entendre.

– Il est hors de question que vous partiez seuls, refusa tout net Tadeck. Puisque le passage par la vallée est bloqué, il faudra passer par les cols, et sans connaissance du terrain, vous ne tiendrez pas deux jours. Il faut porter les bagages et la nourriture. À deux, c'est impossible. Akin, je peux compter sur toi pour nous accompagner ?

Il soupira.

– Évidemment. On savait tous dans quoi on s'engageait. Ceux qui veulent renoncer le peuvent encore, mais ce n'est pas mon cas.

– Moi non plus, affirma Zébana. J'étais là au début, je serai là à la fin. Vous ne ferez rien sans moi.

Sayaël acquiesça vivement.

– Je ne vais pas renoncer maintenant que ça devient intéressant, plaida-t-il avec son sourire renversant.

Loris, Flag, Liam et Vandii se jetèrent un regard entendu et approuvèrent. Arcellin hocha la tête d'un air convaincu, et Milien arborait un visage décidé qui ne laissait aucun doute sur son engagement.

– Bon, donc tout le monde vient, si j'ai bien compris, résuma Maya.

Yoran s'apprêtait une fois encore à répondre, mais elle lui fit signe de se taire.

– Tu ne peux pas choisir pour nous, Yoran. Je suis une grande fille et personne ne me dira où je dois me rendre, tu m'as bien comprise ?

Il fut contraint de reconnaître qu'il n'avait pas à avoir de pouvoir sur aucun d'entre eux.

– D'accord, admit-il. Mais Eden ne peut pas nous accompagner.

Tous les regards se tournèrent vers l'adolescent, qui rougit violemment. Son expression disait très clairement qu'il refusait de les laisser partir sans lui, et Neschka vint résolument à son secours.

– Eden est un insoumis à part entière, comme Sourane ou n'importe qui d'autre. Il fait ses choix comme nous tous.

– C'est de la folie, Neschka !

– Tu n'es pas son père, Yoran, appuya Guéran.

– Que décides-tu, Eden ? demanda Akin du même ton dont il aurait usé à l'égard d'un adulte.

– Je viens, assura-t-il.

– Et vous ? dit-il en s'adressant au trio de la Plaine.

Ils s'empressèrent d'approuver.

– Ne serait-ce que pour contrarier Yoran, ironisa Koura.

– Maya a raison, il ne faudrait pas que tu crois que tu choisis pour nous, ajouta Dori en adressant un clin d'œil à son cousin.

Yoran ne put décider s'il fallait se réjouir ou s'il fallait protester encore pour leur faire entendre raison. Mais ils le dépassèrent avec aplomb et il comprit que le sujet était clos. Il leur emboîta le pas, Maya lui adressant un petit clin d'œil complice qui devait signifier qu'il faisait le bon choix.

Ils se mirent en quête du passage dont parlait Tadeck. Ils marchèrent plusieurs heures en suivant la découpe de la roche noire, qui formait des escarpements de plus en plus préoccupants.

Lorsqu'ils trouvèrent le passage, Yoran comprit pourquoi Akin redoutait cette solution. Moins qu'un chemin, c'était une piste étroite qui serpentait le long de la paroi rocheuse, surplombant un à-pic vertigineux au fur et à mesure qu'elle se frayait un passage à travers la montagne.

La prophétie de Malka se rappela au bon souvenir de Yoran, qui essaya de se convaincre que, de toute manière, ils ne risquaient rien tant que Tadeck n'avait pas mis d'héritier sur le trône.

– Akin a raison, souffla-t-il à Tadeck, ce sera trop étroit pour les chevaux.

Les insoumis paraissaient consternés.

– On ne peut pas se permettre de laisser nos montures, rejeta Tadeck. Nous en aurons besoin jusqu'aux volcans. Il faut voir si ça passe…

– Tadeck, c'est de la folie, insista Loris. Avec les chevaux, pas de marche arrière. Si on est coincés à mi-chemin à cause des éboulements sans possibilité de faire demi-tour…

– Je vais aller me rendre compte. Attendez-moi là.

– Je viens avec toi, dit Yoran en passant le fourreau de son épée dans sa ceinture.

Avec cette prophétie au-dessus de leurs têtes, il était hors de question qu'il le laisse faire un pas hors de portée de voix.

– Je vous accompagne, ajouta Dori.

Il ne leur fallut pas longtemps pour admettre que le passage serait périlleux, et pas seulement en raison de l'étroitesse du chemin. Sous leurs pieds, la roche s'effritait et dévalait la pente qu'ils gravissaient avec un continuel chuintement et une exécrable poussière noire, exactement comme s'ils marchaient sur un énorme morceau de charbon de bois. Yoran avait du mal à imaginer les chevaux sur ce terrain accidenté, et encore plus de mal à s'imaginer parvenir de l'autre côté de la montagne sans dommages.

Passé le premier virage, il dut lutter contre le vertige. Le précipice s'étendait au-dessous avec assurance. Un seul faux pas aurait pu le précipiter au rang des souvenirs – et sans aucune gloire. Il se colla un peu plus près de la paroi et vit que Dori en faisait autant. Ils échangèrent un regard inquiet, mais Tadeck poursuivait son ascension.

– Est-ce que les chevaux passeront ? demanda Yoran en accélérant le pas pour marcher à côté de lui.

– Jusque-là, ça devrait aller. Il faudra leur bander les yeux, sinon ils ne nous suivront pas. C'est pour après que je crains. Les éboulements sont fréquents, le reste du chemin a pu disparaître avec les dernières pluies. Mais c'est notre seule option.

Il n'avait pas terminé sa phrase qu'au détour du chemin apparurent quatre soldats, comme s'ils s'étaient soudain matérialisés. Ils avaient dû contourner la montagne en éclaireurs, et Yoran songea très vite qu'ils avaient eu du flair. Voilà qui démontrait en tout cas que le chemin était praticable pour les hommes, à défaut de l'être pour les chevaux.

Tout le monde s'arrêta net, le temps nécessaire pour comprendre ce que cette rencontre inopinée impliquait pour chacun des protagonistes, et, avant que les soldats ne fondent sur eux en hurlant, Tadeck, en une fraction de seconde, passa devant et dégaina son arme dans le même élan. Il engagea immédiatement le combat.

– Prévenez les autres ! ordonna-t-il.

– Pas question de te laisser, revendiqua Yoran, qui avait empoigné son épée mais ne put se joindre au combat faute d'espace.

L'écho des lames qui s'entrechoquaient allait se cogner sur la falaise et se perdre dans le vide. Yoran sentait l'angoisse lui tordre le ventre. Et s'il en arrivait d'autres à leur suite ? Il pensa à Neschka, à Akin, à tout le groupe qui risquait d'être pris au piège si Tadeck ne parvenait pas à arrêter les quatre soldats.

– Dori, pria-t-il, va prévenir les autres. Qu'ils se mettent à l'abri. Presse-toi !

Dori recula de quelques pas, mais visiblement il hésitait à abandonner son cousin. Yoran ne lâchait pas Tadeck des yeux. Il armait son bras comme personne, parait chaque coup sans céder un pouce de terrain. Impuissants derrière leur acolyte, les trois autres soldats surveillaient le combat. Ils semblaient eux aussi hésiter entre courir prévenir leur chef ou seconder le premier homme.

Tadeck et son adversaire commençaient à fatiguer. Ils réfrénèrent tacitement leurs assauts pour se donner le temps de reprendre leur souffle, avant de repartir de plus belle. Tadeck para un coup porté haut, mais il n'eut pas le réflexe suffisant pour reculer, et la pointe de la lame ennemie le frappa au côté. Il eut un sursaut de rage et porta un coup fatal à son adversaire, qui s'effondra dans le vide.

Les trois soldats hésitèrent à prendre le relais. Ils se lancèrent un regard interrogateur, cherchant à deviner leur décision réciproque. D'un côté, Tadeck était un adversaire redoutable. De l'autre, prendre la fuite impliquait un risque considérable compte tenu du terrain. Ils durent juger le terrain moins dangereux que Tadeck, car ils détalèrent d'un même mouvement.

– Il faut les rattraper, Yoran ! cria Tadeck en se lançant à leur poursuite. Il ne faut pas qu'ils préviennent leur chef si on veut avoir une chance de passer !

Yoran et Dori coururent derrière lui. Le chemin s'élargissait d'une ou deux coudées, ils rattrapèrent les fuyards sans trop de mal. Les soldats durent faire face aux trois insoumis, et manifestement ils n'étaient pas enchantés. La démonstration de l'habileté de Tadeck au duel avait largement atténué leur combativité. Sa blessure ne semblait pas le ralentir ; une auréole écarlate se dessinait sur sa chemise, juste sous le bras droit, mais il l'ignora et fondit sur eux sans prendre le temps de respirer.

Tandis que Dori se tenait en retrait, Yoran se joignit à lui et engagea le combat. Sa dernière expérience en matière de bataille avait confirmé ses capacités d'escrimeur ; il avait appris relativement vite au contact de Tadeck, et son assurance nouvelle l'avantageait. Il garda à l'esprit le bord du précipice, s'efforça de s'en tenir le plus éloigné possible et, mêlant méthode et instinct, mena une offensive menaçante.

Sous leur casque de guerrier, leurs adversaires avaient les yeux agrandis par l'effroi que leur inspiraient l'assurance de Yoran et l'habileté de Tadeck. À trois contre deux, ils s'efforçaient de faire reculer les insoumis vers le bord. Yoran nota que les hommes d'Argoran étaient mieux entraînés que ceux qu'ils avaient affrontés à Pentissaba, avec l'aide des villageois. Il avait juste le temps de parer une offensive après l'autre, esquivant plus qu'il n'avait le loisir de contre-attaquer, cherchant une brèche pour riposter.

Son cousin vint enfin à sa rescousse. Dori était bien moins habile que lui à l'épée, pourtant il la projeta en avant et atteignit l'un des soldats au ventre. Il retira sa lame ensanglantée avec l'intention de reproduire son geste, mais, même mortellement blessé, l'homme para le coup suivant et le désarma. Sa force projeta Dori en arrière et, tandis que le soldat se vidait de son sang, les mains crispées sur le ventre, Dori glissa dans le vide avec un cri, se raccrochant de justesse au rebord friable.

– Yoran !

– J'arrive !

Le cri de Dori détourna l'attention de Tadeck une fraction de seconde, et son adversaire en profita pour lui envoyer un violent coup de pied dans le ventre. Il ploya sous la douleur fulgurante qui le traversait, lâcha son arme et tomba à genoux.

– Tadeck ! hurla Yoran.

Son propre adversaire ne lui laissait pas de répit et il parvenait tout juste à le repousser. L'autre soldat leva son épée au-dessus de la nuque de Tadeck, qui s'offrait à lui comme la meilleure des proies.

Yoran puisa dans ses dernières ressources. Sans réfléchir à ce qu'il faisait, il accula son adversaire contre la paroi, abattit sa lame sur le fer de l'ennemi, saisit la garde du soldat, appuya de toutes ses forces sur sa propre épée et, d'un coup sec, la lui arracha. Avec une épée dans chaque main, il usa d'elles comme de ciseaux. Lames croisées, il les releva et trancha la gorge du soldat, qui tomba dans un bouillonnement de sang. Cela ne lui avait pris qu'une seconde et demie, et il bondit vers le dernier homme :

– Non ! hurla-t-il en brandissant ses armes en croix.

Le soldat para et les trois lames s'entrechoquèrent bruyamment. Yoran força pour se dégager, mais l'homme tint bon. Leurs regards se croisèrent à hauteur des fers et se défièrent en silence. Yoran vit la sueur sourdre autour des yeux de son adversaire et s'efforça d'accroître la tension de ses bras. À un pas de là, Tadeck tentait de reprendre son souffle. Il se redressa, se leva en titubant. Yoran réussit enfin à envoyer valser l'épée du soldat à plusieurs pas derrière lui, le laissant démuni.

Le soldat n'hésita pas longtemps. Il tourna les talons et décampa, bousculant Tadeck, qui essayait de lui barrer le passage. Ce dernier dérapa sur le sol et glissa dans le précipice. Il parvint, dans un ultime effort, à s'agripper à une saillie rocheuse, resta suspendu dans le vide, et Yoran se jeta à genoux au bord du précipice. L'urgence lui arracha un cri animal, à la limite du râle. Une multitude d'éventualités se projetèrent en images serrées dans sa pensée, le forçant à se frotter les yeux pour les chasser. Il allait empêcher cela, il ne pouvait pas en être autrement. Sa seule volonté allait suffire à le faire reprendre pied à ses côtés. Il tendit tous ses muscles jusqu'à les déchirer. Ils n'avaient pas besoin de parler. La terreur matérialisait la connexion entre eux deux, comme un pont sur lequel circulaient toutes les images des souvenirs qu'ils avaient en commun depuis la petite clairière où les soldats avaient fait jouer leurs lames sur Tadeck, jusqu'à cet instant où Yoran ne pouvait se résoudre à le perdre.

À une enjambée de là, les appels de Dori se faisaient de plus en plus perçants. Celui-ci n'allait pas tarder à lâcher prise, mais, pour Yoran, il n'y avait qu'une priorité, et elle fermait la porte à toutes les autres.

– Il faut que tu ailles à Terendis, coûte que coûte, Yoran, souffla Tadeck entre deux grimaces que lui tirait sa blessure au côté.

Il l'avait dit sur le ton d'un mourant dictant ses dernières volontés, et Yoran eut envie de le gifler.

– Pas sans toi, riposta-t-il violemment.

Tous ses membres semblaient sur le point de se disloquer sous la contrainte. La paume de sa main s'incrustait de fragments de roche. Il tendit tout son corps, à la limite de basculer en avant. Il eut un salutaire sursaut de recul en sentant son poids le tirer vers le vide.

Tadeck tressaillit, et, pour une fois, ce fut Yoran qui lut dans ses pensées. Tadeck redoutait qu'il ne tombe à son tour. Il sembla alléger sa prise sur la paroi et glissa un peu, comme aspiré par le précipice.

– Ne fais pas ça, implora Yoran.

Il se rappela comment Tadeck l'avait tenu contre lui à Eliassaba après l'incursion de l'armée, et des larmes de rage lui brouillèrent la vue. Le manque serait intolérable. Il s'étira un peu plus, tous ses ligaments protestant contre la rupture imminente, et il parvint à saisir le poignet de Tadeck. Ses doigts verrouillèrent leur prise, avec une force qu'il devait puiser dans le roc qui l'écorchait, et ceux de son ami en firent autant. Un incendie sembla se déclarer quelque part dans son cerveau, en même temps que la douleur éclatait dans son épaule déjà torturée. Yoran refusa toute concession, malgré les décharges que son organisme lui envoyait en représailles, et tira pour ramener Tadeck à lui.

– Tu n'y arriveras pas, Yoran, je suis trop lourd.

– Je ne te lâcherai pas, assura-t-il avec un brin de fureur, qui donnait un ton rauque à sa voix.

Il planta ses yeux dans ceux de son ami, comme pour le mettre au défi de renoncer, et Tadeck grimaça un assentiment. Il balança ses pieds pour tenter de prendre appui sur la paroi, mais elle s'effritait sous ses assauts. Chacun de ses mouvements leur arrachait une plainte. Yoran se demanda si son épaule allait résister au supplice qu'il lui infligeait, mais cette interrogation fut brusquement effacée par le cri strident que poussa Dori.

– Yoran ! Je vais lâcher !

Malgré lui, Yoran rencontra le regard de son cousin. Son visage était congestionné de terreur.

– Tiens bon !

Mais il ne put se résoudre à lâcher le poignet de Tadeck, et Dori bascula dans le vide. Son corps abandonné plongea à la renverse, ses membres battant l'air avec des gestes désordonnés, comme s'il espérait encore qu'une main vienne le secourir.

Yoran se détourna. Sa vue se brouilla, et il dut endurer jusqu'au dernier décibel le hurlement de terreur qui transperçait l'espace avant qu'il ne cesse brusquement. Un moment, il crut que le soleil s'éteignait, avant de se rendre compte qu'un nuage l'occultait simplement.

– Yoran !

Le ton pressant de Tadeck le ramena à la réalité. Une soudaine vague de rage l'engloutit, décupla ses forces, et il subit l'explosion comme si une puissance inconnue s'emparait de son corps et prenait les opérations en main. Ses muscles se bandèrent à l'unisson.

Avec une traction surhumaine, il fit progresser Tadeck de la largeur d'une main. Ce fut pourtant suffisant pour que ce dernier puisse accrocher la paroi du bout de ses pieds et soulager Yoran, qui tentait de contrôler son souffle. Ils transpiraient tous les deux. La sueur aveuglait Yoran, et sa main commençait à glisser. Tadeck se démena en serrant les dents. La blessure au côté semblait importante, et sur sa chemise l'auréole sanglante s'élargissait à vue d'œil.

Il parvint enfin à agripper le rebord. Yoran s'accroupit pour avoir plus de force et, d'une ultime traction qui fit claquer quelque chose à l'intérieur de son épaule, l'arracha enfin à l'appétit du précipice. L'élan jeta Tadeck dans ses bras, et ils restèrent un long moment collés l'un contre l'autre, haletant comme s'ils risquaient encore de tomber.

– Merci, souffla un peu plus tard Tadeck en s'écartant.

Yoran semblait sur le point de s'effondrer. Tadeck le prit par les épaules avec une extrême douceur, le força à le regarder.

– Je suis désolé pour ton cousin, dit-il, mais Yoran évita son regard et secoua ses boucles noires.

Un sentiment vertigineux de culpabilité irradiait dans ses poumons. Ses jambes étaient comme mortes. Il frotta lentement la paume de sa main gauche. Elle était piquetée de minuscules blessures poussiéreuses ; sur son poignet droit les doigts de Tadeck avaient imprimé des cercles rouges. Il se massa consciencieusement, comme s'il voulait reprendre toute son emprise sur son propre corps. L'étrange vague qui l'avait possédé s'en était allée en le laissant vide et ravagé.

– Yoran…

Il se releva difficilement et tituba sur plusieurs coudées. Une douleur éblouissante traversa son épaule droite. Il réprima un cri, haleta jusqu'à ce qu'il puisse articuler quelque chose sans vomir.

– Il… il faut qu'on aille prévenir les autres, ou ils s'en prendront à eux aussi.

– Tu es blessé, Yoran, risqua Tadeck. Laisse-moi examiner ça.

– On verra plus tard, on n'a pas le temps.

Ils firent le chemin en sens inverse aussi vite qu'ils le purent, trébuchant et glissant sur la descente. Yoran se sentait dans un état second, proche de l'hébétude. Une centaine de points gris se battaient devant ses yeux tandis qu'une douleur inimaginable le terrassait, menaçant de l'envoyer au sol à chaque foulée. Il refusait de regarder sur sa droite, où le vide lui hurlait qu'il avait refusé de porter secours à son cousin.

Sur ses talons, Tadeck serrait les dents ; sa blessure au côté saignait abondamment, mais le temps perdu à se soigner pouvait coûter la vie aux insoumis qui les attendaient un peu plus bas, ignorant que des soldats se préparaient à fondre sur leur groupe, ignorant que Dori ne se joindrait plus à eux… plus jamais…

Le chemin leur parut interminable. Ils aperçurent enfin Akin, qui se détacha du groupe pour venir à leur rencontre. À leur vue, son visage d'ordinaire impassible se décomposa.

– L'armée arrive, dit Yoran en sentant sa voix déraper dangereusement.

Les autres les rejoignaient, déjà blêmes.

– Et Dori ? questionna Kern d'un ton blanc.

– Il ne viendra plus, coupa Tadeck, devançant Yoran.

Celui-ci détourna les yeux.

– Il faut se mettre à l'abri. Tout de suite.

– Trop tard, souffla Yabila en désignant le chemin qui traversait la vallée en provenance du pont.

Yoran se retourna. Plusieurs cavaliers apparurent, en effet, dans un fracas de sabots et un nuage de poussière, et les insoumis eurent tout juste le temps de brandir leurs armes. Les moins habiles reculèrent pour se mettre à l'abri derrière ceux qui étaient rompus au combat. Yoran compta leurs adversaires dans un réflexe inconscient : les insoumis avaient l'avantage du nombre. Il espéra que ce serait suffisant cette fois encore. Avant d'avoir pu lever son arme, les points gris étaient devenus si nombreux devant ses yeux qu'il ne vit bientôt plus qu'un voile sombre. La douleur l'engloutit sans crier gare. La dernière chose dont il eut conscience, c'est de la force des bras de Tadeck qui eut juste le temps de l'empêcher de s'effondrer. Après, il se délita dans un néant providentiel.

Lorsqu'il ouvrit les yeux, il était allongé sur le sol et le visage inquiet de Tadeck était penché sur lui.

– Yoran, tu m'as fait une de ces peurs ! Comment te sens-tu ?

– Laisse-le respirer, Tadeck, intima une Neschka au visage harassé en le tirant par les épaules pour l'éloigner.

Mais il la repoussa et resta accroupi auprès de lui. Yoran tenta, sans y parvenir, de se redresser. Il n'avait aucune force. Il grimaça. Il lui semblait avoir une colonie d'abeilles irritées dans son crâne.

– Tu as encore mal ? s'étonna Tadeck.

Yoran secoua négativement la tête. C'était même plutôt le contraire. Il ne sentait plus son corps. Aucune douleur, même infime. L'apesanteur devait se rapprocher de cet état de faiblesse étrange où il ne sentait même pas le poids de ses vêtements ni le terrain irrégulier sous son dos.

– Tu m'as soigné ? demanda-t-il d'un ton qui sous-tendait la question du don.

Tadeck acquiesça.

– Ce n'était rien de grave, mais tu as tardé à te réveiller.

Les derniers événements étaient en train de lui revenir à l'esprit. Il aurait préféré avoir perdu la mémoire. Il put tourner la tête, et vit que le groupe se tenait un peu plus loin, ses membres visiblement anxieux. Ils regardaient avec inquiétude dans sa direction. Ils discutaient fébrilement. Il y avait quelque chose qui clochait, avec eux, mais pour le moment Yoran ignorait quoi.

Il croisa le regard anéanti de Koura. Kern lui tournait le dos, assis sur un rocher, les épaules voûtées. Une ombre malsaine semblait planer au-dessus d'eux. Sa gorge se noua.

– Dori, souffla-t-il comme s'il attendait que Tadeck confirme qu'il s'agissait d'un cauchemar dû à son évanouissement, mais le visage de son ami ne laissa aucune place au doute.

– Personne ne t'en veut, Yoran.

Il aurait préféré que Tadeck ne dise rien. Il aurait préféré être seul. Peu importait que les autres ne lui en veuillent pas. Lui s'en voulait. Il déglutit pour faire reculer des larmes et essaya de se lever. Il eut l'impression de ne pas savoir s'y prendre. Ses muscles ne lui obéissaient pas, exactement comme s'il n'en avait plus aucun. Il était en train de se rendre compte que s'opposer à la reine signifiait qu'il pouvait perdre pire que sa vie : perdre celle des autres. Et cela pesait plus lourd qu'une enclume sur ses épaules.

– Ça va, Yoran ? s'inquiéta Tadeck en se retenant de poser une main sur son bras.

– Je…

Il se tut. Aucun mot n'aurait été suffisant pour dire ce qui n'allait pas, et il était beaucoup plus aisé de renoncer. Tadeck l'aida finalement à s'asseoir et, à son contact, Yoran dut admettre qu'il était bien vivant. Il eut l'impression d'avoir des fourmis dans ses jambes ; son sang se réveillait, c'était bon signe. Neschka revint vers eux.

– C'est l'épuisement, Yoran. Et le choc.

Il secoua la tête. Il avait envie de se lever et de partir, de fuir les autres, surtout Kern et Koura. Si seulement Loda avait été là ! Il ressentit son absence comme un coup de poing dans l'estomac. Il en avait le souffle coupé.

Il fit une nouvelle tentative pour se lever et tituba. Il devinait tous les regards tournés dans sa direction, et cela l'irrita. Tadeck se tenait prudemment à côté de lui, comme s'il avait été sur le point de tomber, ce qui était plus que vraisemblable. Yoran lutta pour rester debout, passa ses mains sur le visage comme pour se prouver qu'il était bien là.

Neschka le vit chanceler. Elle s'approcha et le serra contre elle avant qu'il n'ait pu esquisser le moindre mouvement. Il avait envie de la repousser, comme pour Tadeck un peu plus tôt, mais renonça. Il n'avait pas la force de lutter, et c'était moins désagréable qu'il ne l'aurait cru.

– Courage, Yoran, pria-t-elle tout bas. On est là.

Ces seules paroles, anodines en apparence, eurent pour effet d'accentuer la pression des larmes derrière ses paupières, et il s'arracha à l'étreinte. Il s'éloigna et s'appliqua à respirer profondément.

Dori. Son cousin. Il l'avait entraîné dans cette histoire, et maintenant il était mort. Que dirait-il à son père, l'oncle Jam, lorsqu'il rentrerait ? Aussitôt, son esprit ajouta : « Si tu rentres… » Il aurait pu être à la place de Dori et être projeté dans le vide, abandonné. Sa propre existence aurait pu s'arrêter là. Dori avait-il imaginé ce matin que c'était son dernier jour parmi eux ? Son cœur se serra.

– Yoran, dit Neschka en posant sa main sur son épaule, tu ne pouvais pas faire autrement. Sauf si tu avais lâché Tadeck.

Il hocha lentement la tête. Tadeck leur avait donc déjà tout raconté.

– Réfléchis, poursuivit-elle à mi-voix, comme si ce qu'elle disait frôlait la censure, si tu devais refaire ce choix, qu'est-ce que tu changerais ?

– Rien, admit-il à contrecœur en levant les yeux vers elle. Je ferais le même choix.

Curieusement, en prendre conscience éloigna spontanément sa détresse pour la remplacer par une sombre résolution. Il prit plusieurs goulées d'air et redressa les épaules sans s'en apercevoir. Avant que Dori ne tombe, il s'agissait d'un combat entre un peuple oppressé et sa dirigeante. Maintenant, cela devenait une affaire personnelle.

Il se sentait assez stable pour rejoindre le groupe et entraîna Neschka avec lui. Il fallait très vite passer à autre chose, sans quoi il n'allait pas tarder à s'effondrer.

– Où sont les autres ? s'étonna-t-il soudain en remarquant qu'ils étaient bien peu nombreux.

Neschka baissa les yeux.

– Ils ont été faits prisonniers par l'armée.

Il faillit s'étrangler.

– Quoi ?

– On s'est battus, tu sais, pendant que tu étais… Enfin, les hommes d'Argoran sont bien entraînés, on n'a pas eu le dessus. On a dû s'enfuir et ils ont été faits prisonniers.

– Prisonniers ? Mais… ? Qui ?

– Ben… Nérielle, Kaldir, Jared, Din, Guéran. Et Zébana.

La nouvelle l'anéantit. Il n'arrivait pas à y croire.

– C'est impossible ! Qu'est-ce qu'on va faire ?

– Que veux-tu faire ? dit Brass. Ils vont les conduire au palais. Si on y va, c'en est fini de nous, et on peut dire définitivement adieu à Terendis. Il faut qu'on continue sans eux.

Yoran secoua la tête. Il lui paraissait inconcevable que Brass n'émette pas l'idée de libérer son frère Jared.

– Tu ne peux pas dire ça. On ne peut pas faire ça !

– Yoran, on n'a pas vraiment le choix, à ce stade-là.

– Non, je refuse. On a toujours le choix. Il faut les suivre et profiter de la première occasion pour les libérer, quels que soient les risques !

Agir au plus vite. Il sentait le sang bouillonner dans ses veines et profita de ce regain d'énergie qui annihilait toute autre pensée.

– Yoran, on s'en est sortis vivants parce que ce n'était qu'une patrouille de reconnaissance, expliqua Akin. Mais, à l'heure qu'il est, Argoran a dû envoyer la moitié de sa troupe à notre recherche. Des hommes armés et entraînés. Il faut partir d'ici le plus vite possible. L'accès à Terendis est bloqué de toute manière.

– On ne va pas renoncer maintenant ? demanda Salia, qui semblait au bord des larmes.

Tadeck la serra brièvement contre lui.

– On ne va pas renoncer, mais, pour le moment, on ne peut rien faire de plus.

– Il faut d'abord qu'on aille chercher les autres, affirma Yoran, plus buté qu'un régiment de mules.

– C'est trop dangereux, gronda Akin. Il faut qu'ils se débrouillent sans nous. Si on échoue, c'est tout un royaume qui en pâtira. Penses-y.

– Je ne fais que ça !

Il s'éloigna un peu, tourna en rond. Il avait une furieuse envie de s'en prendre à quelqu'un, et il se doutait qu'à la première occasion il bondirait sur n'importe qui. Il inspira profondément, frotta son visage et se retourna vers eux. Ils ne l'avaient pas quitté des yeux et, malgré leur désaccord, ils semblaient attendre quelque chose de lui. Mieux valait faire preuve de diplomatie, il aurait besoin que les insoumis soient derrière lui.

– Je sais que c'est risqué, dit-il d'une voix posée qui ne lui ressemblait pas du tout, mais il y a sûrement un moyen de leur venir en aide. On ne pourra pas le savoir tant qu'on n'aura pas vu comment ils sont détenus.

– Yoran, écoute…

Il secoua la tête.

– Je t'en prie, Tadeck, laisse-moi aller voir. Je ne peux pas les abandonner. Je ne veux pas perdre d'autres vies. Laisse-moi juste aller voir s'il n'y a rien qu'on puisse faire. S'il te plaît.

Neschka abonda dans son sens.

– Il a raison, juste voir. Ils n'ont pas pris la direction de Terendis, ni de la cité fortifiée d'Alankana. Ils ne rejoignaient pas Argoran. Ils vont les emmener ailleurs. On les suit, on attend qu'ils montent le camp et on voit s'il est possible d'intervenir. Si on ne peut pas, on rentre. Sans se retourner.

Il y eut un silence épais. Puis quelques autres approuvèrent. Andala et ses amis se joignirent à eux. Il leur était tout autant difficile d'admettre qu'ils devaient partir sans les autres. Yoran soutint le regard de Tadeck.

– Juste voir, Tadeck. Juste voir. Si c'est impossible, je saurai le reconnaître.

Tadeck hocha la tête.

– Ils vont sûrement les emmener à la tour d'Estrëa.

– Estrëa ?

– Plus à l'est. Au moins pour la nuit. Après…

– Tu sais y aller ?

– Oui, évidemment.

– Alors on est partis.

Yoran sauta à cheval et lança sa monture au grand galop en direction de l'est sans leur laisser l'opportunité de changer d'avis. La douleur qui lui rongeait le cœur menaçait de prendre le pas sur lui. Il fallait absolument la contraindre à se mordre la queue et en tirer une énergie vitale. Il aurait bien des nuits, ensuite, pour se rappeler cette journée dans le moindre détail, pour essayer de découvrir ce qui aurait pu changer le cours des choses – et s'en vouloir. Avec un peu d'espoir, il lui resterait une vie entière pour y repenser.

La piste qu'avaient laissée les chevaux de l'armée était aisément reconnaissable et confirmait les dires de Tadeck : leurs amis avaient bien étés conduits à la tour. Yoran suivit leurs traces sur une longue distance sans se retourner. Il entendait les galops des montures de ses amis derrière lui, et le soleil couchant rasant dans son dos lui donnait l'impression de poursuivre l'ombre de son propre cheval.

– Attends, Yoran, pria Tadeck.

Celui-ci ralentit l'allure jusqu'à un pas allongé, laissant souffler l'animal. L'écume lui moussait aux lèvres et une sueur huileuse faisait briller sa robe. Tadeck marcha sur le même pas, et Yoran sentit le groupe se reformer derrière lui. Il les connaissait si bien maintenant qu'il devinait leur position sans les voir. Il imagina les vides laissés par les prisonniers, et celui irrévocable laissé par son cousin.

– Je lui ai dit qu'on rentrerait tous les quatre sains et saufs à la Plaine, avoua Yoran. Pourquoi je lui ai promis une chose pareille, tu peux m'expliquer ?

– Pour le rassurer. C'est tout ce qu'il attendait de toi. Tu ne pouvais pas faire moins, ni mieux.

– Comment en être certain ?

– Tu ne le seras jamais.

Cela n'attendait pas de commentaire.

– Et toi, ça va ? demanda Yoran au bout d'un moment en désignant du menton l'auréole de sang séché sur la chemise de son ami.

Tadeck acquiesça pour le rassurer, et ils continuèrent côte à côte en silence sur une longue distance, ressassant les dernières heures.

En direction de l'est, le relief s'arasait, mais les bois s'épaississaient le long de la piste qu'ils suivaient. Yoran ne s'aperçut pas de suite que Tadeck lui parlait.

– Tu m'entends, Yoran ? Il faut contourner la tour d'Estrëa par le nord pour arriver par la forêt. Sinon, on se fera repérer dès qu'on aura franchi cette crête.

Yoran se força à revenir à la réalité et hocha la tête.

– Passe devant, ordonna-t-il en se rendant compte aussitôt de son ton un peu trop impérieux, mais Tadeck ne sembla pas le remarquer et prit la tête du petit groupe.

Ils obliquèrent vers le nord et, après une bonne heure qui laissa le temps au soleil de disparaître complètement, tombèrent sur un nouveau bois. Ils le traversèrent sans encombre, même s'ils durent descendre de cheval plusieurs fois, et bientôt, ils distinguèrent, à travers le feuillage, la silhouette massive de la tour d'Estrëa qui se découpait dans la nuit.

Ils laissèrent leurs chevaux et s'approchèrent de l'orée du bois avec une prudence de prédateur. La nuit était claire et ils distinguèrent sans mal les alentours de la construction. Akin vint se poster près de Yoran, désigna le sommet de la tour.

– La cellule se trouve tout en haut, sous les toits. Le seul accès est l'escalier intérieur, il donne devant la salle de garde.

– Tu es déjà venu ici ?

Akin secoua la tête.

– Pas dans celle-ci. Mais il en existe plusieurs qui ceinturent Terendis. Ce sont des postes avancés construits à l'origine pour protéger la cité, et ils sont tous bâtis sur le même modèle. L'armée s'en sert de point de chute, mais la plupart de ces tours sont désertées. Ils font sûrement une ronde de garde à intervalles réguliers. De l'autre côté, il y a un porche pour les chevaux et des soldats en poste, très certainement. Ça doit faire moins de dix hommes en tout.

Comme pour confirmer ce qu'il venait de dire, trois soldats apparurent à l'angle de la tour. Les insoumis retinrent leur souffle. Les soldats marchaient d'un pas tranquille. Yoran nota à regret qu'ils étaient bien armés et paraissaient plutôt baraqués sous leur attirail de guerre.

– Je ne vois pas ce qu'on pourrait faire, Yoran, souffla Koura d'une voix atone.

Il paraissait complètement anéanti. Yoran, lui, voyait très clairement un moyen s'imposer à lui.

– On va aller les chercher, décida-t-il.

– Impossible, dit Akin. Je viens de te dire que le seul accès est de l'autre côté, par l'escalier intérieur. Solidement défendu.

– Il y a des ouvertures sous la toiture. Tu les vois ?

Akin ne leva même pas les yeux dans la direction qu'il lui désignait.

– À une vingtaine de coudées de hauteur, comment tu veux y parvenir ?

– Par les colonnes de soutènement.

– Quoi ?

– Les piliers des arcades, là.

– Explique-toi.

– Il me faut des cordes.

Yoran courut aux chevaux et trouva ce qu'il cherchait, deux rouleaux de corde. Il en passa un autour de sa taille, jeta l'autre sur son épaule.

– Yoran, contesta Loris à voix basse en le voyant revenir ainsi chargé, qu'est-ce que tu comptes faire avec ça ?

– Grimper là-haut.

– C'est de la folie, opposa Akin.

Son ton à la fois véhément et chuchoté lui donnait une voix étrange. Yoran commençait à s'irriter du temps qu'ils lui faisaient perdre. Plus ils tardaient, plus leurs chances s'amenuisaient.

– On ne peut pas les laisser, plaida-t-il.

– Tous savaient ce qu'ils risquaient. On le sait nous aussi. Ne mets pas ta vie en jeu. Le royaume a besoin de nous.

– Prendre soin du royaume, ça commence avec eux. Il est hors de question que je les laisse. Faites-moi confiance encore une fois. Je sais que je peux y arriver.

Tadeck n'avait rien dit jusque-là. Il le scruta un moment, comme s'il jugeait de sa détermination.

– D'accord. Que veux-tu qu'on fasse ?

– Le tour de garde, dit Yoran en désignant l'angle du bâtiment par lequel les soldats avaient disparu. Je vais avoir besoin de trois minutes pour atteindre les ouvertures, mais il m'en faudra beaucoup plus pour faire descendre les prisonniers. Je monterai dès que les gardes nous auront dépassés. Une fois là-haut, je vous ferai signe quand nous serons prêts. Vous intercepterez le tour suivant, et nous descendrons. Ça devrait nous laisser suffisamment de temps. Je fermerai la marche.

– Trois minutes seulement pour arriver sous le toit ?

– Et je suis large. Je fais ça depuis que je sais marcher.

– C'est vrai, assura Kern, qui n'avait pas ouvert la bouche depuis plusieurs heures. C'est le meilleur d'entre nous.

– Sois prudent, Yoran, on ne peut pas se permettre d'échouer, avertit Akin.

– Ne t'inquiète pas ; aussi étrange que ça puisse te paraître, à mes yeux aussi mon existence a une certaine valeur.

Comme prévu, ils allèrent se poster à l'orée du bois, dans les buissons les plus proches de la tour des prisonniers. La nuit était éclairée par une lune ronde et étincelante comme un petit soleil.

– La lune est presque pleine, nota Loris sans bien savoir si cela allait les aider ou au contraire leur rendre les choses plus difficiles.

– Tant pis, décida Yoran. On fera avec les moyens dont on dispose. Donne-moi ta chemise.

– Ma chemise ?

– Elle est noire. Ce sera toujours plus discret que le blanc de la mienne. Je n'ai pas très envie de me faire remarquer et de recevoir un jet de flèches une fois que je serai coincé sur le mur.

Loris obéit, et ils échangèrent leurs chemises. Yoran enleva aussi ses bottes. Il laissa passer le premier tour de garde, à quelques coudées de lui, et, lorsque le groupe eut tourné à l'angle du bâtiment, il se glissa furtivement hors des buissons et courut jusqu'au pilier le plus à l'est. Il sentait son cœur battre plus que nécessaire et se concentra pour lui imposer le calme.

Arrivé sous la construction, il se cala dans son ombre, jeta un regard circonspect autour de lui. Il distinguait les voix et les rires des gardes qui l'informaient très précisément de leur position. Il lança la corde autour du pilier, l'empoigna fermement en faisant deux tours sur ses poignets et la mit en tension. Il s'arc-bouta et commença son ascension. C'était aussi facile que de grimper le long d'un tronc, comme il le faisait à la Plaine, à l'assaut des cimes où se trouvaient les fruits les plus sucrés.

Moins d'une minute plus tard, parvenu sous le chapiteau de la colonne, il se félicitait intérieurement de son adresse. Il songea que parfois un peu de muscle et d'habilité valaient plus que tous les dons des insoumis. Il prit appui sur l'une des nombreuses corniches du bout des orteils, enlaça le pilier pour ne pas tomber et récupéra sa corde d'une main adroite avant de la jeter sur son épaule. Il reprit son souffle pendant quelques secondes puis entama la partie la plus périlleuse de l'escalade, le long du mur de pierre.

Quand il eut retrouvé un semblant de calme, il tâtonna à la recherche de prises au-dessus de sa tête. Il pesta à mi-voix, maudissant le tailleur de pierre et le maçon perfectionnistes qui avaient rendu quasi inexistants les espaces entre chaque bloc, avant de trouver une rangée un peu moins serrée que les autres. Il y glissa ses doigts en s'étirant autant que possible et progressa de quelques pouces. Il cala ses orteils sur une corniche, recommença l'exercice jusqu'à parvenir, relativement facilement, sous le toit. Il se hissa au sommet, entre la charpente et le faîte du mur, le souffle court. L'espace était suffisant pour s'y tenir accroupi. Yoran était devenu totalement invisible depuis l'extérieur. Il surplombait le sol de la cellule de six bonnes coudées et se tint immobile dans l'ombre du toit. Il craignait qu'un garde ne soit présent au milieu des prisonniers, et il dut habituer ses yeux à l'obscurité avant d'être certain que ce n'était pas le cas. Il distingua les six détenus assoupis contre un mur.

La cellule était fermée par une grille qui donnait sur l'escalier dont avait parlé Tadeck, gardée par un soldat qui battait la semelle devant la geôle. Yoran fulmina en silence. Il avait bien songé à cette éventualité sans savoir comment y remédier. En essayant d'attirer l'attention des prisonniers il risquait d'alerter le garde. Il réfléchit à toute allure, repéra Nérielle qui se distinguait aisément des cinq garçons par sa chevelure en bataille. Il passa le plat de sa main sur le haut du mur à la recherche de n'importe quoi qu'il puisse lui lancer. Ses doigts détachèrent un petit bout de mortier, et il visa la jeune femme assoupie. Elle sursauta, passa une main agacée devant son visage comme pour chasser un insecte importun, mais ne songea pas à lever les yeux. Il réitéra son geste et, cette fois, elle jeta un regard vers le toit.

– Nérielle, souffla Yoran, c'est moi.

Il espéra que la surprise ne la ferait pas réagir trop bruyamment, mais Nérielle était une jeune femme réfléchie. Elle hocha la tête, mit un doigt sur sa bouche et désigna le garde qui piétinait dans le corridor. Il leva la main pour lui signifier qu'il l'avait aperçu et lui désigna ses compagnons d'infortune. Elle jeta un œil vers le gardien. Il semblait parfaitement désintéressé de leur sort, allant et venant sans même un regard vers la cellule.

Nérielle se leva, se déplaça silencieusement d'un prisonnier à l'autre, les éveillant et leur désignant Yoran toujours perché au-dessus d'eux.

Quand ils furent tous prévenus que quelqu'un allait faire irruption au milieu d'eux en tombant du toit, Yoran attacha sa corde à l'une des poutres, attendit que le gardien dépasse la grille avant de la laisser se dérouler jusqu'au sol. Le gardien repassa devant la cellule du même pas nonchalant et la dépassa. Yoran se laissa couler jusqu'au sol. Il l'eut à peine touché que Nérielle le serra dans ses bras. Il commençait à en avoir l'habitude.

– Pourquoi avoir pris ce risque, Yoran ? C'est trop dangereux.

Il se déroba.

– On n'a pas de temps à perdre, dit-il. Les autres vous attendent en bas. Il faut se débarrasser de ce gardien et filer d'ici. Il est seul ?

– Il y en a trois autres un peu plus loin dans une petite salle. Ils accourront au moindre bruit suspect. Je ne vois pas ce qu'on pourrait faire.

– Réfléchissez un peu ! Vous êtes tous Porteurs du Sceau, oui ou non ? Vous devriez pouvoir faire quelque chose, s'insurgea-t-il.

Nérielle haussa les épaules.

– Si c'était aussi simple que ça, Yoran, on serait déjà dehors.

– Excuse-moi, je ne voulais pas être blessant. C'est juste que le temps presse.

– Je peux peut-être tenter quelque chose, Yoran, proposa Din-Faradel. Je ne l'ai jamais fait, et si ça rate on est cuits. Mais, si ça marche, ça vous laissera le temps de sortir d'ici.

– À quoi tu penses ?

– Je peux essayer de contrôler le gardien.

– Le contrôler ?

– C'est assez difficile. J'y arrive parfois avec de petits animaux, je leur fais faire demi-tour, s'allonger sur le sol ou sautiller.

– Tu as déjà essayé sur une personne ? demanda Yoran.

– Non, admit Din-Faradel en rougissant légèrement. Ce ne serait pas correct.

– Laisse tomber ce genre de considération. On a besoin de toi. Tu vas ordonner à ce gardien d'aller patienter à l'autre bout du couloir pendant que nous descendrons.

– Ça ne marchera pas, Yoran. D'abord il ne m'obéira que si je garde un contact visuel avec lui. Dès que ce contact sera rompu, il retrouvera toute sa volonté. Il faut qu'il reste là, devant la grille.

– Devant la grille ? Mais c'est justement ce que nous voulons éviter.

– Fais-le venir ici, et je le garde sous contrôle le temps qu'il vous faut pour monter.

– Et toi ?

– Je romprai le contact une fois que vous serez en sécurité. Avec un peu de chance, ça me laissera le temps de vous rejoindre, sinon…

– Sinon ?

– Sinon, partez sans vous retourner. Terendis vous attend. Le reste importe peu.

– Din…

– Tu as dit qu'il n'y a pas de temps à perdre. Tenez-vous prêts.

Din-Faradel s'approcha de la grille, apostropha le gardien dès qu'il passa à sa hauteur avant que Yoran n'ait eu le temps de protester.

– Psst ! S'il vous plaît.

Un peu surpris, l'interpellé marqua un temps d'arrêt. Il scruta Din-Faradel prudemment.

– Qu'est-ce que tu veux ?

Il se tenait à une enjambée de lui, ce qui paraissait trop éloigné pour le jeune Porteur du Sceau, qui hésita, esquissa un pas en arrière pour tranquilliser le soldat. Il dut baisser la voix pour le forcer à se rapprocher.

– C'est mon amie, là, fit-il en désignant vaguement l'ombre de la cellule, elle ne va pas très bien.

Méfiant, le gardien approcha pourtant d'un pas. Yoran retint son souffle. Apparemment la distance semblait suffisante pour Din-Faradel, car l'homme s'immobilisa soudain devant lui, les sourcils froncés et la bouche légèrement entrouverte, comme frappé par la foudre. Din-Faradel passa sa main à travers la grille sans le quitter des yeux, l'agrippa par la manche et le tira vers lui pour réduire encore la distance.

Les insoumis l'observaient sans réagir, subjugués par le phénomène. On aurait dit qu'ils étaient tous les deux pétrifiés, comme deux statues sculptées dans le même marbre. Din-Faradel semblait extrêmement concentré, avec une grimace qui exprimait une certaine souffrance.

– Ça va aller, Din ? risqua Nérielle.

Il acquiesça imperceptiblement.

– Il faut y aller, ordonna Yoran. Tout le monde grimpe là-haut. Vite.

Ils obéirent promptement, et, dans un silence religieux, ils grimpèrent à l'assaut du mur. Yoran dut aider Nérielle sur la dernière coudée, mais les quatre autres s'en sortirent à merveille. Ils se calèrent comme ils purent sous le toit. Au-dessous d'eux, Din-Faradel maintenait le soldat sous son contrôle. Yoran se demanda s'il y parviendrait suffisamment longtemps pour leur permettre de descendre en toute sécurité. Il se pencha, risqua un coup d'œil dehors.

Avec une insolence des plus irritantes, la lune les narguait dans un ciel sans nuage. Il aperçut sa chemise blanche sur le dos de Loris dans les bosquets, lui fit signe de la main. Loris se dressa hors des buissons pour lui signifier qu'il l'avait vu, et Yoran se rencogna dans son mur.

– Ils vont intercepter le tour de garde. Ça nous laissera le temps de descendre, mais il ne faudra pas traîner. Nérielle, tu iras en premier.

Ils patientèrent durant des minutes interminables avant que les trois soldats repassent sous la tour. Ils ne cessaient de regarder dans la direction de Din-Faradel, qui maintenait son emprise sur l'homme en face de lui, sans un mouvement. Yoran commençait à se demander si Din-Faradel pourrait tenir suffisamment longtemps. Pour le moment, il ne semblait pas faiblir, mais qui savait combien de temps cela prendrait pour intercepter la garde et mettre tout le monde en sécurité ?

Il essaya de se concentrer sur l'instant pour éviter de penser. Son cœur accéléra sa cadence lorsque la garde se présenta juste au-dessous d'eux. Yoran retint son souffle en même temps que les autres. Il espéra qu'ils n'aient pas l'idée, pour une raison inconnue, de lever les yeux au ciel. Qu'ils passent, pria Yoran en silence. Ce qu'ils firent.

Quelques coudées plus loin, alors qu'ils s'apprêtaient à disparaître de leur champ de vision, six ombres bondirent des bosquets, saisirent les soldats et les immobilisèrent sur le sol avec une efficacité et une rapidité dignes de l'attaque d'un épervier. Il y eut un faible remue-ménage absolument silencieux et aucune arme du camp adverse n'eut le temps de démontrer son utilité. Yoran jubila quand Tadeck lui fit signe. Le tout n'avait guère pris qu'une poignée de secondes.

– Descendez, ordonna Yoran.

Il lança la corde qui se déroula comme un reptile jusqu'à deux coudées du sol.

– Nérielle, à toi.

Sans attendre, elle enjamba la corniche, saisit la corde et descendit avec l'agilité d'un capucin. Elle sauta sur la terre ferme et étreignit brièvement Tadeck, qui l'avait réceptionnée. Kaldir, Jared et Zébana la suivirent prestement et disparurent dans les buissons rejoindre le groupe qui les attendait.

– Guéran, commanda Yoran avant qu'il ne s'élance, allez tous vous mettre en sécurité loin d'ici.

– Et toi ? Et Din ?

– Din ne viendra pas tant que les autres ne seront pas à l'abri. Je reste avec lui. On vous rejoint très vite. Vas-y.

Son ton était sans équivoque, et Guéran se laissa glisser au pied de la tour. Il se rua vers le bosquet en direction du groupe. Yoran se tourna vers le dernier des insoumis. Il venait probablement de leur sauver la vie à tous. Finalement, Yoran devait bien admettre que le muscle et l'habileté n'étaient pas tout.

– Din, il faut que tu viennes.

– Si je le lâche, il alertera toute la garde.

– Il faut prendre le risque. Les autres sont en sécurité. Viens !

– Va-t'en Yoran. Va te mettre à l'abri avec eux. Je me débrouillerai.

– Din, je suis venu te chercher, toi comme les autres. Je ne pars pas sans toi.

Din-Faradel sembla fléchir et le soldat cilla. Yoran vit que Din commençait à perdre le contrôle et l'urgence le submergea.

– Vite ! Grimpe !

– Non !

– Din !

Son hurlement se confondit avec l'appel étranglé du soldat qui reprenait tout pouvoir sur lui-même. Il avait l'expression de quelqu'un qui vient de subir un terrible outrage et qui s'apprête à se venger au centuple. Yoran devina qu'il avait été conscient de tout ce qui se passait sous ses yeux sans pouvoir intervenir, et que cela démultipliait sa colère. L'homme s'arracha totalement à l'emprise de Din-Faradel, recula précipitamment contre le mur, le souffle court.

– Les prisonniers s'échappent ! hurla-t-il à pleins poumons. Les prisonniers s'échappent !

Sa voix résonna contre les murs de pierre. Il y eut un raclement de chaises dans la pièce voisine, un bruit d'armes et de pas précipités. Ce raffut soudain éperonna Yoran mieux qu'un coup de fouet.

– Din ! Grimpe !

Din-Faradel ne réfléchit pas et se rua sur la corde qu'il empoigna tandis que le soldat cherchait fébrilement sa clé dans les pans de sa tunique.

– Passe le premier, ordonna Yoran une fois que Din l'eut rejoint sur le parapet. Je te suis.

Din saisit la corde et sauta littéralement dans le vide. Il descendit si vite qu'il heurta la pierre et s'ouvrit l'arcade sourcilière. Le sang se mit à couler à flots. Il l'ignora et sauta prestement à terre. Il s'écarta juste à temps pour éviter Yoran, qui manqua de lui tomber dessus dans sa précipitation. Ils levèrent tous les deux les yeux et aperçurent le gardien penché au-dessus de leur tête. Il s'en était fallu de peu que celui-ci ne tranche la corde et qu'ils ne fassent une chute de plusieurs coudées.

– Par là, désigna Yoran en agrippant Din-Faradel par la manche.

Il n'y avait guère que les bosquets pour se dissimuler. Déjà à l'angle apparaissaient les soldats furieux qui se lançaient à leur poursuite.

– Cours ! hurla Yoran.

Ni l'un ni l'autre n'avaient d'arme, et leur seul choix était la fuite. Ils coururent aussi vite qu'ils en étaient capables, Yoran ignorant la douleur de ses pieds nus qui se déchiraient sur le terrain accidenté. Ils se dirigèrent vers les taillis les plus denses en espérant pouvoir s'y dissimuler, mais les soldats les talonnaient de près et ils n'avaient aucune marge de manœuvre.

Yoran manqua de souffle rapidement. Son cœur battait à tout rompre, et son cerveau réfléchissait dans tous les sens. Din-Faradel le précédait de quelques foulées, et visiblement il peinait autant que lui, épuisé par la démonstration magistrale de son don.

Il se retourna pour mesurer la distance qui les séparait de leurs poursuivants, et Yoran vit que son visage était maculé de sang.

– Yoran, je ne vais plus pouvoir.

– Encore un peu, Din. On va les semer.

Il en doutait fortement. Il ne voyait aucune issue, et les soldats se rapprochaient dangereusement. Il s'apprêtait à faire volte face pour voir venir le premier coup qui l'enverrait à terre lorsqu'il se cogna contre Tadeck.

– Yoran, ton épée, dit-il en lui lançant son arme.

Sans s'appesantir sur le miracle de cette soudaine apparition, il saisit la garde et fit face aux cinq soldats qui se jetaient sur eux. Il n'eut pas le temps de reprendre son souffle et lutta contre le premier adversaire, qui lui allongea un violent coup d'épée. Il para, dévia la lame, pivota avec brio et riposta aussi sec. Il aperçut Din-Faradel et Tadeck qui se battaient à quelques pas de lui mais n'eut pas le temps de voir qui prenait le dessus, car le soldat enchaîna des offensives complexes qui requirent toute son attention. Yoran songea qu'il avait mésestimé l'entraînement de l'armée de la reine. Ses hommes étaient exercés ; la violence de leurs assauts le prouvait. L'homme qui défiait Yoran tenait à la fois du colosse et du stratège ; il amorça un mouvement pour forcer Yoran à se découvrir, mais celui-ci déchiffra la feinte sur son visage haineux et se garda de mordre à l'appât. Il déroba sa lame, fit un saut en arrière et évita le coup d'estoc à la poitrine. Il sentit la peur ricocher à l'intérieur de lui, frapper dans tous les coins. Il s'efforça de garder la tête froide et prit son adversaire à son propre piège ; il feignit une offensive basse, laissa l'autre exécuter une parade circulaire terriblement efficace qui bloqua la lame de Yoran et le força à plier les genoux. Mais il ne laissa pas le temps au soldat de réagir, et, dépliant les jambes, il projeta violemment sa tête dans le menton du colosse. Il y eut un bruit de bois sec qui casse et des dents tombèrent. Le soldat vacilla, la bouche en sang. Yoran en profita pour passer sa lame au travers de sa gorge et l'envoyer au sol une bonne fois pour toutes.

Une sorte de furie l'avait gagné, chassant la peur. Il se retourna immédiatement pour affronter les autres soldats ; Din-Faradel luttait contre deux d'entre eux : il se précipita pour lui venir en aide. Sa tête le lançait là où elle avait rencontré la mâchoire de son ennemi, mais il ignora la douleur. Il se rua sur le plus grand des deux, épée en avant. Il se baissa, esquiva un coup en tournoyant tandis qu'il frappait avec hargne du tranchant de son épée le flanc du soldat. L'homme tomba à genoux et Yoran abattit son arme sur sa nuque avec un cri rauque.

Din-Faradel se démenait toujours sans parvenir à prendre le dessus. Son bras devenait raide, et Yoran sentait qu'il ne tarderait pas à faiblir ; prendre le contrôle du soldat en haut de la tour l'avait épuisé. Ils se placèrent côte à côte, et Din-Faradel eut un regain d'énergie. Le soldat vit d'un fort mauvais œil ce renfort impromptu. Il amorça un repli, mais, tandis qu'il parait une offensive de Yoran, Din-Faradel lui porta un coup tranchant au pli de l'aine. Le sang se mit aussitôt à couler en geyser, et les deux insoumis durent reculer pour ne pas être aspergés. Yoran réprima une grimace de dégoût et laissa Din-Faradel achever le soldat agonisant.

Il entendit soudain un cri et se retourna juste à temps pour voir Tadeck retirer sa lame du torse de son adversaire. Il admira intérieurement l'aisance avec laquelle son ami se battait, au seul éclairage de la lune, prenant nettement l'avantage. Il maîtrisait parfaitement son art, même lorsque sa vie était menacée, et anticipait si bien les coups que Yoran se demanda si sa prescience n'était pas à l'origine de cette adresse.

Tadeck repéra la faille dans les offensives de son deuxième agresseur, qui avait tendance à lever trop haut sa lame. Il en tira avantage et lui entailla la poitrine de la pointe de son épée. Le soldat tituba et tomba à genoux. Tadeck se détourna du vaincu, mais l'homme refusait d'abandonner. Il se releva et arma son bras. Din-Faradel réagit au quart de tour ; d'un coup bien placé, il fit lâcher au combattant son épée. La violence du coup fit basculer celui-ci en arrière, et il se retrouva allongé par terre. Din-Faradel leva son arme. Sous la lune, il avait un air terrible avec tout le sang qui avait coulé sur un côté de son visage et la hargne que le combat avait suscitée.

– Personne ne s'en prend à mes amis, dit-il simplement avant d'abattre sa lame sur le dernier soldat.

Puis il essuya sa lame et rejoignit Yoran et Tadeck, qui cherchaient à s'orienter à travers les arbres.

– Je crois que le sud est par là, dit Yoran en scrutant le ciel à la recherche des quelques étoiles que la clarté de la lune n'avait pas occultées.

– Il me semble aussi. Allons-y.

Chapitre dix
L'erreur de Yélan

Ils parcoururent une faible distance sous les bois, avant que Din-Faradel s'immobilise sans crier gare au milieu de la clairière qu'ils traversaient.

– Écoutez ! Ils ont lancé des chiens sur nos traces.

Ils tendirent l'oreille. C'était d'abord une rumeur indistincte, mais Yoran démêla très vite du tapage lointain les aboiements caractéristiques des chiens de traque.

– J'ai pensé qu'avec les chevaux on aurait moins de chances de se cacher et de leur échapper, se justifia Tadeck. J'aurais dû les prendre.

– Il va falloir se séparer, dit Yoran à voix basse. Il n'y a que comme ça qu'on peut berner les chiens.

– Hors de question, objecta Din-Faradel. On reste ensemble.

– Il a raison, admit Tadeck à contrecœur. Si on se sépare, on a plus de chances. Il faut absolument les semer avant de rejoindre les autres, sinon on va les conduire jusqu'à eux et tout sera perdu.

Din-Faradel sembla peser le pour et le contre avant d'acquiescer.

– D'accord. Yoran et toi, partez de votre côté. Moi, je pars du mien et je sème ces chiens de malheur. Si on a de la chance, on rejoint tous les trois Akin et les autres. Entendu ?

Les chiens se rapprochaient dangereusement. Tadeck indiqua à Din-Faradel le point de rendez-vous, et ils se séparèrent. Din-Faradel prit en direction du sud et les deux autres en direction de l'ouest. Yoran songea qu'il n'avait pas encore remercié Din-Faradel de sa fabuleuse prestation au sommet de la tour et espéra que le destin lui accorderait le loisir de le faire. Tadeck le tira par la manche.

– Vite, ils approchent.

– Je ne peux pas aller plus vite, Tadeck.

La douleur de ses pieds l'incommodait de plus en plus, et il regardait soigneusement où il les posait. Les hurlements des hommes et des chiens se firent soudain plus distincts, et Yoran eut un sursaut d'énergie dû à la terreur. Il se retourna juste à temps pour apercevoir la silhouette fugitive de Din-Faradel, qui quittait la clairière et gagnait l'ombre protectrice du sous-bois. Yoran se mit à courir à la suite de Tadeck pour atteindre le couvert des arbres quelques centaines de foulées plus loin. Il trébucha plusieurs fois sur des racines et des ronces qu'un tapis de fougères dissimulait.

Une aube lointaine teintait les arbres d'une lumière fade et rasante qui tenait plus d'une promesse que de la réalité. Le combat précédent l'avait exténué et il devenait urgent de se reposer, mais le battement des sabots sur le sol s'amplifiait jusqu'à résonner dans ses os. Un incendie qui s'était allumé lorsqu'il fuyait avec

Din-Faradel avant que Tadeck n'intervienne lui dévorait encore les poumons, et Yoran n'aurait pas été surpris s'il s'était mis à cracher du feu.

Il ne restait que quelques coudées avant d'atteindre la lisière lorsqu'il trébucha sur une souche et s'étala de tout son long. Tadeck se jeta à côté de lui en même temps que les chiens entraient dans la clairière.

– Reste allongé, souffla-t-il si bas que Yoran l'entendit à peine, ils sont là.

Yoran avait l'impression que leurs halètements sifflants s'élevaient jusqu'aux étoiles. L'odeur du sang qu'il laissait sous ses pas allait immanquablement conduire les chiens jusqu'à eux. Au moins, cela laisserait une opportunité à Din-Faradel de s'en sortir et de rejoindre les autres.

Il s'appliqua à retenir son souffle jusqu'à ce que les brindilles sous son nez se tiennent parfaitement immobiles. Il s'était largement écorché l'avant-bras sur une branche morte en tombant. Une araignée grosse comme un poussin, délogée par sa chute, se promena impudemment sur son bras pendant un moment sans qu'il n'ose faire le moindre mouvement pour la chasser.

Les fougères réduisant considérablement leur champ de vision, ils durent tendre l'oreille pour comprendre ce qui se passait. Les chiens s'interrogeaient sur la marche à suivre maintenant que la piste se divisait.

– Ils ne sont pas loin ! hurla l'un des cavaliers.

Yoran se mit à trembler. Pour ça, non, ils n'étaient pas loin ! Il entendait les chiens fureter et couiner, truffes au ras du sol, et le bruit de métal que faisaient les cavaliers.

– Lâche les chiens ! ordonna un soldat.

Yoran ferma les yeux et couvrit sa tête de ses bras pour se protéger. Il entendit les chiens hurler et se lancer à travers la clairière, les chevaux prendre le galop sur leurs traces dans un fracas de sabots.

Puis plus rien.

Il ouvrit les yeux, lança un regard à Tadeck, qui avait l'air aussi incrédule que lui.

– Ils sont partis ?

– On dirait. Ils doivent suivre Din.

– Ce n'est pas logique.

– Tu veux les rappeler ? ironisa Tadeck en se levant prestement. On file d'ici, et en vitesse.

Il l'agrippa par le bras pour l'aider à se relever. Yoran étouffa bravement un gémissement, et ils coururent sous les arbres.

– Je vais faire quelque chose pour toi, mais il faut d'abord se mettre hors d'atteinte.

– Et Din ?

– Ne t'en fais pas pour lui. Ça va aller.

Mais Yoran voyait clairement à son expression qu'il s'inquiétait aussi pour le Porteur du Sceau. Ils progressèrent aussi vite qu'ils purent, en essayant de mettre le plus de distance possible entre les chiens et eux. Tadeck les fit tourner plusieurs fois autour d'un arbre, revenir sur leurs traces pour essayer de tromper les chiens si jamais ils rebroussaient chemin. Ces manœuvres torturaient Yoran, mais il les endura résolument.

Ils croisèrent un minuscule cours d'eau pas plus large qu'un fossé qui se frayait un chemin discret à travers la forêt. Comme Tadeck l'enjambait simplement, Yoran le retint.

– On va marcher dedans. Les chiens ne pourront plus nous flairer.

Il sauta dans l'eau glacée avec reconnaissance, et ils remontèrent le ruisselet durant une bonne heure avant que Tadeck ne lui ordonne de s'arrêter pour le soigner.

– On n'est pas assez loin, argua-t-il faiblement, mais il n'en pouvait plus et dut accepter sans trop de résistance.

La douleur lui donnait la nausée, et il fit un terrible effort pour empêcher sa main de trembler lorsqu'il la tendit à Tadeck pour qu'il puisse utiliser son don.

– Tu devrais t'asseoir avant de tomber, conseilla celui-ci.

Ils s'installèrent tous les deux sur l'humus froid. Les lumières de l'aube tombaient en rayons diaphanes par les frondaisons. Tadeck se concentra sur son pouvoir et les plaies de Yoran cicatrisèrent.

Tadeck allait relâcher sa main lorsque le phénomène se produisit. L'air sembla vibrer et les arbres autour d'eux s'évanouirent brusquement pour laisser apparaître la vision d'une clairière inondée par la lumière matinale. Yoran eut l'intime conviction que ce qu'il voyait était la réalité. Un cavalier chevauchait à pleine vitesse, vêtu de sombre et coiffé d'un casque de métal. Un cavalier qui n'était pas inconnu à Yoran.

– Yélan, murmura-t-il.

Tadeck retira vivement sa main et la vision s'évanouit.

– Tu l'as vu aussi ? demanda-t-il.

– Oui. Qu'est-ce que c'était ?

– Ma vision. Je ne comprends pas comment tu y as eu accès.

– Il vient sur nous.

– Il faut filer d'ici. Vite.

Yoran se mit à courir dans la direction qui lui sembla la plus opposée à la vision qu'il venait d'avoir. Tadeck le suivait de près.

– Il faut se cacher, souffla Yoran, sinon, où qu'on aille, il nous aura.

– Où veux-tu te cacher ?

Il n'eut pas le temps de répondre. Le sol trembla, des chevaux bondirent entre les arbres et se lancèrent à leur poursuite au milieu des cris de victoire de leurs cavaliers. Les deux amis furent forcés de prendre la fuite entre les arbres, aiguillonnés par la panique. Yoran se tordit la cheville et boitilla sur quelques coudées en priant pour que les chevaux soient retardés par le terrain inégal. Il déboucha sur la clairière de sa vision et comprit qu'il n'irait pas plus loin.

Les galops se rapprochèrent. Le souffle d'un cheval fut soudain sur lui. Une douleur fulgurante dans le haut du dos l'envoya à terre. Il se protégea la tête des deux mains et roula en boule sous les sabots de l'animal, étouffa un cri quand sa hanche rencontra une pierre.

– Yoran ! appela Tadeck.

Yoran ouvrit les yeux dans sa direction, juste à temps pour voir apparaître le cavalier de la vision qui fondait sur eux. Le cheval qui l'avait envoyé au sol se trouvait juste au-dessus de lui ; il pouvait voir son ventre trempé de sueur se soulever au rythme de sa respiration. Son cavalier pointait hargneusement le bout de son épée sur sa poitrine pour le dissuader de se relever.

– Ligotez-les ! aboya Yélan. Et attrapez les autres !

Ses hommes obéirent en vitesse et mirent pied à terre. Ils empoignèrent Yoran sans ménagement, et il retint un gémissement quand ils le relevèrent.

Il vit que deux hommes détenaient Tadeck à quelques coudées de lui, mais n'eut pas le temps de voir s'il était blessé. Au moins, ils n'avaient pas encore capturé Din-Faradel.

Ils l'attachèrent mains dans le dos, les cordes autour de sa poitrine suffisamment serrées pour qu'il ait du mal à respirer. Il n'arrivait pas à retrouver son souffle. Il avait l'impression d'avoir couru une nuit sans s'arrêter, ce qui était pratiquement le cas.

Un soldat les délesta de leurs épées puis tendit l'extrémité de leurs liens à Yélan, qui les tira rudement à lui.

– J'ai bien fait de repasser par là, n'est-ce pas ? leur dit-il avec un sourire féroce. Je ne sais pas pourquoi, quelque chose me soufflait que vous tenteriez l'impossible pour vos amis. Vous êtes si prévisibles que c'en est pathétique.

Yoran avait quelquefois pensé au frère de la reine au cours des derniers mois. Peu de personnes lui avaient inspiré un tel dégoût mêlé de terreur. La beauté de ses traits ne parvenait pas à rendre sa vue agréable ; elle déclenchait même un cri d'alarme dans ses oreilles.

Il se mordit la langue pour ne pas lui répondre et pria pour que Din et les autres lui échappent, car il n'était pas certain de ce qu'il allait advenir de Tadeck et de lui-même. Il se doutait que leur rencontre n'allait pas se muer en discussion sympathique sur l'avenir du royaume, mais plutôt en règlement de comptes où ils avaient peu de chances d'avoir le dernier mot.

Yoran se souvint de la conversation qu'il avait eue avec Salia la première fois qu'il s'était rendu à la cité fortifiée d'Alankana. Elle lui avait raconté comment les insoumis avaient découvert le corps mutilé d'un des leurs, Esak, après le passage de Yélan et de ses soldats dans une auberge où ils s'étaient réunis. C'était pour dissuader Tadeck de s'opposer à la reine, conseil qu'il n'avait pas vraiment suivi, et pour cause. Cette fois-ci, Yélan allait s'assurer que le message serait bien compris. Ou plutôt, il allait faire en sorte qu'il n'y ait plus de problème. Il allait se débarrasser d'eux. Peut-être les torturer pour savoir où se cachait le reste du groupe. Yoran sentit la tête lui tourner et un trou béant d'angoisse se former à la place de son estomac. Heureusement, Tadeck ne lui avait pas dit où trouver les autres insoumis. Ainsi, il ne pourrait pas donner ce genre d'information sous la lame de Yélan.

– Garde ton calme, s'intima-t-il, ce n'est pas le moment de paniquer.

En même temps, il se demandait s'il trouverait un meilleur moment pour laisser libre cours à sa terreur.

Yélan planta là ses soldats, amena sa monture d'un petit trot soutenu à travers la clairière, et les deux jeunes gens durent suivre la cadence s'ils ne voulaient pas être traînés sur le sol. Yoran prenait bien garde de lever les pieds, mais il trébuchait sans cesse. Ses muscles raides ne lui répondaient plus et son propre souffle lui brûlait la gorge.

Yélan ralentit juste avant que Yoran ne s'effondre. Ils marchèrent encore longtemps sous les arbres, avant de déboucher sur une plaine d'herbe grasse qu'ils traversèrent. Yoran commençait à se laisser posséder par la peur. Si Yélan les avait insultés ou menacés, Yoran aurait sans doute éprouvé une colère bienfaitrice. Mais il leur parla d'un ton doucereux, paternaliste, qui augmenta nettement ses craintes.

Tadeck avait l'air décomposé. Il marchait tout contre Yoran à cause des liens que Yélan avait entortillés et fixés à la selle de son cheval. Il hocha légèrement la tête à l'intention de Yoran, avec un regard qui l'interrogeait sur son état physique. Celui-ci acquiesça. La roulade sous le cheval ne laisserait que des contusions qui s'effaceraient en quelques jours.

S'il vivait jusque-là.

– Où est-ce que vous nous emmenez ? osa-t-il au bout d'un long, très long moment.

Yélan ricana.

– Tu verras bien.

Son ton confirma ses pires craintes et fit naître un frisson le long de son dos. Il leur sembla qu'ils s'étaient rapprochés de la tour d'Estrëa, mais, épuisés comme ils l'étaient, ils pouvaient très bien se tromper.

Le soleil était déjà haut dans le ciel quand Yélan attacha son cheval à un petit bosquet. Personne à des lieues à la ronde ; Yoran se doutait de ce que cela signifiait pour eux. Yélan l'attacha habilement au pied d'un jeune frêne.

– Ici, ça devrait convenir, assura-t-il d'un air goguenard. On ne dérangera personne.

Il bouscula rudement Tadeck pour le faire mettre à genoux à côté de Yoran et l'attacha à son tour. Il serra les liens plus que nécessaire, mais son ami ne broncha pas.

Même assis, Yoran sentait son cœur battre de terreur. Sa position était inconfortable ; il gesticula pour essayer de donner du mou à son lien, mais c'était peine perdue. Plus il bougeait, plus la corde lui sciait la peau. Yélan lui lança un regard moqueur qui feignait l'apitoiement. Il se pencha sur lui, tira durement sur ses cheveux noirs.

– Je croyais en avoir terminé avec toi, Yoran, mais non.

Ils demeurèrent silencieux. Yélan les ignora et retourna à son cheval. Yoran se demanda avec espoir s'il allait les abandonner là – à son avis, mourir de faim et de soif attachés à un arbre était mille fois préférable qu'être lentement exécutés par le frère de la reine. Mais Yélan prenait un plaisir évident à les laisser dans l'ignorance.

La journée s'étira lentement. Le soleil monta haut dans le ciel, et il fallut moins de deux heures pour que Yoran éprouve une soif brûlante. Il essaya de se rappeler la dernière fois qu'il avait bu une gorgée d'eau ou fait un repas. Ces moments-là devaient déjà appartenir à un autre temps. Un temps où Dori était vivant et où tous les espoirs d'arriver à Terendis étaient encore permis.

Il bannit ces pensées et se focalisa sur des banalités. Une fourmi s'échinait à tirer une brindille cinq fois plus longue qu'elle. Des moineaux se chamaillaient dans les buissons à quelques pas d'eux, indifférents à leur sort. Détaché, le cheval de Yélan se reposait, un pied relevé. Il en changeait de temps en temps. En bref, le monde qu'ils s'efforçaient de sauver se fichait éperdument d'eux. À côté de Yoran, Tadeck restait immobile. Ligotés au plus serré, ils ne disposaient pas d'un large éventail de possibilités. Ils ne parlaient pas ; il n'y avait rien à dire.

Dans l'après-midi, Yélan vint près d'eux d'un pas lent boire à sa gourde.

– Il fait chaud, non ?

Sa question était rhétorique, et ni lui ni Tadeck ne firent mine de l'avoir entendu. Yoran se concentra deux minutes pour voir s'il parvenait à enflammer les vêtements de Yélan rien qu'en le voulant. Quitte à avoir des dons, autant qu'ils servent. Mais comme il ne se passa rien, et que le seul qui s'échauffa fut son cerveau fatigué, il renonça.

La soif commença à occuper chacune de ses pensées, et il était incapable de réfléchir à autre chose. Sa langue semblait avoir doublé de volume, et ses lèvres sèches se fendillaient. Si Yélan persistait, ils finiraient sans doute par le supplier d'en terminer rapidement.

À côté, Tadeck secoua la tête. Yoran ne pouvait pas le voir, mais interpréta le mouvement de son corps comme une désapprobation. Jusqu'à quand allaient-ils pouvoir tenir ainsi ? Ses muscles étaient raides. Il devenait urgent de faire circuler le sang : une nouvelle petite course pour fuir une meute de chiens aurait eu du bon. Il remuait ses orteils, en désespoir de cause, pliait et dépliait les genoux. L'épuisement s'emparait l'une après l'autre de chaque parcelle de son corps. Il se demandait ce que Yélan attendait pour en finir. Cela faisait peut-être partie du jeu cruel qu'il jouait avec eux.

En fin d'après-midi, il revint vers eux d'un pas décidé, et Yoran se recroquevilla inconsciemment. Yélan décocha un coup de pied à son neveu, qui étouffa une plainte. Avec un petit sourire narquois, il fixa son regard sur Tadeck.

– J'ai toujours dit à ma sœur que tu nous créerais des ennuis. J'étais loin de me douter à quel point j'avais raison. Nous allons voir ce qu'elle en dira.

Yoran comprit que c'était sa sœur que Yélan avait attendue tout ce temps. Il perçut la présence de la reine avant même qu'elle n'apparaisse dans son champ de vision ; il aurait reconnu entre mille le parfum floral qui l'auréolait.

Elle s'approcha d'une démarche aérienne, comme si elle avait quitté le confort de son palais à l'instant. Il se demanda quelle sorte de don lui donnait le pouvoir de se déplacer aussi rapidement d'un bout à l'autre du royaume. Elle dégageait tant de grâce que Yoran eut l'impression de sentir les arbres alentour retenir leur souffle en même temps que lui.

– Je ne pensais pas vous revoir, Yoran, dit-elle sans préambule. Je vous croyais à l'abri sous votre bouclier, auprès de votre famille.

Il chercha en vain la nuance de séduction qu'elle mettait dans sa voix chaque fois qu'elle s'était adressée à lui avant qu'il ne lui fournisse l'Aïguaviata. Là, son ton était dur, son regard aiguisé comme la lame d'un couteau. Il lui sembla revenir plusieurs mois en arrière, jusqu'à ce jour d'Audience matinale où il l'avait rencontrée pour la première fois. Elle l'avait condamné à mort sans une once de commisération. Yoran s'aperçut qu'il avait inconsciemment espéré la revoir et que sa déception était à la hauteur du temps écoulé depuis ce soir d'orage sur les terrasses du palais où les lumières l'avaient sublimée.

Il s'agita vainement en essayant de trouver une position plus confortable et d'avoir une allure un peu plus digne. La reine le scrutait comme si elle cherchait à connaître le fond de ses pensées, faisant glisser ses pupilles d'ambre sur ses traits jusqu'à les plonger dans ses yeux.

– Tu as la même arrogance que ton père, laissa-t-elle tomber.

Un mot, un seul, lui donna l'impression que quelque chose venait d'exploser entre eux deux, quelque chose de gigantesque, de douloureux, aux conséquences insoupçonnables. Il cilla, chercha son souffle, ouvrit la bouche avec l'intention de répéter le dernier mot qu'il venait de recevoir comme un coup, mais sa voix se déroba. Yélana étira un sourire moqueur qui prouvait que sa révélation avait produit l'effet escompté, et elle tendit la main vers son visage.

– Tu es son portrait craché au même âge, il n'aurait pas pu te renier, dit-elle en effleurant sa joue.

– Vous avez connu mon père ? souffla-t-il enfin.

– Cela t'étonne ? C'est pourtant vrai. Je l'ai connu durant de nombreuses années. Nous étions amis.

– Je ne vous crois pas.

– Tu devrais. Yélan l'appelait toujours Forte-Tête à cause de son caractère buté… N'est-ce pas, Yélan ?

Yélan acquiesça en silence, sans que Yoran puisse deviner si ce souvenir évoquait de bons moments ou le contraire. Était-il possible que le frère et la sœur aient connu son père ? Et, si c'était bien le cas, sa mère le savait-elle et avait-elle omis de le lui préciser ? Un foisonnement d'interrogations émergea et envoya promener loin de lui toutes les peurs et tous les dangers qu'il encourait.

– Mais comment… ?

– Comment je l'ai connu ? Tu voudrais le savoir avant de mourir ?

Il hocha vigoureusement la tête, soudain ranimé par cette révélation et négligeant la fin de sa question.

– Il habitait la maison de pêcheurs à côté de chez nous quand Yélan et moi étions enfants. Nous avons grandi tous les trois au bord de la mer, comme si nous étions frères et sœur. Tu l'ignorais ?

Yoran acquiesça à contrecœur.

– Je l'ignorais, oui.

– Il faut croire que ton père avait ses petits secrets. Des choses qu'il n'avait pas envie de partager avec toi.

– Je n'avais que sept ans quand il est mort d'une morsure de serpent. Nous n'avons pas eu le temps de nous dire grand-chose ! éructa-t-il.

– D'une morsure de serpent ? C'est ce que l'on t'a dit ? questionna-t-elle avec une grimace. Il ne faut pas croire tout ce que disent les grandes personnes, mon petit. Tu devrais le savoir.

Elle s'éloigna de quelques pas et leur tourna le dos. Yoran ne put s'empêcher de remarquer la perfection de sa silhouette et devina la désapprobation muette de Tadeck, mais c'était plus fort que lui. Yélana continua presque pour elle-même.

– Ton père avait des aptitudes inestimables. Il a participé à l'avènement de ce régime.

– Impossible. Mon père était contre ce régime. Il n'aurait jamais approuvé votre accession au trône, j'en suis sûr. Pas de la façon dont vous l'avez pris.

Elle fit volte-face.

– Détrompe-toi, Yoran. Nous poursuivions les mêmes buts. Sans l'aide de ton père, Yélan et moi ne serions jamais arrivés où nous sommes, que cela te plaise ou non.

Il secoua la tête. Il ne pouvait pas croire un seul mot de ce qu'elle lui disait.

– Croyais-tu que ton père était un héros aux innombrables qualités ? demanda-t-elle avec acidité.

– Oui, souffla-t-il en puisant dans ses dernières ressources d'assurance, mais il sentait que ses réserves s'amenuisaient.

– Je pourrais te raconter à son sujet des choses atroces qui te feraient dresser les cheveux sur la tête, des choses qui défieraient ton imagination.

– Je ne vous crois pas, répéta-t-il.

Elle le considéra longuement et il essaya de ne pas faiblir.

– Si tous les enfants avaient à l'égard de leurs parents la même loyauté indéfectible que toi, le monde serait plus facile.

Tadeck n'avait pas bougé jusque-là, indifférent aux révélations de la reine. Cette fois, il leva la tête vers elle et leurs regards se croisèrent. Il la défia en silence, avant de tourner ses iris d'ambre vers l'horizon. Yoran se demanda comment ce serait de vivre sans l'amour inconditionnel de sa mère, et il ressentit une douloureuse pointe sous le sternum.

– Ce n'est pas vis-à-vis de mon père que je veux être loyal, mais de mes convictions, dit-il. Et tant mieux si nous partagions les mêmes.

– Ce n'était pas le cas, je peux te le garantir. Tu aurais condamné sans appel quiconque aurait commis le dixième de ses actes.

Elle soupira.

– Bien, reprit-elle, nous ne sommes pas là pour parler du passé, mais de l'avenir. Il me semble évident que ni toi ni Tadeck n'allez renoncer à vos utopies, qui menacent la Couronne ; il va donc falloir que nous prenions des mesures drastiques. Sans vous, le petit groupe de dissidents abandonnera ses agissements. De toute façon, ce n'est qu'une question de temps avant que mon frère n'en vienne à bout. J'aurais dû lui laisser le champ libre depuis longtemps. Yélan, tu sais ce qu'il te reste à faire. Je rentre.

Elle s'adressa à Yoran.

– Tu as raté l'occasion de rester à l'abri sous le bouclier. Dommage.

Elle posa enfin son regard sur son fils. Il n'avait pas ouvert la bouche une seule fois et ses yeux s'étaient égarés dans la contemplation de la campagne autour d'eux. Yoran se demanda si Tadeck tremblait vraiment ou s'il l'imaginait. La reine patienta un petit moment, comme si elle attendait que son fils dise quelque chose, mais il ne remua même pas. Elle pinça légèrement les lèvres, se détourna en silence et s'éloigna.

– Allez, Yélan. Mais ne fais pas durer les choses trop longtemps, s'il te plaît.

Yoran perçut comme une légère supplique dans sa voix. Elle les quitta pourtant sans se retourner.

Une fois qu'elle eut disparu de leur champ de vision, Yoran sentit la peur l'envahir graduellement, comme si le fait d'être en présence de la reine anesthésiait son aptitude à éprouver cette émotion primitive. Maintenant, elle lui revenait en force ; il la sentait ramper dans ses veines jusqu'au plus petit recoin de son cerveau.

Yélan s'attarda volontairement, retourna à son cheval, vérifia ses sangles. Visiblement, il disposait de tout son temps et comptait le mettre à profit. Yoran se demanda comment il allait s'y prendre pour se débarrasser d'eux. Quitte à mourir, il espérait que ce soit rapide et sans douleur, mais doutait que la complaisance soit son apanage.

Yélan revint vers eux à pas lents, se courba gracieusement pour se trouver à la hauteur de Yoran. Yélan était assez proche pour qu'il puisse sentir son odeur, un curieux mélange de cuir et de fourrage pour chevaux. Il arborait un sourire malveillant.

– Tadeck t'a-t-il raconté comment j'ai tué son petit ami ? susurra Yélan à l'oreille de Yoran, dont tous les muscles se tendirent par anticipation. Ça pourrait te donner un avant-goût de ce qui t'attend. J'avais pourtant prévenu mon neveu des risques qu'il te faisait courir. C'est à lui que tu devras t'en prendre quand tu hurleras sous ma lame…

Yoran fit un effort surhumain pour se dominer et se taire. Il ravala un gémissement de terreur et eut une totale conscience de la fureur de Tadeck dont le corps se raidit contre lui.

– Alors, tu veux le savoir ? demanda Yélan. Tu veux que je te le dise ?

Pourtant au bord de la panique, Yoran secoua crânement la tête en ignorant les trépidations de son cœur.

– Je n'ai jamais douté que vous étiez capable du pire, cracha-t-il.

Yélan émit un petit rire qui ressemblait au crissement d'un serpent à sonnette.

– Le pire, lui susurra-t-il, tu n'es même pas capable de l'imaginer.

Il détacha son regard de Yoran pour dévisager Tadeck.

– Tu ne m'as jamais dit pendant combien de nuits notre petite séance t'avait empêché de dormir ?

La respiration de Tadeck se mua en halètement de rage, mais il ne répondit pas à la provocation. Il tremblait de fureur, et d'autre chose aussi qui mettait Yoran en alerte. L'incandescence des yeux de Tadeck ne dissuada pas son oncle de continuer.

– Ce garçon n'avait déjà pas un tempérament très courageux, pour commencer, se moqua-t-il. Je me demande bien où tu avais pu le trouver.

Il ménagea un silence chargé de menaces, avant de demander :

– Comment s'appelait-il, déjà ?

– Esak… souffla Tadeck malgré lui.

– Esak, c'est ça, j'avais déjà oublié, vois-tu. Je me demande ce que ça te fera de te dire que tu es responsable de la mort de deux de tes amis, Tadeck. Je serais l'un de tes petits camarades, je mettrais un peu de distance, histoire de ne pas prendre de risques inutiles. Mais c'est trop tard pour eux aussi, maintenant.

Yoran sentit que Tadeck se débattait avec ses liens. Il gesticula à son tour de manière à entrer dans son champ de vision et à pouvoir lui adresser une muette mise en garde. Une veine battait dangereusement sur le front de son ami. Leurs regards se croisèrent, et Yoran eut horreur de ce qu'il y vit. Un mélange de terreur et de haine qui le déstabilisa. Il ne pensait pas pouvoir résister plus longtemps à la panique si Tadeck perdait son sang-froid. Sans sa tranquille assurance, le monde paraissait plus dangereux encore. Il se mit à trembler violemment. L'oncle afficha un sourire satisfait.

– On verra si tu possèdes plus de cran qu'Esak, Yoran. Lui a pleuré comme un bébé avant la fin du premier quart d'heure.

– Ce n'est pas vrai, gronda sourdement Tadeck, mais Yélan feignit de ne pas l'avoir entendu.

– Je crois même me souvenir qu'il a appelé sa mère et maudit le jour où il t'a rencontré, Tadeck, ajouta-t-il avec une ironie insupportable.

– Ce n'est pas vrai, répéta Tadeck.

Yoran avait très envie de lui souffler de ne pas tomber dans le piège tendu.

– Si, souviens-toi, poursuivit Yélan, il a supplié que j'en finisse avec lui, et il t'a maudit. Peut-être que tu n'as pas compris, de là où tu te trouvais, mais moi je l'ai entendu. Même si à la fin on comprenait difficilement ce qu'il disait, je dois le reconnaître. Mais il a maudit le jour où il t'a rencontré, Tadeck.

– Ce n'est pas vrai ! hurla soudain Tadeck en bondissant sur ses pieds.

Contre toute attente, il était parvenu à se libérer et se jeta sur son oncle avant que le cerveau de celui-ci n'ait eu le temps d'intégrer ce retournement. Il empoigna Yélan violemment par le cou. Sa fureur était telle qu'il serait sans doute venu à bout d'un fauve à mains nues. Néanmoins, il brandit sous son nez un couteau tiré de l'une de ses bottes ; un couteau ridiculement petit, mais manifestement Yélan ne douta pas un instant des dommages que sa lame effilée pouvait causer. Il tenta de se libérer de l'étreinte, en vain. Tadeck le tenait d'une poigne de fer, appuyant la pointe de l'arme sous la gorge de son oncle.

– Tadeck, s'étrangla-t-il tandis que celui-ci le poussait jusqu'à l'arbre le plus proche sans lui laisser la moindre marge de manœuvre.

À présent, les rôles étaient inversés. Un voile de sueur recouvrait le front de Yélan, et il avait l'air subitement moins arrogant. Yoran songea qu'il devait se maudire d'avoir dans son enthousiasme laissé son arme près du cheval. Tadeck n'avait pas lâché son oncle et appuyait toujours la pointe du couteau sous sa gorge.

– Vous n'avez pas compris, mon oncle, exposa sourdement Tadeck en resserrant sensiblement la prise autour de son cou. Pour Esak… j'aurais cédé à toutes vos exigences pour que vous lui laissiez la vie sauve. J'aurais laissé le royaume se perdre et le peuple à votre merci en échange de sa vie…

Il déglutit.

– Mais vous l'avez tué, reprit-il dans un souffle presque inaudible, et pour ça, uniquement pour ça, je ne renoncerai jamais. Le reste de votre infamie était dérisoire, mon oncle. Mais vous l'avez tué, et quoi qu'il advienne, maintenant, vous devrez rendre compte de chaque goutte du sang d'Esak que vous avez versé.

Il tremblait violemment, perdu au-delà de toute raison. Yoran s'efforça de lui faire reprendre pied.

– Tue-le, si c'est ce que tu veux, lança-t-il. Mais ça ne te ramènera pas Esak.

Durant plusieurs secondes, il crut qu'il ne l'avait même pas entendu. Puis Tadeck finit par acquiescer.

– Tu as raison, admit-il. Ça ne me rendra pas Esak. Par contre, sa mort déstabilisera grandement le régime. Il ne faut pas passer à côté de cette occasion d'affaiblir la reine.

Yoran réprima un haut-le-cœur. Il avait beau avoir intensément désiré la mort de Yélan, voir son ami l'égorger de ses propres mains ne le réjouissait pas autant qu'il aurait pu le croire. Malgré tout, il savait que la reine accuserait le coup de cette perte, et les insoumis pourraient mettre à profit cet avantage.

– D'accord, concéda-t-il, comme si Tadeck avait attendu son avis. Vas-y.

Tadeck resserra sa prise sur le cou de son oncle et pressa la lame sur sa gorge. Yélan semblait tétanisé par la peur. Il transpirait à grosses gouttes. Pourtant, acculé comme il l'était, il n'avait pas utilisé toutes ses ressources ; d'un même mouvement, il dévia la lame du bras gauche et projeta son front en avant. Il heurta le nez de Tadeck avec un bruit mat et saisit son poignet. En le tordant, il parvint à lui faire lâcher prise. Le couteau tomba à leurs pieds dans la poussière, mais Tadeck ne laissa pas à son oncle le temps de le récupérer.

Il le frappa d'un direct dans la mâchoire qui fit s'entrechoquer ses dents en même temps qu'il s'efforçait d'éloigner le couteau de la pointe du pied. Yélan riposta aussitôt en lançant ses poings, mais Tadeck était bien plus rapide et plus adroit. Il les évita avec autant d'adresse qu'il évitait les coups d'estoc à l'épée. Yoran se débattait dans ses cordes pour tenter de venir en aide à son ami, mais c'était peine perdue. Si seulement il avait pu ramener vers lui le couteau du bout de sa botte ! Il aurait pu se détacher et faire basculer le combat à leur avantage.

Yélan commençait à se rendre compte que, même à mains nues et malgré sa carrure avantageuse, il n'aurait pas l'avantage. Il s'était largement entaillé le bras en désarmant Tadeck, et la blessure saignait abondamment, la douleur réduisant ses mouvements. Il profita de la première occasion pour se dérober aux coups et courir en trébuchant vers son épée, mais Tadeck le devança encore une fois. Il saisit l'épée avant Yélan et la sortit de son fourreau. Le regard flamboyant de haine, Yélan recula de quelques pas.

– Inutile, mon oncle. Cette fois, vous n'aurez pas le dessus.

Le visage de Yélan s'anima, et il eut un rire méchant. Il continua de reculer en ricanant, nargua son neveu.

– C'est ce que tu crois, Tadeck. Tu n'as pas eu assez de cran pour me tuer. Tu n'en as jamais eu. Tu n'aurais pas dû hésiter si longtemps. Moi non plus, d'ailleurs.

Il émit un bref sifflement.

– Non ! cria Tadeck.

Mais le cheval de Yélan obéit promptement à l'appel de son cavalier et vint au petit galop se placer près de lui. Tadeck se précipita pour retenir Yélan, mais la distance était trop grande et l'oncle empoigna la bride de sa monture. Il sauta en selle et mit immédiatement plusieurs foulées entre lui et son neveu.

– Tu as eu tort, Tadeck, trancha Yélan. Crois-moi, tu as eu tort. La prochaine fois que nous nous rencontrerons sera la dernière. Je ne commettrai pas deux fois la même erreur.

Il cracha à terre, fit faire volte-face à son cheval et le lança au galop à travers la plaine.

– Quel lâche ! ragea Tadeck en jetant l'épée de Yélan avec colère.

Il le regarda s'éloigner à toute vitesse avant de s'approcher de Yoran pour le délivrer.

– Mais il a raison, ajouta-t-il plus calmement en tranchant ses liens. La prochaine fois sera la dernière. Il ne perd rien pour attendre.

Yoran hocha la tête en silence, massa consciencieusement ses poignets contusionnés. Il n'était pas soulagé malgré sa délivrance. Il sut avec certitude que la prédiction de Yélan se réaliserait ; son ton était sans équivoque et ses paroles résonnaient à ses oreilles.

– Il va se mettre en sécurité auprès de ses hommes, prédit Tadeck. Filons avant qu'il les lance à notre poursuite.

Chapitre onze
Sajiêls et Farëd

Ils se mirent en route en direction du sud. Ils espéraient rattraper les insoumis en coupant par les collines et marchèrent plusieurs heures, évitant de parler, comme si le son de leur propre voix était inconvenant.

Yoran avait du mal à se rasséréner. Il se sentait sonné. Il ne savait pas ce qui le troublait le plus : d'entendre de la bouche de la reine des révélations sur son père, d'avoir échappé de peu aux démonstrations de cruauté de Yélan ou de voir Tadeck serrer les dents, le regard consciencieusement rivé au sol qu'ils foulaient.

– Ça va ? finit par demander Yoran, hésitant.

Tadeck fit un signe du menton qui pouvait signifier oui et non à la fois.

– Oui, dit-il. C'est juste que… j'ai eu vraiment peur, cette fois. J'ai beau savoir que… enfin, j'ai eu peur malgré tout. Peur que ça recommence.

– Comme avec Esak ?

Tadeck soupira.

– Je voudrais oublier tout ça, Yoran, mais je n'y arrive pas. C'est toujours là, quelque part, à attendre la moindre opportunité pour ressurgir. Des fois, un geste, un regard, un son suffit à me rappeler ce moment. La lumière, surtout. Il… il y avait une lumière particulière ce jour-là, un peu dorée. Je n'ai… rien vu venir. Aucun signe, aucun pressentiment. Si j'avais pu… enfin, ça n'aurait sans doute rien changé. Si ça devait arriver, quoi que je fasse, cela n'aurait rien changé.

– Je suis désolé.

– J'ai eu peur que ce soit pareil avec toi. Que mon oncle… que je ne puisse pas… enfin, je n'aurais pas été capable de le supporter.

– Je vais bien, Tadeck.

Il lui toucha pudiquement le bras comme pour confirmer qu'il était bien vivant.

– Il faut que tu sois prudent, dit Tadeck d'une voix sombre.

– Je le suis.

Ils se turent jusqu'à ce qu'ils repèrent enfin les traces toutes fraîches des insoumis. Yoran songea que Tadeck ne devait pas faire ce genre de confidence tous les jours et fut touché de sa sincérité. Il aurait été, quant à lui, bien en peine de faire cet aveu. Il s'en sentit presque honoré. Tadeck dut en avoir conscience, car il lui lança un regard en coin et rougit légèrement.

Ils rejoignirent les autres quelques heures plus tard, alors que l'obscurité se coulait entre les buissons comme si elle cherchait à s'y dissimuler.

Les insoumis se tenaient à flanc de colline, le long d'un bosquet où ils avaient attaché leurs chevaux. Ils n'avaient encore allumé aucun feu, de crainte de signaler leur présence aux soldats. Le bruit de leurs pas alerta le groupe, qui se resserra d'un même élan, tandis qu'on entendait distinctement le cliquetis des épées dont on se saisissait pour les pointer dans leur direction.

– C'est nous, prévint Yoran en reconnaissant la silhouette massive d'Akin, qui se dressait au milieu des autres.

– Par tous les diables ! s'exclama-t-il, cette fois on a vraiment cru que c'était terminé !

– Ça a bien failli, commenta Yoran sombrement, mais heureusement Tadeck est plein de ressources. Din est avec vous ? demanda-t-il avant de l'apercevoir.

– Je suis là, Yoran.

Yoran fit en un bond les trois enjambées qui le séparaient de Din-Faradel et le serra dans ses bras sans aucune réserve, ce qui était une première. La mort de son cousin avait peut-être contribué à le rendre plus démonstratif.

– Tu nous as sauvé la vie, Din, réussit-il à dire en essayant de ne pas s'étouffer sous la reconnaissance. Merci.

Din-Faradel eut un rire gêné mais ne se déroba pas.

– Yoran, rétorqua-t-il quand celui-ci le lâcha enfin, tu as pris des risques pour nous, toi aussi.

Yoran entreprit de remettre de l'ordre dans sa tenue pour avoir l'air dégagé.

– Il y a de l'eau ? demanda-t-il. Je meurs de soif.

– Qu'est-ce qui s'est passé ? demanda Brass en fouillant dans les bagages pour en sortir une gourde qu'il lui tendit.

– Mon oncle nous a coincés, rapporta Tadeck tandis que Yoran se désaltérait sans retenue. La reine lui a donné l'ordre de se débarrasser de nous tous. Y compris moi.

Son ton transparent n'échappa à personne.

– Oh, Tadeck, je suis vraiment désolée, dit Neschka en lui faisant signe de s'asseoir près d'elle. Ta mère ne se rend pas compte.

Yoran tressaillit en entendant Neschka rappeler ce lien de parenté, mais Tadeck haussa négligemment les épaules et prit la place qu'elle lui désignait.

– Ne t'en fais pas, poursuivit-il en tapotant sa botte, mon oncle a été paresseux en matière de fouille et il a négligé mon couteau. Si seulement j'avais été plus rapide, nous pourrions parler de lui au passé. Hélas, il a réussi à prendre la fuite. Il doit amèrement regretter de ne pas m'avoir jeté du toit du palais tant qu'il en avait l'occasion.

– On a décuplé sa haine, ajouta Yoran. Il faut redoubler de vigilance.

Il sentait que l'épuisement le gagnait et s'assit à son tour. Il tentait de prolonger l'illusion selon laquelle tout allait pour le mieux en s'efforçant de manger un peu, mais il ignorait par quel phénomène les galettes de blé avaient ce goût de papier dans sa bouche.

– Il ne va plus nous lâcher, prédit-il.

– Maintenant qu'il a reçu l'aval de sa sœur, il me tuera sans réserve.

Yoran sentit son estomac se tordre à cette évocation. Il avait beau le savoir, l'entendre dire de la bouche de Tadeck sur ce ton fataliste lui donnait la nausée. Il recracha discrètement la galette en bénissant l'obscurité grandissante. Il devait trembler un peu, car Neschka alla lui chercher une couverture. Elle l'embrassa discrètement sur la joue.

– Merci, dit-elle simplement.

Yoran comprit qu'elle lui était reconnaissante de lui avoir ramené Zébana. Il serra brièvement ses mains entre les siennes en signe d'affection.

– Qu'est-ce qu'on fait maintenant ? demanda Eden.

Il ne s'adressait à personne en particulier et attendait que l'un d'entre eux réponde. Les deux accès à Terendis étaient bloqués par l'armée, et ils auraient rapidement Yélan et ses sbires à leurs trousses. Il fallait partir de là en vitesse.

– La raison conseillerait de renoncer, lança Neschka. Mais je crois qu'aucun d'entre nous n'est raisonnable.

– N'importe qui doté d'un minimum de bon sens saurait qu'il vaut mieux prendre ses jambes à son cou et abandonner, dit Guéran. Pour ma part, je ne crois pas avoir ce bon sens.

Sayaël approuva.

– Si on renonce maintenant, on joue leur jeu.

– Et Dori sera mort pour rien, ajouta Kern.

Il vint s'asseoir à côté de Yoran, lui toucha l'épaule pour lui signifier son soutien.

– Ça va ? demanda-t-il à voix basse.

Yoran hocha la tête et resserra la couverture autour de lui.

– Alors il faut passer par les montagnes, conseilla Milien. Il n'y a que cette solution.

– Hors de question, contesta Loris. Les montagnes rallongent le voyage de près d'une semaine et nous obligeront à laisser les chevaux.

– De toutes façons, l'armée nous attendra aux portes de la ville, exposa Akin. Ils ont sûrement renforcé la surveillance en doublant les effectifs.

– Alors nous n'avons aucune chance, commenta Jared.

Andala intervint.

– Je crois que si.

Il fourragea dans un sac, déplia une carte qu'il étala sur le sol.

– Neschka, s'il te plaît, demanda-t-il en lui lançant une bougie qu'elle alluma sans se faire prier.

Elle orienta la flamme de manière à ce que les insoumis, en resserrant leur cercle, distinguent les contours du royaume.

– Ils ne nous attendront pas sur ce versant, dit-il en indiquant un point sur la carte. Ils vont poster des hommes aux entrées principales, là… et là… Ça ne fait aucun doute. Mais nous passerons par le pont suspendu.

– Le pont suspendu ? Personne ne sait où se trouve son accès, Séraphian. On le voit bien depuis la cité, mais la tour qui y donne accès depuis le palais est barricadée, impossible d'y pénétrer. Il doit déboucher dans une faille de la montagne, sur le versant est. Mais je te le répète, personne ne sait où il se trouve.

– Personne sauf moi. C'est par là que ma mère s'est enfuie avec moi quand mon père a été assassiné. Évidemment, je n'en ai aucun souvenir, mais elle m'a raconté cette histoire tant de fois que je sais où trouver le passage. Une fois qu'on aura passé le col d'Estanguil, ils ne pourront plus nous couper la route. Nous atteindrons Terendis avant eux quoi qu'il arrive. Nous arriverons directement dans la cité, aux portes du palais.

– Le col risque d'être fermé par les neiges en cette saison, objecta Jared. C'est trop dangereux.

– C'est ce qu'ils se diront. On n'a pas le choix.

– Qu'est-ce que tu en dis, Tadeck ? demanda Akin.

Tadeck n'avait pas pris part à la conversation. Il semblait accuser le coup de ces dernières heures.

– Je ne sais pas. C'est vous faire prendre beaucoup de risques.

– C'est ce qui était prévu depuis le début, professa Maya. On savait tous que ce ne serait pas facile. Pour toi encore moins que pour nous.

Il opina.

– Mais entre le savoir avec sa tête et le sentir au fond de ses tripes, il y a une marge.

– Moi, je suis d'accord avec Andala. Il faut tenter le col.

– Qui est d'accord ? questionna Séraphian.

Toutes les mains se levèrent. Celle de Licette avec peut-être moins d'empressement que les autres, mais tout de même.

– Alors partons maintenant, conseilla Akin.

Salia tiqua et désigna Din, Tadeck et Yoran.

– Laisse-les se reposer deux heures, Akin. Regarde-les, ils sont épuisés. Yoran n'a pas dormi trois heures en deux jours. Il ne tient plus debout.

– Je sais bien. Mais Argoran est sur nos traces. Il faut avancer cette nuit et mettre le plus de distance possible entre lui et nous.

Zébana l'approuva.

– Il a raison.

Yoran regarda les autres se lever sans savoir s'il y parviendrait lui-même, mais Tadeck l'arracha à sa couverture en le tirant par le bras pour le mettre debout.

– Allez Yoran, il faut y aller. Lève-toi.

Il sentit ses jambes flageoler. Il avait mal partout. Ses chairs étaient contusionnées sur à peu près la totalité de son corps par les liens et les coups. Tadeck l'entraîna vers les chevaux, et la petite troupe se mit lentement en route. La nuit était complète, maintenant, et ils avaient du mal à voir où ils mettaient les pieds. De temps en temps, l'un des insoumis poussait un juron à mi-voix, révélant qu'il avait trébuché sur une souche ou un relief du sol que la faible clarté de la lune ne parvenait pas à révéler.

Ils tâtonnèrent ainsi quatre heures, au bout desquelles Yoran oublia comment il fallait faire pour mettre un pied devant l'autre et demanda grâce. Cette fois, plus personne ne rechigna et ils s'arrêtèrent entre deux éminences qui faisaient des taches d'ombre propices à leur dissimulation. Ils ne prirent pas la peine de déplier les tentes, malgré l'air glacé qui dévalait des sommets jusqu'à eux, et organisèrent un tour de garde. Ils avaient parqué les chevaux le plus près possible pour être prêts à s'enfuir si nécessaire.

Paradoxalement, l'épuisement empêchait Yoran de trouver le sommeil. Il s'était enroulé dans ses couvertures, non loin de Tadeck, et chercha longuement une position confortable sur le sol inégal en s'efforçant de ne pas claquer des dents.

Yoran gesticula pour s'adapter au relief. Il repassa une énième fois les dernières heures dans sa tête selon un ordre aléatoire, mais cette fois la mort de son cousin et sa propre peur de mourir étaient occultées par les révélations de la reine.

Une bouffée d'angoisse le saisit, quelque chose d'ingérable qui semblait limer ses fondements. Tout ce qu'il pensait savoir sur son père se morcelait, et il n'avait aucun moyen d'obtenir plus d'informations pour tenter de colmater les brèches de sa propre histoire. Yoran n'avait personne à prendre entre quatre yeux pour exiger des explications. Comment la reine pouvait-elle avoir connu son père ?

Pourtant, à bien y réfléchir, cela pouvait expliquer plusieurs petites choses.

– Tadeck, murmura-t-il à son ami. Mon père… Tu le savais, n'est-ce pas ?

Tadeck soupira, laissant un moment le silence et l'obscurité établir comme une frontière entre eux. Yoran patienta. Il l'entendit remuer dans ses couvertures.

– Oui, dit-il finalement. Je le savais.

Yoran comprit enfin pourquoi la reine l'avait gracié la première fois qu'il était venu à Alankana. L'annonce de son prénom – le même que celui de son père – associée à sa forte ressemblance avaient intrigué la reine. Elle avait compris qu'il venait de la Plaine, qu'il avait le pouvoir de retourner sous le bouclier, qui lui interdisait l'accès à ce qu'elle désirait plus que tout au monde – l'Aïguaviata, qui décuplerait ses pouvoirs extraordinaires.

Tout n'avait donc été qu'une pantomime. Il s'était laissé abuser du début à la fin, croyant faire ses propres choix, alors qu'il était simplement manipulé par plus fort que lui. Tadeck l'avait pourtant plusieurs fois averti que la reine maniait à la perfection cette arme. Yoran n'avait pas voulu le croire. Il avait voulu croire qu'il était assez habile pour s'en rendre compte. Voilà où l'avait conduit son orgueil. Il soupira sans bruit.

– Pourquoi… commença-t-il, mais Tadeck l'interrompit.

– Parce que ce n'est pas le genre de chose que l'on glisse au petit-déjeuner, si tu vois ce que je veux dire.

Yoran s'étonna de ne même pas lui en tenir rigueur.

– Dis-moi ce que tu sais, Tadeck.

– J'ai eu accès à beaucoup d'informations au palais. C'était avant que je ne change de camp, en quelque sorte. Mon oncle a toujours été méfiant vis-à-vis de moi, mais ce n'était pas le cas de tous mes professeurs et des fréquentations de Yélan. Ils tenaient pour acquis que je faisais partie des leurs et ne se souciaient pas vraiment de me taire certaines choses.

– La reine connaissait mon père.

– Ils ont grandi ensemble près de Causédalie, une ville portuaire. Ton père habitait la maison de pêcheurs voisine.

– J'ai toujours cru qu'il avait grandi à la Plaine. En fait, je crois que je ne me suis jamais posé la question.

– Je sais que tu voudrais croire le contraire, mais ils étaient vraiment très liés tous les trois. J'ai souvent entendu mon oncle et sa sœur se disputer à son sujet. Ton père avait fait quelque chose, et ils lui en voulaient. Si j'ai bien compris, c'est pour ça qu'il est parti vivre à la Plaine. J'avais douze ans quand ton père est mort. La reine en a été très affectée.

Yoran essaya de se souvenir de moments passés avec son père à la lumière de ces révélations, mais c'était peine perdue. Son père demeurait une présence en arrière-plan de toutes ses escapades et aventures d'enfant, quelque chose qui était en rapport avec la force et ce sentiment de toute-puissance qu'il avait éprouvé sous le bouclier avant qu'il n'apprenne son existence.

Il se rendit compte que son souvenir s'était désagrégé sans qu'il en ait eu conscience, et se demanda ce qu'il fallait en penser.

– Ton oncle ne l'appréciait pas beaucoup.

– Sans doute une part de jalousie. Il a toujours aimé avoir l'exclusivité sur sa sœur. J'imagine qu'il devait y avoir beaucoup de rivalité entre ton père et lui. La reine est très douée pour susciter ce genre de conflit.

– Mon père n'approuvait pas ce régime, n'est-ce pas ?

– Je l'ignore. C'est peut-être à cause d'un désaccord à ce sujet qu'il est parti à la Plaine, glissa Tadeck avec tact. Je ne pourrais pas te le garantir, Yoran.

– Ce n'est pas impossible, murmura-t-il.

Il ne pouvait en être certain et déjà cela le torturait.

– Elle a dit qu'il avait fait des choses… horribles, poursuivit-il.

– Tu m'as dit une fois qu'on n'était pas responsable des agissements de ses parents, dit Tadeck en évitant la question. Tu avais raison. Ce n'était pas valable seulement pour moi.

Il se tourna vers Yoran. Le miel de ses yeux était réverbéré par la clarté de la lune et faisait comme deux puits de lumière au milieu de la nuit.

– Tu m'en veux de ne t'avoir rien dit ? demanda-t-il subitement.

Yoran s'octroya deux petites secondes de réflexion.

– Je n'y arrive même pas.

Il y eut encore un silence, puis Yoran demanda :

– Comment l'Aïguaviata est-elle arrivée jusqu'à la Plaine ? Ce n'est sans doute pas une coïncidence si elle se trouvait à l'abri sous le bouclier où vivait mon père.

– Je ne crois pas que ce soit une coïncidence.

– Crois-tu qu'il ait pu lui-même la détenir ?

– C'est possible, une fois encore. La légende de l'Aïguaviata remonte à plusieurs centaines d'années. C'est un présent qui serait offert aux rois par les Ombres blanches pour préserver leur vie durant certains conflits et, par conséquent, l'avenir du royaume. Celle du roi Arden aurait disparu avant que la reine ne renverse le pouvoir. Il a été dit que son plus proche conseiller la détenait, mais sa trace a été perdue. Des rumeurs paysannes ont colporté ensuite qu'elle était à l'abri sous le bouclier. Ce qui a été vérifié grâce à toi.

Yoran sentait que des pensées qu'il s'était efforcé de bannir depuis plusieurs semaines tentaient de prendre les rênes de son esprit. Il lutta pour les repousser, sans y parvenir.

– C'est… bizarre, chuchota-t-il en essayant de ne pas claquer des dents. Tout ce qui arrive.

– Comme quoi ?

– Comme le fait que je sois le seul à vouloir quitter la Plaine. Que… les Anciens ne m'en empêchent pas vraiment. Ils avaient un drôle d'air. Je ne comprenais pas, bien entendu, mais maintenant… Ils doivent savoir quelque chose. C'est certain. Et puis le fait que je te rencontre, toi, le chef des insoumis et fils de la reine.

– Que tu me sauves la vie, précisa Tadeck.

– Que je parvienne jusqu'à l'Aïguaviata, continua Yoran comme s'il ne l'avait pas entendu, et que, finalement, je tombe sur Séraphian tout à fait par hasard. Je trouve que ça fait vraiment beaucoup de coïncidences. Hormis toutes tes questions de visions de l'avenir, Tadeck, je trouve que ça fait beaucoup de coïncidences, répéta-t-il.

– Peut-être que ça n'en est pas.

Yoran secoua la tête. Il le regretta aussitôt, car le froid en profita pour s'engouffrer dans son cou. Il essaya de se calfeutrer sous ses couvertures.

– Mon père n'est pas mort d'une simple morsure de serpent, n'est-ce pas ?

Il se souvenait de l'air sceptique qu'avait pris la reine lorsqu'il lui avait rapporté ce détail.

– Je ne sais pas, Yoran. Vraiment, je ne sais pas.

– Rappelle-moi de rester en vie, tu veux bien ? Il y a des explications que ma mère me doit.

Ils sombrèrent dans le sommeil sans s'en rendre compte. L'aube glaciale les tira méchamment de leurs rêves. La lumière rose faisait scintiller de givre la végétation et crisser l'herbe sous les sabots des chevaux. Quelqu'un les avait détachés pour leur permettre de galoper un peu et se réchauffer, et Guéran partageait ce qu'il leur restait de grain. Bientôt, ils les laisseraient redescendre dans la plaine, et ils se retrouveraient libres. Yoran les envia une bonne minute.

Se lever lui arracha un gémissement semblable à celui que poussa Tadeck. Ils échangèrent un regard à la fois amusé et catastrophé, et Akin vint s'inquiéter de leur état.

– Comment tu te sens, Tadeck ? questionna-t-il en esquissant un geste vers son épaule.

– J'ai connu des jours meilleurs, éluda celui-ci.

– Et toi, Yoran ?

– Je devrais tenir le coup.

Ils rassemblèrent et préparèrent les chevaux, et Yoran éveilla Eden à contrecœur. Il dormait tellement profondément qu'il mit plusieurs minutes douloureuses à émerger.

Yoran s'en voulait de l'avoir laissé les accompagner. Son visage était épuisé par les longues marches, et il avait beaucoup maigri. Ce rythme de vie entrecoupé de médiocres repas n'était pas fait pour un garçon de son âge ; mais maintenant ils ne pouvaient plus faire marche arrière. Eden dut deviner ses pensées, car il lui lança un regard de défi, se leva bravement, roula ses couvertures et se déclara prêt à partir.

Ils voyagèrent en silence plusieurs heures, économisant leurs forces. Tadeck semblait très absorbé par ses pensées, et Yoran se demanda s'il songeait au peu de cas que faisait de lui sa propre mère, à la chute dans le vide qu'il avait failli faire à la place de Dori ou bien à la prophétie de Malka. Si on y réfléchissait, ils avaient tous les deux largement de quoi déprimer.

– À quoi penses-tu, Tadeck ?

Contre toute attente, il lui adressa un sourire malicieux.

– Tu veux vraiment le savoir ? demanda-t-il.

– Pourquoi pas ?

– Ça ne va pas te plaire.

Yoran haussa les épaules.

– Dans cette histoire, rien ne me plaît depuis le début. Dis toujours, on verra bien.

– Je repensais à ce que tu disais cette nuit. À toutes ces choses qui t'arrivent et que tu appelles coïncidences. À ce que tu es capable d'entreprendre pour ce que tu penses être juste. La première fois, par exemple, dans la petite clairière. Lorsque tu as pris ma défense alors que tu ne me connaissais même pas. J'aurais pu être le pire des bandits, ça n'aurait sûrement rien changé à ta façon d'agir.

– Détrompe-toi. Le premier venu aurait compris que tu n'avais rien d'un criminel.

– J'ai tué plus d'hommes que toi.

Yoran le dévisagea.

– Je ne te crois pas.

– C'est le cas, pourtant.

– Où veux-tu en venir ?

– Moi ? À rien. C'est à toi de voir où ça te mène.

Ils restèrent sans parler un long moment avant que Tadeck ne reprenne la parole.

– Cet enchaînement d'événements devrait te faire réfléchir, Yoran.

Il s'abstint de suivre ni même de commenter ce conseil.

Les insoumis firent une pause d'une petite heure pour déjeuner, et, avant de repartir, Yoran reprit la conversation abandonnée quelques heures plus tôt.

– Tu as dit que tu avais tué plus d'hommes que moi.

– C'est vrai.

Yoran lui ménagea un peu de temps pour s'expliquer, mais visiblement il n'avait aucune envie de s'étendre sur le sujet.

– Passe-moi ça, veux-tu ? demanda Tadeck en lui désignant la lanière qui lui servait à sangler les bagages sur sa monture.

– Et si tu me racontais…

– On t'a déjà dit que tu es obstiné et curieux ?

– Et j'ai aussi quelques défauts, répondit Yoran en imitant le sourire ingénu de son ami.

Tadeck soupira, renonça à charger son cheval et alla s'appuyer contre la souche humide d'un arbre, où Yoran le suivit.

– Le premier homme, j'avais quatorze ans. Je n'étais pas trop mauvais à l'épée, et mon oncle voulait que j'affronte d'autres adversaires que mes professeurs d'escrime. Mon maître choisissait des petites gens vouées aux mines, des hommes qui la plupart du temps n'avaient jamais eu les moyens de se faire forger une arme. Les jeux étaient souvent faits d'avance ; je blessais mon adversaire d'une manœuvre de débutant tellement les pauvres bougres étaient ignorants de l'art de la guerre. Un jour, l'un d'entre eux était vraiment arrogant. Je représentais le pouvoir en place, il ne s'est pas privé de me dire ce qu'il en pensait. Il m'a insulté, mis au défi de le tuer. Tu l'aurais vu, Yoran, un pauvre homme, ordinaire, il aurait pu être un artisan ou un boulanger, mais certainement pas un combattant ! Pourtant, il avait plus de courage que beaucoup de guerriers n'en auront jamais. Quand j'y repense ! Il m'a affronté droit dans ses bottes, a critiqué ouvertement le régime et ses dirigeants. Yélan était là. Il connaissait d'avance l'issue du combat et ce que ça impliquerait pour moi, mais à cette époque je l'ignorais. Je croyais que tuer mon adversaire ferait de moi un homme, mais quand je l'ai vu rouler au sol avec tout ce sang qui coulait, j'ai découvert l'ampleur de mon geste. J'ai refusé de toucher à mon arme durant des semaines, et il a fallu des trésors de persuasion de la part de mon maître d'escrime pour que je change d'avis. Je pense souvent à cet homme. Je m'efforce de me rappeler que les plus forts ne sont pas toujours les mieux armés, ni les mieux nés. Ce que tu as prouvé en armant les habitants de Pentissaba, au lieu d'en faire des victimes.

Il se tut. Yoran se laissa quelques secondes pour réfléchir à ce que Tadeck venait de lui dire, avant de demander :

– Et pour les autres ?

– La plupart en me défendant sur les routes du royaume. Certaines cités sont vraiment dangereuses, prince héritier ou pas. Et puis j'ai beaucoup voyagé anonymement. Les trois derniers, c'étaient des hommes de main de mon oncle, le soir où Esak a été tué. On s'est tous défendus comme des forcenés. Heureusement, toute la bande a pu fuir. Je n'ose imaginer ce qui serait arrivé s'ils avaient été faits prisonniers. Mais, à cette époque, c'est à moi que Yélan en voulait.

– Qu'as-tu fait pour mériter cette haine ?

Tadeck eut un sourire ambigu.

– Je suis seulement né. Il devait haïr mon père, j'imagine, comme il a haï le tien. Nous héritons tous les deux de cette haine.

– J'aime tellement Loda que si elle avait un enfant, même d'un autre, il me semble que je l'aimerais comme une part d'elle-même.

Tadeck lui lança un regard étrange, entre incrédulité et bienveillance, mais ne releva pas, et Yoran se demanda d'où lui venait cette curieuse association d'idées.

Ils occupèrent les quatre jours suivants à se rapprocher du col d'Estanguil. Le froid s'intensifia jusqu'à devenir leur unique pensée. Ils s'étaient couverts du mieux qu'ils pouvaient, et fort heureusement l'effort physique leur garantissait un peu de chaleur, mais, dès qu'ils s'arrêtaient, le froid les rattrapait.

La nuit, la toile des tentes gelait et de la glace se formait à l'intérieur. La meilleure façon de lutter était encore de marcher jusqu'à épuisement, puis de s'entasser à cinq sous des tentes prévues pour trois. Avant de se coucher, Neschka enflammait des pierres qui servaient de bouillotte à chacun.

Yoran appréhendait les nuits à flanc de montagne. Mécaniquement, il mettait un pied devant l'autre. La seule consolation qu'il retirait de cette épreuve, c'est que l'armée et la mort de son cousin étaient devenues le cadet de ses soucis. Conserver un peu de chaleur pour sa propre survie était sa seule préoccupation. Il avait l'esprit comme anesthésié. Il essaya de se souvenir du bain qu'il avait pris dans les sources d'eau chaude avec Tadeck avant de parvenir à la cité fortifiée, mais apparemment il avait oublié jusqu'à la notion même de chaleur.

Chaque soir, le spectacle d'un ciel de sang frappé du sceau du soleil le plongeait dans une contemplation qui le soulageait un moment. Il avalait sa ration, se couchait et s'efforçait de tirer le maximum de force d'un sommeil morcelé.

L'après-midi du quatrième jour, ils atteignirent les premières neiges. Curieusement, le froid semblait moins intense, peut-être à cause de la couverture nuageuse qui faisait ressembler le ciel à la terre et gommait les contours des versants enneigés. Ils n'avaient aucune nouvelle de l'armée, aucun signe indiquant qu'ils étaient suivis. Peut-être Argoran estimait-il l'accès au col suicidaire pour son détachement et se contentait-il de laisser faire les choses sans prendre aucun risque. D'un point de vue purement stratégique, Yoran trouva l'idée excellente. Du point de vue de leur propre survie…, il s'efforça de penser à autre chose.

Ils déchargèrent les chevaux, les dessellèrent et redistribuèrent les bagages en fonction de chaque personne.

– Si on ne se perd pas, c'est deux jours dans la neige jusqu'au col d'Estanguil, informa Akin. Tout le monde marche dans mes traces, sans s'éloigner.

– Es-tu certain de reconnaître le chemin, là-dessous ? questionna Jared, toujours sceptique, en évaluant de la pointe du pied l'épaisseur de la couche de neige.

– Je le ferais les yeux fermés si je ne craignais de trop vous impressionner, fanfaronna Akin en bombant la poitrine.

Comme personne, avec un manque flagrant de dynamisme, n'osa le contredire, ils s'en tinrent à cette assurance. Ils se couvrirent de leurs capes et s'emmitouflèrent dans les couvertures, fourrèrent leurs bottes pour isoler leurs orteils. Ainsi protégés, ils ressemblaient tous à d'énormes ours patauds. Yoran, qui songeait avec nostalgie à un petit pagne de lin écru qui lui avait longtemps servi d'unique vêtement, s'efforça de faire bonne figure, ce qui fit gentiment ricaner Andala. Yoran l'ignora dignement.

Avec une tête d'enterrement, Tadeck libéra son cheval.

– Ne t'inquiète pas pour lui, conseilla Akin, ils vont redescendre dans la plaine, où il fait plus chaud. Si tout va bien, nous irons les chercher plus tard.

Tadeck hocha la tête.

– Je sais bien.

Yoran ne releva pas le « si tout va bien » qu'avait lancé Akin, mais il résonna un moment dans sa tête. Il se chargea de son sac ; il était à peu de chose près aussi lourd qu'un jeune sanglier qui aurait passé l'été à se goinfrer. Il se demanda combien de lieues Akin espérait le voir parcourir, et il résista à l'envie d'envoyer tout balader. Comme il imaginait bien qu'un simple « je rentre à la Plaine, débrouillez-vous » aurait du mal à satisfaire deux douzaines d'insoumis épuisés, affamés et transis, il préféra renoncer. C'était plus prudent.

Il jeta un œil à Eden, qui s'efforçait vaillamment de soulever un bagage presque aussi volumineux que lui. Zébana vint à son secours.

– Je crois qu'Akin ne se rend pas compte, marmonna-t-il en allégeant le sac de l'adolescent, malgré son refus. Voilà, ce sera plus facile.

Il l'aida à régler les sangles, et Akin donna enfin le signal du départ.

Ils se mirent en route en silence et avancèrent ainsi toute la journée, sans aucune notion du temps ni de la distance parcourue. La progression était laborieuse. Ils marchaient dans les traces d'Akin, qui ouvrait la voie, se repérant aux sommets qui leur faisaient face et à quelques pointes rocheuses qui émergeaient de la neige. Il valait mieux être bien placé dans la file ; trop près d'Akin, la couche de poudreuse obligeait à de plus grands pas qui épuisaient vite le marcheur. Trop loin de lui, la neige piétinée regelait et devenait glissante. Akin les obligea à un roulement dans la cordée, préservant les forces de chacun. À un moment, Yoran marcha derrière Licette et lança un regard d'envie aux chats qu'il devinait à l'abri, dans leur sac de fourrure, par le renflement que faisaient leurs petits corps.

Le décor paraissait immobile. Il n'y avait que du blanc, partout, aussi loin que pouvait porter le regard, et rien pour étalonner leur parcours. Par endroits, une ligne grise de roches à nu où la neige ne trouvait pas de prise leur servait de piste.

Le ciel s'était dégagé, et tant que le soleil était présent le froid n'eut aucune prise sur eux. Ils purent même ôter une couche de vêtements. Mais, en milieu d'après-midi, le ciel se couvrit de nouveau, et ils commencèrent à claquer des dents, malgré l'effort.

Akin n'autorisait que de brèves pauses pour manger un peu et boire. Dans les gourdes, l'eau gelait, et ils durent demander à Neschka de faire fondre de quoi s'abreuver.

– Voilà un don très utile, lui souffla Yoran avec reconnaissance.

Mais lorsqu'il vit ce que cela lui coûtait comme efforts, il restreignit nettement sa consommation.

Malgré l'épuisement et le jour déclinant, Akin les obligea à marcher jusqu'à une pointe rocheuse qui leur semblait ne jamais pouvoir être atteinte.

– On montera le camp sous la pointe de l'Est. Nous serons protégés du froid et des chutes de neige.

L'obscurité grandissait autour d'eux, étirant des ombres glaciales lorsqu'ils atteignirent la pointe et se délestèrent de leur chargement. Eden s'affala sur son sac, appuyé contre la roche grise, et s'endormit sans crier gare. Ils montèrent les tentes les unes contre les autres, entreprise plus difficile qu'il n'y paraît lorsqu'on a les doigts gelés et que le vent s'en mêle. Malka porta Eden à l'intérieur et l'obligea à se réveiller pour manger quelque chose, ce qu'il fit machinalement avant de se rendormir aussi sec.

– Si nous ne traînons pas, dit Akin, encore une journée de marche et une nuit dans la montagne avant de passer le col d'Estanguil. Dormez, maintenant, car nous partirons avant le lever du soleil.

Bizarrement, personne n'objecta, et l'épuisement eut raison d'eux avant le froid. Yoran s'éveilla plusieurs fois durant la nuit, tellement gelé qu'il avait l'impression d'être mouillé. Le froid venu du sol lui faisait mal partout, traversant la toile de la tente juste contre son nez. Il devait respirer sous sa couverture de laine pour maintenir un peu de la chaleur qu'il voyait s'échapper en vapeur de ses narines. Il se blottit un peu plus contre Kern, qui grelottait à côté de lui et grogna dans son sommeil.

Quand Akin les réveilla à grands cris, il n'avait pas l'impression d'avoir dormi. Comme Kern, Koura et Din-Faradel, qui avaient dormi avec lui, Yoran se leva à contrecœur. Ou plutôt il rampa laborieusement jusqu'à la sortie, détacha les lacets de l'entrée à regret. Avoir eu si froid durant la nuit avait un bon côté : il ne sentit presque pas de différence avec l'extérieur. La neige était tombée pendant leur sommeil, et ils durent déneiger pour pouvoir sortir.

Ils plièrent le camp sous la pression d'Akin, dans la demi-clarté de l'aube, avant de se remettre en route. Le ciel si clair la veille s'était couvert, et ils ne distinguaient même plus les sommets autour d'eux. Des lambeaux de nuages bas, grisâtres et fumeux, leur bouchaient la vue.

– Tu sais toujours où on va, bien sûr ? ironisa Jared.

Akin feignit de ne pas remarquer le ton de sa question.

– Vers midi environ, on devrait rejoindre la passe du Renard. Et, ce soir, nous serons sur les berges du lac du Miroir. C'est là que nous passerons la nuit.

Mais, visiblement, la montagne ne l'entendait pas de cette oreille. La neige commença à tomber une heure à peine après leur départ, et ralentit nettement leur progression. Ils marchèrent longtemps sans trouver la passe dont parlait Akin. Apparemment, la couche de neige était si dense et si haute que même la pierre qui servait de repère se trouvait ensevelie.

En fin d'après-midi, Akin reconnut une roche qui affleurait. Il la fixa stupidement pendant une demi-minute.

– C'est la pierre de la passe du Renard, admit-il finalement. Habituellement, elle est si haute qu'on ne peut pas la toucher. La passe est bloquée.

– Que fait-on ? questionna Séraphian. Tu connais un autre passage ?

– Il va falloir contourner par la Combe-Bleue, mais ce sera plus long. On n'atteindra pas le lac du Miroir avant demain.

– Eh bien, allons-y. Si on s'arrête maintenant, on est morts de toute façon, dit Milien d'un ton docte.

Ils reprirent la route, un peu aiguillonnés par le risque qu'ils avaient de mourir de froid s'ils n'atteignaient pas très vite le col d'Estanguil.

Mais l'épuisement les gagna prématurément. La neige tombait sans interruption en tourbillons feutrés qui noyaient le décor de blanc et de bleu. Le froid avait encore pris du territoire, repoussé les limites de leurs corps. L'absence de bruit s'était muée en un hurlement fou du vent qui les empêchait de réfléchir. Il devenait de plus en plus difficile de s'orienter et de considérer les possibilités qui leur restaient. Ils trouvèrent un abri provisoire dans une anfractuosité et s'y réfugièrent avec empressement.

– Je ne comprends pas, avoua Akin. Nous devrions avoir trouvé la Combe-Bleue. Nous avons dû la dépasser. Elle est peut-être bloquée, elle aussi.

– Alors, on est perdus ? demanda Nérielle d'un ton neutre qui donnait un étrange double sens à sa question.

– Avec cette tempête, je ne vois plus rien. Il faut s'abriter et passer la nuit ici. Demain, je me repérerai, assura-t-il.

– Les yeux fermés, hein ? plaisanta Jared sans la moindre malveillance, et personne ne releva.

Yoran se demanda s'ils tiendraient jusqu'au lendemain, et à la mine des autres il comprit qu'il n'était pas le seul à s'interroger.

Ils essayèrent de déplier les tentes, mais le vent contrecarra leurs plans et ils durent renoncer. Ils se serrèrent les uns contre les autres pour économiser la chaleur. Eden ne claquait même plus des dents. Il était blanc, glacé. Il avait lutté vaillamment pour mettre un pied devant l'autre jusqu'à l'abri. Yoran se cala contre lui en essayant de lui insuffler un peu de sa chaleur.

– Ça va aller, Eden ? demanda-t-il.

L'adolescent hocha la tête sans répondre. Il avait l'air terrifié. Ses sourcils étaient givrés et ses lèvres bleues. Il serrait une pierre que Neschka avait chauffée contre son cœur, mais la jeune Porteuse du Sceau était si épuisée qu'elle peinait à faire monter la température du caillou.

Au bout de deux heures, Eden perdit connaissance. Maya le gifla à la volée pour le faire revenir à lui, mais peine perdue. Yoran commença à paniquer.

– Je n'aurais jamais dû vous écouter ! J'aurais dû le renvoyer !

– Il n'est pas beaucoup plus jeune que moi, glissa Neschka en s'efforçant de faire rougir la pierre pour réchauffer l'adolescent.

– Mais tu portes le Sceau ! s'emporta-t-il. Ce n'était pas la peine de le sauver des mines pour qu'il vienne mourir dans les montagnes !

Il voulut se débarrasser de sa couverture pour le couvrir, mais Tadeck l'en empêcha.

– Ça ne le réchauffera pas, et toi, tu ne résisteras pas au froid.

Tadeck n'avait pas terminé sa phrase qu'une ombre apparut dans la découpe de la montagne.

– Hey, cria une voix inconnue par-dessus le hurlement du vent, il ne faut pas rester là ! Venez vous mettre à l'abri.

– Qui êtes-vous ?

– Je vous expliquerai, promit l'inconnu. Dépêchez-vous, la tempête arrive. Il faut s'abriter.

– Il y a un enfant avec nous, il ne peut pas marcher, dit Akin en soulevant Eden du sol.

– On va le charger sur ma bête. Pressons.

Ils sortirent précipitamment les uns à la suite des autres. Le nouveau venu était un homme d'une trentaine d'années dont le visage disparaissait presque totalement sous la fourrure qui le protégeait. Il traînait à sa suite un drôle d'animal cornu, de la taille d'un petit cheval, en nettement moins gracieux. Il était bâté et recouvert d'un épais lainage blanc.

Avec l'aide d'Akin, l'homme installa Eden en travers de l'animal et se mit en route sans même regarder s'ils le suivaient. La tranchée qu'ils avaient creusée en marchant à l'aller s'était complètement effacée, et Yoran se demanda comment leur guide se repérait à travers cette immensité.

Ils marchèrent dix bonnes minutes, en luttant contre le vent, qui leur jetait au visage des flocons glacés et durs comme des pierres. Ses jambes ne lui répondaient plus, et ses pieds étaient si gelés qu'il lui semblait qu'un simple coup suffirait à les briser comme du verre.

– On est arrivés. Entrez, je vais abriter mon satis avec le reste du troupeau.

Yoran voyait si peu qu'il dut buter sur la toile pour comprendre qu'il y avait une tente. Il leva les yeux. Elle était aussi haute qu'une maison, pour ce qu'il en distinguait. Koura le poussa du coude.

– Entre, dépêche-toi.

Il souleva un pan de la toile et eut l'impression d'entrer dans un four. La tente était très vaste. Il y avait un feu qui brûlait avec application au centre – sa fumée aspirée par une ouverture circulaire au sommet –, des tapis et des coussins multicolores, mais surtout, plus que tout, une odeur de viande en train de rôtir.

Yoran ne vit les gens qu'après. Il y avait une dizaine d'hommes, quatre femmes et quelques enfants qui s'arrêtèrent de jouer pour les dévisager. L'irruption d'autant de monde dans cet espace confiné provoqua une légère confusion : on se marcha un peu sur les pieds, les premiers poussés en avant par les derniers, pressés de se mettre à l'abri.

En voyant l'enfant évanoui dans les bras d'Akin, un homme se leva et fit un geste en direction du foyer.

– Approchez-le, dit-il. Zabê, la tchoûrha pour le petit, vite.

– La choura ? répéta Yoran en aidant Akin à installer Eden sur les coussins.

– Tchoûrha, corrigea l'homme, ça va le réchauffer. Il faut le dévêtir.

Yoran se hâta de faire ce qu'il lui demandait avec une confiance aveugle. Une jeune femme s'approcha, frictionna la poitrine nue du garçon avec un liquide qu'elle tirait d'une petite jarre. Cela ressemblait à de l'eau, mais l'odeur indiquait très clairement qu'il s'agissait de quelque chose de beaucoup plus corrosif.

Elle en glissa quelques gouttes entre les lèvres bleues d'Eden, qui ne mit que quelques secondes à ouvrir les yeux.

– Je suis mort ? demanda-t-il d'un air étonné qui déclencha immédiatement des rires en cascade chez les enfants assemblés autour de lui.

– Pas encore, assura leur hôte, mais c'était juste. Ôtez vos manteaux, vous autres. Pas trop près, petite *djaïa*, ou les doigts te tomberont, ajouta-t-il à l'intention de Neschka, qui s'efforçait de réchauffer ses doigts gelés au-dessus de la flamme.

– Sans vous, nous étions perdus, assura Koura en se débarrassant de ses vêtements.

– C'est bon d'avoir chaud, murmura Yabila. J'avais oublié ce que c'était.

– Asseyez-vous, *aswâl.*

Tous les insoumis obéirent sans attendre et prirent place au plus près du feu, s'excusant à peine, dans leur empressement, du dérangement qu'ils causaient. Les autres leur cédèrent la place avec un air à la fois amusé et compréhensif. Licette libéra ses fauves miniatures, qui filèrent au fond de la tente sans demander leur reste.

Yoran, qui avait la sagacité de l'estomac, reconnut bien vite que l'odeur qu'il avait respirée en entrant provenait d'un cuissot d'une taille et d'une allure insolites, et qu'il devinait appartenir à un animal semblable à celui qui venait de transporter Eden. Il n'arrivait pas à en détacher son regard, en dépit de toutes les règles de politesse que sa mère lui avait enseignées.

– Nous avons vu vos traces en rassemblant les bêtes, expliqua leur hôte en leur faisant passer une outre pleine de la fameuse tchoûrha. C'est une chance. J'ai envoyé mon fils Daji vous chercher.

Le jeune homme qui les avait fait sortir de leur abri de fortune pour les conduire sous la tente entrait justement. Il referma l'ouverture avec une telle dextérité que c'est tout juste si un flocon avait pu s'engouffrer.

– Quelle folie de traverser en cette saison ! s'insurgea-t-il d'une voix douce. Qu'y a-t-il de si important qui ne puisse attendre la fonte des neiges ?

Son père lui lança un regard réprobateur et Daji haussa gentiment les épaules.

– Qu'importe, l'essentiel est que vous soyez sains et saufs. Vous n'auriez pas résisté à cette tempête.

– Vous traversez aussi les montagnes ? questionna Salia, qui avait les joues rouges à se serrer si près du feu.

– Oui et non, répondit leur hôte. Mais nous y vivons la plupart du temps. Je suis Aarên, et voici une partie de mon clan.

– Vous êtes des Sajiêls ? demanda Tadeck.

– Des vrais de vrais, assura Daji.

– Des Sajiêls ? répéta Yoran.

– Un peuple des montagnes. Nous vivons de ses richesses.

– De ses richesses ? Je n'ai vu que de la neige, marmonna-t-il.

– En effet, elle est tombée bien tôt, sur ce versant. Nous rejoignions le reste du clan de l'autre côté ; nous avons été surpris par les chutes de neige. Mais nous autres sommes équipés, contrairement à vous.

– Comptiez-vous passer le col d'Estanguil ? questionna Zabê.

– C'est notre but, en effet, avoua Akin en toussotant après avoir ingurgité une lampée du contenu de l'outre. Je connais bien le chemin, mais la passe du Renard était bloquée par la neige. Nous voulions contourner par la Combe-Bleue, mais nous ne l'avons pas trouvée.

– Nous avons eu du mal aussi, admit Daji, il y a eu des éboulements plus tôt dans la saison. Il faut la prendre par le sud, maintenant.

– Si la passe du Renard est bloquée, dit Aarên, Estanguil le sera aussi.

– C'est notre seule chance. Il est primordial que nous passions ce col le plus rapidement possible.

– Vous vous rendez à la cité fantôme, n'est-ce pas ?

– La cité fantôme ? répéta Koura.

– Terendis-la-Noire.

Le nom de la cité créa un petit silence gêné. Yoran en profita pour boire une gorgée de la gourde qui faisait le tour des insoumis et faillit s'étrangler à demi, la gorge en feu. Il eut l'impression d'avoir avalé une braise et de la sentir glisser jusqu'à son estomac, où elle s'appliqua à allumer un incendie. Sa température grimpa dans la minute qui suivit. Eden, qui l'observait, eut un petit rire amusé plutôt incongru ; apparemment, l'adolescent subissait déjà les effets de la boisson.

– Il y a une chance pour que nous ayons parmi nous quelqu'un qui aura accès au trône, dit finalement Tadeck.

– Comment cela serait-il possible, *aswâl* ? demanda Aarên sur un ton légèrement suspicieux. Le trône seul choisira son héritier.

Les hommes du clan Sajiêl eurent un murmure d'approbation, mais aucun insoumis ne commenta. Le chef de clan les dévisagea un par un, s'attendant sans doute à voir écrit en gros sur le front de l'un d'entre eux « héritier du trône ».

– En somme, conclut Aarên à voix basse, comme si la reine avait pu l'entendre, vous êtes des dissidents ?

Ils ne lui répondirent pas de suite. La prise de position était délicate. De quel côté se rangeraient les Sajiêls ? Il fallait espérer que ce soit du leur, car, sans leur aide, les insoumis seraient bien incapables de franchir le col.

– Nous sommes des dissidents, confirma Yoran d'un ton qui fit converger tous les regards dans sa direction.

Il n'en eut cure ; le contenu de la gourde avait apparemment le don de lui restituer une somme colossale d'assurance. Il ne savait pas par quel étrange phénomène il en était maintenant convaincu. Si, moins d'une heure auparavant, il croyait périr enseveli sous une tempête de neige, cette idée appartenait déjà à un temps révolu. Par leur seule volonté, mus par l'opiniâtreté d'un bouc défendant son territoire, ils allaient faire revivre la cité noire. Il réprima un hoquet.

Comme personne ne disait rien, observant un silence qui attendait davantage de révélations, Eden ajouta d'une voix rendue hésitante par les effets de la tchoûrha :

– Si le roi gagne son trône grâce à vous, les Sajiêls entreront dans la gloire.

Aarên eut un sourire compatissant.

– Nous n'avons nul besoin de gloire, petit. Notre liberté suffit à nous combler. La gloire n'est qu'une illusion pour les faibles.

– Votre liberté semble avoir rencontré des limites, dernièrement, glissa Liam précautionneusement. Depuis que la reine ne se soucie plus de la sécurité des routes, vous êtes contraints de réduire vos déplacements sur ce territoire. Et donc vos ressources.

Aarên acquiesça, conscient de la manœuvre.

– Et bien entendu le nouveau roi ici présent rétablira la sécurité ?

– Je crois que c'est possible, assura Zébana. Et les anciennes alliances pourraient être remises à l'ordre du jour.

– Les anciennes alliances ont sombré dans l'oubli par manque de loyauté, dit l'un des Sajiêls. Tous les royaumes voisins avaient juré soutien et secours au peuple du roi Arden. Que font ces royaumes maintenant que son peuple a besoin de lui ?

– Les menaces et le chantage ont fait faire des choses terribles. Mais nous ne pourrions blâmer les autres souverains d'avoir protégé leur royaume, accorda Akin.

– Disons que la mort d'Arden les a délivrés de leur allégeance, dit Andala.

Yoran avait l'impression qu'il parlait au nom de son père, même si les Sajiêls l'ignoraient, et il le trouva bien indulgent. Parce que les royaumes voisins n'avaient pas tenu leur engagement et avaient refusé de porter secours au roi Arden, Séraphian Andala était orphelin.

– Vous voulez dire que les traîtres seraient absous ?

– Ceux que vous nommez traîtres ont mal agi, c'est vrai, mais c'était il y a plus de vingt ans. Peut-être aurions-nous agi de la même manière. Et ce n'est pas avec eux que traitera le nouveau roi de Terendis, mais avec leurs enfants.

– Comment pouvez-vous être certains que l'héritier se trouve parmi vous ? questionna Zabê.

– Nous ne pouvons en être certains, murmura Nérielle. Seul le trône nous le dira. Mais, pour cela, il nous faut passer le col. Et nous avons besoin de votre aide.

Aarên sembla réfléchir un moment.

– Nous ne pouvons prendre une telle décision sans consulter les Farëd.

– Les Farëd ?

– Les esprits de la montagne. Ce sont eux qui nous guident et nous protègent dans les montagnes, et en échange nous leur sacrifions le premier satis né au printemps.

– Comment savoir ce que veulent les Farëd ?

– En les invoquant.

– Mais… où ? Quand ?

– Ici même. Maintenant, si vous voulez.

– Ici ?

– Les Farëd s'invitent facilement au milieu des mortels, précisa Daji.

– Nessam va invoquer les Farëd pour nous, affirma Aarên.

Il fit un signe de la main vers le fond de la tente, où les enfants du clan tentaient de faire sortir les chats de leur cachette, derrière des coussins, sous le regard courroucé de Licette. À la grande stupéfaction des insoumis, c'est le plus petit du groupe qui se retourna. Il avait le même teint de bistre que tout le clan, et des yeux noirs en amande aux longs cils.

– Prends la coupe, Nessam, et invoque les Farëd pour nous. Les Farëd parlent par la bouche des enfants, ajouta Aarên à l'intention des insoumis. Avant qu'ils ne soient souillés par le monde.

L'enfant s'arracha du groupe et amena docilement une petite coupe de terre cuite, ornée de nombreux signes. Il paraissait coutumier du rituel, car il ne montrait ni inquiétude, ni curiosité, si ce n'était à l'égard des nouveaux arrivants. Il regarda le chef du clan puiser un peu d'eau dans une jarre, verser une pincée de cendres et d'herbes qu'il prit dans une sacoche pendue à sa ceinture et quelques copeaux arrachés à une canne de bois qu'il appela *méloen*.

Il fit chauffer quelques instants la préparation, sans cesser de la faire tournoyer, puis la tendit à Nessam, qui la but d'un trait et lui rendit la coupe. L'atmosphère s'était brusquement métamorphosée. Au-dehors, les tourbillons glacés semblaient marquer une trêve. Dedans, les ombres avaient grignoté l'espace et étiré les sages silhouettes humaines groupées autour du feu en chimères qui ne cessaient de s'agiter, comme prises de folie.

Semblant répondre à une injonction silencieuse, les membres du clan des Sajiêls entamèrent une litanie. Leur chant tenait plus d'une suite d'onomatopées scandées et de chuintements que d'un véritable texte. Ils se levèrent et l'accompagnèrent en tapant des mains et du pied. Les tintements de la multitude de bijoux qu'ils portaient s'ajoutèrent à la mélopée avec la même frénésie qui semblait s'être emparée d'eux, et qui accapara les insoumis.

Répondant à la domination de l'esprit, Nessam se mit à tourner sur lui-même, de plus en plus vite au fur et à mesure que le rythme s'accélérait. Pour le rituel, il avait ceint son front d'une fine tresse de cuir dont les breloques sonnaient comme si elles étaient animées d'une forme de vie. Yoran se sentit happé par l'étrange danse, hypnotisé par le chant. Une torpeur inaccoutumée l'envahit.

D'un coup, l'enfant se jeta en arrière et s'effondra sur les tapis de laine rouge. Yoran sursauta et Maya eut un geste instinctif vers le garçonnet, mais Daji la retint.

– Laissez. L'Esprit va parler.

Le silence s'était fait. Nessam se redressa, mais ce n'était plus lui ; une autre âme, venue des parts obscures du monde, s'était emparée de son corps. Une expression grave habillait son visage. L'Esprit incarné balaya l'assemblée du regard. Un frisson d'effroi parcourut Yoran, mais, comme les autres semblaient plus captivés qu'atterrés, il s'efforça de demeurer calme. L'Esprit s'adressa aux hommes d'une voix masculine qui fit brusquement reculer Eden d'un bon mètre.

– *Souen mel peraden si, aswâl* ? demanda l'esprit.

À son ton, Yoran devina qu'il n'appréciait guère d'être dérangé pour rien, et espéra qu'il s'en tienne à une simple conversation. Ce genre de phénomène n'avait rien pour lui plaire.

– *A di cen, Farëd johr, venou serit o notadder dugrit*, répondit Aarên avec une nuance de dévotion qui sembla immédiatement apaiser l'esprit. *E soun o lamessé di bon, sen aswâl at ambola Terendis artabê, Farëd johr.*

Si Yoran avait bien reconnu le nom de la cité, tout le reste demeurait obscur. Le ton d'Aarên exprimait une requête.

– *Arten sou o mel di cen*, répondit l'esprit d'un ton solennel. *Bon di elora o ya douci nou mambero. Esto carê da sen o loumi.*

– L'Esprit dit qu'il est de notre devoir de vous faire passer le col, traduisit Daji d'une voix feutrée. Mais pas par les cimes. La pierre noire va nous indiquer la route pour atteindre l'autre versant.

L'Esprit quitta le corps de l'enfant, qui s'effondra de nouveau sur les coussins et se releva presque aussitôt, redevenu lui-même.

– Merci, Nessam, dit Aarên, l'Esprit a parlé. Va te purifier, maintenant.

Nessam s'inclina brièvement avec un sourire et disparut derrière les tentures, où deux femmes le suivirent. Il y eut bien vite des bruits d'eau qui éclabousse, des chants murmurés et des incantations joyeuses au milieu des rires de Nessam.

– Dès que la tempête cessera, nous vous accompagnerons, promit Aarên. Le Farëd dit que le col est bloqué. Une centaine d'hommes de la souveraine y périront cette nuit.

Les insoumis échangèrent des regards horrifiés. S'ils ne s'étaient pas égarés en cherchant la Combe-Bleue, ils seraient à Estanguil avec le détachement d'Argoran, surpris par le mauvais temps.

– Par où passerons-nous ? questionna Akin au bout d'une minute. À ma connaissance, il n'existe pas d'autre passage.

– En effet, mais le Farëd dit que la pierre noire nous guidera.

– La pierre noire ?

– La pierre sacrée de mon clan. Chaque clan en possède une, et, assemblées les unes aux autres, elles forment la stèle d'Achoris, sous laquelle nous sacrifions le satis au solstice d'été, quand tous les clans des Sajiêls se rassemblent. C'est une grande faveur que vous font les Farëd. Mais, pour l'heure, il est temps de se restaurer.

– Excellente idée ! approuva Yoran, avant de se ressaisir. Heu…

Mais, au milieu de l'agitation qu'avait suscité cette déclaration enthousiaste, son commentaire passa presque inaperçu.

Il n'eut guère l'opportunité de participer à la soirée : une fois repu, il s'endormit en tas peu gracieux au milieu du passage ; les chamailleries des enfants ne le firent même pas ciller.

L'inconfort de sa position l'éveilla au milieu de la nuit. Les braises crépitaient sagement par intermittence, au milieu des ronflements épars des membres du clan et des insoumis. Yoran sortait d'un rêve alambiqué, dans lequel se mêlaient insoumis et gens de la Plaine avec le plus grand naturel, et où Dori n'était pas mort. Il chercha une position plus confortable et s'efforça de se souvenir pourquoi et comment il partageait le gîte avec de parfaits inconnus. Il s'obligea à ignorer la pointe sous son cœur que l'évocation de son cousin avait le pouvoir de chauffer à blanc.

Apparemment, il n'était pas le seul éveillé, car deux silhouettes se tenaient assises près du feu et devisaient à mi-voix. Yoran reconnut Maya et, à force de se creuser la cervelle, Daji, le fils du chef de clan. Il ne put s'empêcher de tendre l'oreille.

– Pour que le Farëd vous guide jusqu'à la cité noire, il doit savoir que vous avez bien l'héritier avec vous, disait le jeune homme.

– Nous le savons aussi, confirma Maya.

– Vous avez risqué vos vies pour le conduire à la cité, résuma Daji. Mais pourquoi passer par le col ? L'entrée par la vallée n'est-elle pas plus accessible et moins périlleuse ? Déjouer la surveillance de la garnison est un jeu d'enfants. Je me souviens très bien avoir visité le palais et sa cité avec mes amis lorsque j'étais plus jeune.

– En effet, d'ordinaire, la garde est aisément contournable. Mais plus maintenant. La reine a fait doubler la surveillance et envoyer des soldats à nos trousses. Nous ne leur avons échappé que par miracle. Notre seule option pour les contourner était le col d'Estanguil.

– Le col débouche sur les cimes et le chemin de garde, mais ne vous donne pas accès à la cité.

– Nous espérons découvrir le passage par le pont suspendu qui traverse la cité.

Daji eut un reniflement qui exprimait son scepticisme.

– Je connais bien cet endroit, vous savez ; Estanguil est le passage le plus dangereux, surtout avec la neige qui est tombée ces derniers jours.

– C'est grâce à sa dangerosité que nous comptions échapper aux hommes de la reine. Nous espérions qu'ils ne soient pas suffisamment fous pour nous suivre dans cette entreprise suicidaire.

– C'est très courageux de votre part. C'est une chance que vous vous soyez perdus après la passe du Renard. Sans quoi…

– C'est une chance que vous soyez venu à notre rescousse. C'est très généreux.

– Voilà qui nous a permis de faire connaissance, Maya. Croyez-vous que nous aurons l'opportunité de nous revoir ?

Maya baissa tellement le ton que Yoran n'entendit pas sa réponse. Quelque chose lui souffla qu'elle n'était pas verbale, mais plus tactile, et il s'appliqua à se rendormir.

Le pont suspendu.

L'isolement. La peur. Non, la terreur. Une vraie terreur, viscérale, inexplicable, fondée sur ses projections inconscientes. Mais, cette fois, il savait qu'il rêvait. Il s'efforça de garder son sang-froid et de regarder autour de lui. Il devait se trouver à Terendis, sur le pont qu'Andala se proposait de leur faire emprunter pour atteindre le palais. Il s'avança résolument, refoulant la peur, mais le rêve se dissipa et il se retrouva allongé au milieu de la vaste tente des Sajiêls, gentiment secoué par Daji.

– La tempête est finie, *aswâl*, nous allons démonter et partir.

Il s'obligea à se lever, salua les autres à la ronde dans un effort évident de paraître un peu plus civilisé qu'un marcassin, malgré le manque de sommeil.

Le clan avait commencé à charger les bêtes. Licette, à grand renfort de flatteries et de claquements de langue, s'efforçait de convaincre ses fauves miniatures de rentrer dans leur cabas de fourrure. À leurs yeux écarquillés d'effroi, Yoran pouvait parier que les deux animaux n'appréciaient guère la montagne, la neige et les démonstrations spirituelles des Sajiêls. Sur ce point-là, il était plutôt d'accord avec eux.

Quelques insoumis déjeunaient encore en cercle rapproché, et il se joignit à eux.

– Bien dormi ? questionna Din-Faradel avec un sourire.

– Pas assez. Dès que le roi est sur le trône, je dors un mois entier.

En passant, Akin ébouriffa ses cheveux déjà passablement emmêlés avec un rire fraternel. Neschka vint déposer une bise sur sa tempe, il réprima un sourire. Finalement, il allait peut-être bien s'accoutumer à ce genre de démonstrations d'amitié.

Une fois le petit-déjeuner englouti, Yoran se prépara à affronter le froid mordant qu'il sentait venir de l'extérieur chaque fois que quelqu'un passait par l'ouverture. Il fut surpris par le ciel limpide de l'aube qui l'attendait. À présent, il pouvait voir une deuxième tente, plus rudimentaire, qui avait abrité un petit troupeau d'animaux pour la nuit.

– Les satis résistent bien au froid, mais sans abris ils seraient ensevelis sous la neige, informa un des Sajiêls en interceptant son regard.

Yoran harnachait un satis au panache recouvert d'un velours beige, tandis que les autres hommes s'apprêtaient à démonter la tente et à la rouler pour la faire tenir sur un drôle de petit chariot, monté sur patins, destiné à être traîné sur la neige par un attelage de ces étranges animaux.

Moins d'une heure plus tard, ils étaient prêts à partir. Aarên s'adressa aux insoumis :

– Nous partons rejoindre le reste du clan, de l'autre côté. Vous, vous suivrez la direction que vous indiquera la pierre noire. Daji s'est proposé pour être le porteur de la pierre, et j'ai nommé Kansè pour l'accompagner. J'espère que vous réussirez dans votre quête, et que le roi se souviendra des Sajiêls.

Les insoumis le remercièrent et se groupèrent autour de Daji et de Kansè. Daji portait une petite bourse de fourrure pendue à son cou. Il en sortit une pierre noire, granuleuse, de forme compliquée, comme si elle avait été découpée dans un pan de roche. Il la frotta entre ses mains en murmurant quelques mots caressants comme s'il s'agissait d'un bébé.

– Ça y est, la pierre vibre, dit-il aux insoumis.

Il tendit le bras, la pierre serrée dans son poing fermé, et tourna lentement sur lui-même, plusieurs fois. Yoran, qui redoutait une nouvelle démonstration de possession, recula de quelques pas.

– C'est par là, conclut finalement Daji. Elle vibre plus fort dans cette direction.

Il chargea un bagage démesuré sur son dos et prit la direction qu'il venait d'indiquer. Les insoumis lui emboîtèrent le pas, et ils s'attaquèrent une nouvelle fois à la montagne. La neige avait complètement cessé de tomber, et le soleil se réverbérait sur l'étendue immaculée.

Ils suivirent la direction qu'indiquait la pierre et qui visait une éminence rocheuse. Yoran se demanda si le Farëd avait bien compris leur requête, car, *a priori*, la cité de Terendis se trouvait un peu plus au sud derrière les sommets, et ils s'en éloignaient. Là où les insoumis s'inquiétèrent franchement, ce fut quand Daji désigna une faille glacée qui faisait comme un couloir et par laquelle la pierre avait décidé qu'ils passeraient. Ils se regardèrent avec surprise, mais Daji insista.

– C'est le chemin le plus sûr, puisque l'Esprit le dit.

Comme ils n'avaient pas beaucoup de choix – faire aveuglément confiance à un caillou ou redescendre vers la plaine en priant pour éviter précipices, tempêtes et soldats –, ils finirent par obtempérer et emboîtèrent le pas aux deux Sajiêls, qui ne s'étaient même pas posé de questions.

Eden se rapprocha sensiblement d'Akin, dont la carrure, déjà impressionnante en temps normal, avait doublé de dimensions grâce à son équipement « grand froid ».

Yoran entra dans le couloir minéral avec une appréhension grandissante. Les parois étaient si proches qu'ils devaient avancer les uns derrière les autres. Pour commencer, ils marchèrent à ciel ouvert, puis, les parois se rapprochant de plus en plus, elles finirent par se rejoindre, et ils se trouvèrent enfermés dans la montagne.

Sous leurs pieds, la neige avait disparu au profit d'une croûte de glace lisse sur laquelle ils durent avancer précautionneusement. Ils ralentirent nettement leur progression. La glace craquait de manière sinistre, les faisant sursauter à plusieurs reprises.

Puis, au bout de ce qui leur sembla une éternité, le tunnel s'évasa pour s'ouvrir sur une vaste salle de glace. Une lumière tamisée, bleutée, perçait au travers des murs presque transparents. Chacune de leurs paroles, réverbérée par la glace, prenait une étrange sonorité. Il devint plus facile de marcher, même si par endroits le sol était si lisse qu'ils patinaient. Il était irréel de progresser comme sous un dôme de verre, protégés du froid. Les gels et dégels successifs avaient sculpté des reliefs, comme des frontispices. Des blocs s'étaient détachés et écrasés en mille morceaux sur le sol, avant d'être à nouveau emprisonnés par une nouvelle vague de froid.

Ils avançaient ainsi depuis près d'une heure lorsque Eden se figea.

– Il y a quelqu'un là-bas, souffla-t-il avec un effort évident pour maîtriser le tremblement de sa voix.

D'un même mouvement, ils se tournèrent dans la direction que leur indiquait l'adolescent. Ils aperçurent une forme d'apparence humaine, parfaitement immobile derrière la transparence d'une paroi. Malka secoua la tête.

– Ça ne bouge pas. Ce n'est pas vivant.

– Allons voir, proposa Arcellin en se détachant du groupe, tandis qu'Eden allait se mettre hors d'atteinte derrière Din-Faradel et Jared.

Yoran suivit Arcellin, escorté par Tadeck et Loris. Ils avancèrent à pas mesurés en direction de la tache sombre. Arrivé à quelques pas, Yoran frissonna. Il s'agissait bien d'une personne, mais qui avait manifestement trépassé depuis de nombreuses années. Son corps vêtu de fourrures et paré de colliers était pris dans la glace, figé pour l'éternité, ou une durée proche.

Daji s'avança, examina le défunt.

– Nous devons nous trouver sous la faille de Soun-Dhela, conclut-il.

– Je comprends mieux par où l'Esprit nous fait passer, commenta Kansè. Nous tomberons directement sur la crête de la cité fantôme, si je ne me trompe pas.

– La faille de Soun-Dhela ? répéta Yoran, qui avait toujours besoin de plus d'explications que le commun des mortels.

– Un sanctuaire sacré. Là où nous déposons les corps de ceux qui ne sont plus.

– Ici se trouvent nos ancêtres, ajouta Daji sur un ton de dévotion ému. Il faut dire les prières et nous pourrons passer sans danger.

Les deux Sajiêls firent ce qu'ils devaient faire en pareil cas. Ils dessinèrent de nombreux entrelacs de leurs mains en psalmodiant des mots dans une langue inconnue, pendant que les insoumis, grelottants et transis, attendaient religieusement que l'on reprenne la route.

Enfin, les Sajiêls abandonnèrent leurs ancêtres et ils continuèrent à arpenter les couloirs de la montagne gelée. De temps à autre, ils croisaient un autre individu congelé, arborant fièrement ses armes et ses bijoux, et Yoran réprimait un frisson de dégoût.

– Quelle coutume bizarre, maugréa-t-il en dépassant un énième corps.

– Pourquoi bizarre ? questionna Salia, qui marchait près de lui.

– Jeter les morts dans les failles de la montagne, je trouve ça... vraiment morbide.

– Les rites sont souvent différents d'un clan à un autre, ça n'a rien de bizarre. Chez nous, on enterre seulement les corps. Et chez toi ?

Yoran mit une petite minute à répondre. Pour des étrangers, il devait bien l'admettre, les rituels mortuaires de sa communauté pouvaient sembler aussi étranges que ceux des Sajiêls.

Il n'eut pas le temps d'expliquer à Salia en quoi différaient leurs coutumes, car le tunnel s'ouvrit soudain à plein ciel, et ils émergèrent enfin hors de la montagne en poussant un long soupir de soulagement.

Kansè désigna une crête rocheuse à quelques lieues de là.

– Derrière se trouve Terendis-la-Noire. Vous serez sur le chemin de garde avant midi.

Les insoumis remercièrent chaleureusement les Sajiêls pour leur aide.

– C'est nous qui vous remercions, affirma Daji. Peut-être un jour notre clan se trouvera-t-il en difficulté, et alors nous saurons à qui demander de l'aide.

– Et nous répondrons présent, assura Yoran.

Les insoumis approuvèrent. Ils regardèrent les Sajiêls disparaître dans la faille, engloutis par la montagne, avant de se remettre en route en direction de la crête que Daji leur avait indiquée.

De ce côté-ci de la faille, la neige semblait moins épaisse. Ils progressèrent plus rapidement, aiguillonnés par le sentiment d'être proches du but. Peu avant midi, comme promis, ils atteignirent les crêtes rocheuses, où le vent se déchaînait.

Yoran remonta la file. Akin continuait de marcher en tête, plus par habitude que par nécessité, suivi de près par Tadeck.

– Enfin, on arrive ! se réjouit Yoran sans chercher à dissimuler son impatience.

Il ne leur restait plus que quelques pas à franchir pour découvrir la cité pour laquelle ils avaient pris tous les risques, et il sentit son cœur s'emballer.

– À toi l'honneur, Yoran, dit Tadeck avec un sourire.

Il s'écarta pour le laisser passer.

Chapitre douze
Terendis-la-Noire

Yoran comprit ce que voulait dire Tadeck en qualifiant la cité de grandiose. Il dut se ménager un moment de répit pour encaisser le choc de tout ce qu'il découvrait. C'était comme une révélation. Il était déjà venu ici, il en était certain. Il ne savait pas quand, ni dans quelles circonstances, mais le doute n'était pas permis.

Les volcans se découpaient sous un ciel limpide, leur masse brillante émergeant d'une terre noire à l'odeur chaude et vivante qui avait quelque chose d'animal. On aurait dit la fourrure d'une taupe, lisse et chatoyante. Il n'y avait pas de fortifications, et les maisons s'étalaient comme un troupeau de moutons noirs sur les pentes du volcan. Le gros de la ville se rassemblait dans la plaine, au pied du palais qui se devinait seulement à sa tour effilée, dressée vers la voûte céleste avec une avidité de conquérante. Chaque construction absorbait la lumière crue, qu'elle engloutissait avec un égoïsme inébranlable. Il y avait un scintillement permanent de la pierre, un miroitement qui démentait le terme de ville fantôme dont on l'avait affublée. Elle se révélait au contraire bruyante et agitée comme un essaim.

De là où il se trouvait, Yoran voyait la cité reprendre vie. Les fantômes de Terendis abolissaient le temps et lui donnaient à voir l'invisible. L'écho d'une population affairée montait jusqu'à lui : marchands à la voix rocailleuse, ménagères en courses, enfants se poursuivant le long des artères, petits groupes de cavaliers menant leurs montures aux parures d'acier noir, faisant sonner leurs sabots sur les pavés. Les ateliers déversaient sur les trottoirs le fracas de leur besogne. L'air se remplissait de claquements comme le bruit des fouets, de coups sourds et répétés, d'éclats du métal des forges, d'ordres aboyés. Des pleurs de jeunes enfants et le sempiternel jappement de chiens enchaînés s'y mêlaient, nuançant l'atmosphère laborieuse de légèreté. Les fumées s'élevaient haut dans le ciel de midi, les odeurs de nourriture se mélangeaient aux effluves des troupeaux qui pâturaient et aux parfums champêtres. La cité et ses environs, enfermés dans un écrin de pierre noire, étaient si grands que Yoran avait du mal à embrasser du regard l'étendue de Terendis.

Le froid venait fouailler chaque parcelle de sa peau nue, mais, absorbé comme il l'était, il n'en avait même pas conscience. Il vit du coin de l'œil que les autres le dépassaient et descendaient en empruntant des marches noires sculptées dans la pierre volcanique.

– Tu viens, Yoran ? l'interpella Tadeck. Il fait moins froid en bas.

Sa voix rompit le charme. Les échos de la ville et de ses habitants se perdirent dans le néant, et Terendis s'abandonna au sommeil stérile qui était le sien depuis les deux dernières décennies.

Yoran soupira et descendit quelques marches. La neige s'arrêtait à la crête dentelée des volcans qui encerclaient la cité comme une invisible frontière, ce qui accentuait le contraste. Ses yeux brûlés par la réverbération se soignaient en glissant d'un noir à l'autre, avides de soulager leur mal.

– Tadeck, Terendis est-elle protégée par un bouclier ?

– Comme à la Plaine ? Non. C'est plus simple que cela ; elle est bâtie sur des volcans dont les cœurs produisent de la chaleur. La neige ne tombe pas ici parce que l'air chaud la repousse derrière les cimes. C'est un climat privilégié. Si l'eau coulait encore dans les fontaines, tu verrais des vergers et des prairies verdoyantes à la place de cette terre noire.

– Il n'y a pas d'eau ?

– Pas depuis que le trône est verrouillé. C'est pour ça que la cité a été abandonnée.

– Tu es certain que c'est par ici que se trouve le passage ?

– Je l'ignore. Je ne suis jamais passé par là. Mais Andala semble convaincu, lui.

Après qu'ils eurent franchi quelques marches grossières taillées à même la roche, le froid disparut comme par enchantement. Le vent passait loin au-dessus d'eux avec un hurlement de dément, emportant par rafales quelques poignées de neige arrachées à la crête de la montagne. Yoran ressentit le brusque changement de température comme une délivrance et ne put retenir un soupir de soulagement. Licette, qui venait de le dépasser, se retourna, et il eut le temps d'apercevoir l'ombre d'un sourire dans son regard avant qu'elle ne détourne la tête. Il ne sut pourquoi, il se sentit soulagé de cet échange, si minime fût-il.

À mi-chemin de la paroi, l'escalier s'interrompait brusquement. Lui succédait un passage étroit, enfermé entre la montagne et un mur bâti faisant fonction de garde-fou, probablement invisible depuis la vallée, et suivant un itinéraire dangereusement fluctuant au gré du relief du volcan.

Ils marchaient les uns derrières les autres, trébuchaient sur les aspérités et les éboulements, s'écorchaient sur la roche acérée qui parfois dépassait avec une audace toute minérale. Par endroits, des blocs s'étaient détachés des parois et obstruaient le passage. Ils durent s'aider pour les escalader. Une fois de l'autre côté, ils se débarrassèrent de leurs écharpes, manteaux et bagages qu'ils abandonnèrent en tas sur le chemin.

Derrière ce rempart, Terendis leur était complètement dissimulée, et Yoran commençait à se demander si ce chemin menait bien à la ville ou s'il faisait simplement le tour de la vallée. Il finit par héler Andala, qui n'avait même pas le bon goût de marcher en tête du groupe.

– Tu es certain que c'est par là ? demanda-t-il d'une voix qui résonna outrageusement.

– Certain ? Pas le moins du monde. Mais il n'y a que ce chemin, visiblement.

Yoran attendit qu'Andala le rejoigne pour poursuivre la conversation sur un ton qui ne déclenche pas le tonnerre en écho.

– Tu n'en es pas sûr ?

– Je te rappelle que je n'avais que deux ans la seule fois où je suis passé par là. C'est un passage qui a été construit pour sortir de l'enclave de la cité en cas de siège, expliqua-t-il. Il part de la tour Est, passe par un pont suspendu au-dessus de la cité pour rejoindre un accès dans la montagne. Je suppose que nous tomberons dessus dès que nous aurons contourné ce versant.

– Un peu de conviction me ferait vraiment plaisir, marmonna Yoran d'un ton contrarié.

Séraphian Andala se moqua.

– Tu as un goût prononcé pour les certitudes.

Yoran songea un bref instant à lui aplatir le nez contre un rocher, mais se contenta d'un regard noir. Il était forcé d'admettre que Séraphian, au moins sur ce point-là, n'avait pas entièrement tort.

Après deux bonnes heures de marche, durant lesquelles il se demanda par quel malheur il se trouvait dans cet endroit sinistre et dangereux au lieu d'être tranquillement allongé dans un pré de la Plaine avec sa femme et ses deux filles, le chemin accusa une pente qui força son allure. Il crut qu'ils arrivaient au bout et se laissa entraîner par son enthousiasme, mais un mur de pierre apparut soudain devant lui, et il dut s'arrêter net.

Yoran inspecta la roche sans trouver le passage dont Séraphian avait parlé et sentit sa mauvaise humeur monter d'un cran. S'ils avaient fait tout ce trajet pour rien et qu'ils devaient rebrousser chemin, Séraphian allait l'entendre. Celui-ci dut deviner ses intentions, car il ne lui laissa pas le temps de placer le moindre mot.

– On l'a sans doute dépassé. Il n'est pas loin. Il faut bien regarder partout.

– Venez, cria Eden. Je crois que c'est là !

Les insoumis se ruèrent à l'endroit qu'il leur désignait pour découvrir une ouverture au ras du sol, une sorte de caverne de trois pieds de haut.

– C'est là, tu crois ? questionna Loris en regardant Séraphian.

– Il n'y a qu'un moyen de le savoir, répondit Yoran à sa place.

Et il se glissa dans l'ouverture. Il dut y aller à quatre pattes, mais, au bout de quelques coudées, le passage s'évasait pour devenir un couloir dans lequel il put se tenir debout. Il dut acclimater ses yeux à l'obscurité avant de discerner les parois.

– Tu vois quelque chose, Yoran ? demanda Tadeck de l'autre côté du boyau.

– C'est bizarre… la pierre brille…

En effet, elle émettait un rayonnement bleuté suffisant pour qu'il n'y ait pas besoin de torche. Il se baissa et en ramassa un morceau, le fit tourner dans sa main pour en apprécier la qualité. Tadeck le rejoignit lestement.

– J'ai déjà vu une pierre semblable, murmura Yoran comme s'il avait peur de réveiller la montagne dans laquelle il venait de se glisser.

– Au palais, sans doute, supposa Tadeck. La reine en possède. C'est une roche qui a une grande valeur. Il y en a beaucoup à Terendis, tu verras.

Yoran glissa la pierre dans sa poche. Les autres les rejoignirent, et ils remontèrent prudemment l'étrange couloir. Après trois coudes, ils aperçurent la lumière du jour et accélérèrent le pas. Marchant en tête, Yoran failli basculer tête la première dans le vide. La sortie débouchait sur un à-pic de plusieurs centaines de coudées de hauteur, avec une minuscule corniche de roche inégale d'où s'envola une nuée d'oiseaux bleu nuit poussant des cris outragés. Son cœur se cogna contre les barreaux de sa poitrine, et il recula prestement.

– Attention ! avertit-il. Ça s'arrête là.

– Comment ça, ça s'arrête là ? Et le pont ?

– Il n'y en a pas. C'est le vide.

– Le vide ? répéta Andala.

– Viens voir par toi-même, si tu ne me crois pas.

Andala passa devant lui, sortit sa tête barbue par l'ouverture sans manifester la moindre crainte du vide.

– Le pont est là-bas, dit-il en rentrant. Il faut longer la corniche et le rejoindre un peu plus loin. Il devait y avoir un chemin de planches qui a été détruit après notre passage pour protéger notre fuite. À moins qu'il n'ait tout simplement pas résisté au temps.

Yoran passa la tête à son tour, nettement moins à l'aise que lui.

– Tu veux qu'on passe par la corniche ? s'insurgea-t-il.

– Je ne vois pas d'autre issue.

Yoran ronchonna un peu pour marquer son désaccord.

– Eh bien, passe devant, et si tu survis on te suivra peut-être, ironisa-t-il.

– Froussard !

– On voit bien que ce n'était pas toi qui étais sur la falaise quand Dori est tombé, lança-t-il avant d'avoir pu s'en empêcher.

Andala se figea. Yoran regretta aussitôt ses mots, mais il était trop tard.

– J'y vais, décida-t-il pour couper court.

– Attends, Yoran, pria Tadeck, mais Yoran agrippait déjà la paroi.

Il se positionna sur la corniche et lutta contre l'envie de regarder le fond du précipice. Il se concentra sur l'espace restreint où il mettait les pieds. Il se demanda s'il valait mieux faire face à la paroi pour s'y agripper, ou plutôt lui tourner le dos. Il opta pour la deuxième solution et se colla contre la roche noire.

Il progressa lentement, par petits pas prudents. La corniche s'élargit dès le premier coude, et il put avancer un peu plus vite. Il y avait un grand nombre de nids abandonnés qu'il envoyait dans le vide d'un coup de pied pour libérer le passage.

Enfin, il aperçut avec soulagement le pont suspendu dont parlait Andala. En fait de pont, il s'agissait d'une structure compliquée de bois et de cordages qui traversait avec une aisance stupéfiante la distance phénoménale qui le séparait de la tour Est. Elle avait l'air d'une simple ligne claire sur le fond sombre du paysage.

Yoran se demanda s'ils pourraient tous traverser sur cette construction qui accusait les dommages du temps. Pour ce qu'il en savait, il y avait vingt ans que personne n'avait plus emprunté ce passage, et pour cause. C'était peut-être faisable, à condition d'y aller un par un. Les rondins paraissaient avoir bien résisté, mais qu'en était-il des cordages ? Ils cachaient peut-être bien leur jeu. Il appela les autres.

– C'est bon, vous pouvez venir. Ça s'élargit et je vois le pont.

La voix d'Akin lui parvint :

– C'est sans danger ? Parce que s'il nous faut tous faire demi-tour là-bas, ça risque d'être périlleux.

Yoran hésita. Il ne pouvait en être absolument certain.

– Je vais traverser, cria-t-il.

Dans son dos, plusieurs voix se récrièrent, mais il les ignora. Il estima du pied les trois premiers rondins sans lâcher la paroi. Le cordage se tendit aussitôt, et toute la structure s'agita avec un gémissement douloureux. Il agrippa la main courante, bascula prudemment tout son poids sur le pont, progressivement, prêt à bondir en arrière. Mais le pont était redevenu parfaitement docile et silencieux. Il avança.

– Sois prudent, Yoran, pria Tadeck dans son dos.

Il se retourna. Son ami l'avait rejoint et se tenait juste derrière, sur la corniche.

– Ça va aller. C'est du solide. Dis aux autres de me rejoindre dès que j'arrive à la tour.

Il n'attendit pas la réponse et avança, d'abord lentement, puis de plus en plus vite au fur et à mesure que la solidité du pont lui semblait acquise. Il scrutait chaque rondin avant de s'y aventurer et se trouva très vite au milieu de la structure.

Il ne put s'empêcher de regarder autour de lui. La cité faisait comme un anneau noir, les crêtes ciselées lissées par la distance. Au-dessous, la pierre noire luisait par plaques comme des flaques d'eau irisées, au milieu des taches jaunes des prairies desséchées par l'absence d'eau.

Survoler la cité lui donnait l'impression d'un pouvoir absolu. C'était comme avoir des ailes. Il ralentit un peu son allure pour profiter de l'illusion. La splendeur du palais le subjuguait. Le miroitement de la pierre volcanique était extraordinaire, il ne pouvait le comparer à rien de connu. Chaque parcelle semblait polie, il y avait d'immenses vitraux colorés sur toutes les façades. Chaque corniche, chaque fronton étaient minutieusement sculptés, et brillaient comme un miroir. Les images de ses rêves vinrent par éclairs se superposer à la réalité. Cette impression étrange d'être déjà venu à la cité se faisait de plus en plus précise, sans qu'il puisse deviner d'où elle lui venait, et il dut se forcer à se concentrer sur son but.

La traversée lui parut exagérément longue, mais il finit tout de même par poser le pied sur le balcon de pierre de la tour Est. Il poussa un soupir de soulagement, en même temps qu'un frisson d'effroi ; il se trouvait seul au milieu d'une cité fantôme, hors de portée de voix de ses amis.

Il fit de grands signes à Tadeck de l'autre côté, et il lui sembla que celui-ci lui répondait. Yoran inspecta la construction, en fit le tour. Comme seul accès, une arcade se découpait dans le mur cylindrique. Elle donnait sur une pièce circulaire, complètement aveugle, avec un escalier en colimaçon qui s'enfonçait dans l'obscurité. Il patienta un moment, à la fois anxieux et curieux, mais Tadeck le rejoignit bientôt.

– C'est vertigineux ! s'exclama-t-il en émergeant dans la salle noire.

– Tu n'étais jamais passé par là ?

– Jamais. La tour Est est condamnée. On voit bien le pont suspendu, mais on n'a jamais pu y accéder. Tu es descendu ?

– Je vous attendais, éluda Yoran.

Tadeck sortit une bougie d'une de ses nombreuses poches, l'alluma et éclaira les premières marches.

– Soyons prudents, souffla Neschka, qui les rejoignait. Il y a peut-être du monde en bas.

Ils prirent l'escalier en retenant leur souffle. Sur les murs, des petites niches sculptées contenaient encore des restes fondus de bougies. Tadeck alluma celles qui pouvaient l'être pour les insoumis qui les suivaient, et leur lumière tremblotante rassura Yoran. Ils n'en finissaient pas de descendre, tant et si bien qu'ils se demandèrent s'ils n'avaient pas dépassé la sortie et s'ils ne continuaient pas à s'enfoncer dans le sous-sol de Terendis. Neschka allait émettre un avis lorsqu'ils se heurtèrent à un mur. L'escalier s'arrêtait là.

– Où est la porte ? s'inquiéta Yoran.

– Sûrement là, spécula Tadeck en levant la bougie pour éclairer le mur. Il y a une sortie, mais elle est murée.

– On est coincés.

– Impossible. Il doit bien y avoir un moyen. Trouvons-le.

Derrière eux, le reste de la troupe les rejoignait par vagues. Akin et Séraphian vinrent inspecter eux aussi la paroi. Les pierres étaient assemblées de manière à dessiner une porte, mais cette dernière restait aussi inamovible qu'un mur.

– Regarde mieux. Il n'y a pas d'inscription ? questionna Akin. Un genre de formule magique ou de mode d'emploi ? Quelque chose qui nous aide ?

– Rien, confirma Yoran. On dirait qu'il y a un loquet sculpté dans la pierre, mais impossible de le faire bouger.

– Voyons…

Ils s'écartèrent pour laisser passer Andala, qui examina la porte à son tour, puis presque tous les insoumis tentèrent leur chance – en vain.

– Excellente idée, en réalité, Andala, conclut Brass. Nous sommes bien dans la cité, mais bloqués dans cette tour. Quelqu'un a une meilleure suggestion ?

– Si seulement je pouvais faire jouer ce loquet… ronchonna Yoran, qui avait horreur des situations sans issue.

Il s'efforça de triturer la sculpture comme s'il allait l'arracher à la pierre, mais ne réussit qu'à s'entailler le doigt.

– Il n'y pas d'autre solution. Il faut faire demi-tour et trouver un autre passage, admit-il piteusement en suçant son doigt blessé.

Il n'avait pas fini sa phrase qu'un courant d'air ébouriffa ses boucles et éteignit toutes les bougies d'un coup. Un peu plus haut dans l'escalier, Eden étouffa une plainte de terreur et un mouvement de panique s'empara des insoumis.

– Ce n'est rien, dit posément Tadeck. Yoran a simplement ouvert la porte.

– Mais comment est-ce possible ?

– Oh, moi, j'ai renoncé à expliquer tout ce qui se passe de bizarre avec Yoran, plaisanta Tadeck en rallumant sa bougie.

La porte était en effet ouverte. Yoran la regarda de plus près. C'était une bête porte en bois clouté, sur des gonds métalliques pleins de poussière. Comment elle avait succédé au mur de pierre, il n'en avait aucune idée et renonça pour le moment à toute forme d'explication. Il laissa Tadeck et les autres le dépasser et émerger à la lumière sur le sol de Terendis. Le teint d'Eden frôlait la transparence.

– J'espère qu'on ne repassera jamais par là, souffla-t-il à Yoran. Je ne m'en sens pas capable !

– Eden et moi avons failli vous attendre de l'autre côté, expliqua Nérielle. Nous nous sommes juré de passer par la grande porte, la prochaine fois !

Yoran sortit en dernier, et Terendis fondit sur lui sans crier gare. Il en eut le souffle coupé. Du temps de sa splendeur, la ville n'avait dû avoir aucune rivale. Toutes les allées, les corridors, les patios, les petits ponts semblaient faits de miroirs noirs. Partout des fontaines, des bassins, des canaux qui, même vides, étalaient leur symétrie parfaite. Le génie de l'architecte de la ville et de ses maîtres n'avait pas de limites.

Il avança lentement, conscient du regard de Tadeck sur lui et de l'émerveillement semblable au sien de ceux qui découvraient la cité pour la première fois. Licette avait libéré ses chats, et ils marchaient précautionneusement sur le dallage brillant, comme s'ils craignaient de se mouiller. Eden avançait la bouche ouverte, les yeux écarquillés. Andala semblait frappé de stupeur. Il se frottait la nuque, ébahi, sans cesser de tourner sur lui-même comme s'il voulait ne manquer aucun détail.

– J'avais beau m'y attendre, c'est stupéfiant ! souffla-t-il.

Il n'y avait pas un carreau au sol pour sortir de son alignement, pas une corniche qui ne soit finement sculptée, pas un mur qui ne réfléchisse la lumière. Et partout des portes, des passages couverts, des arcades ciselées, des venelles, des fenêtres qui donnaient d'une rue haute vers une rue plus basse, avec des marches et des recoins où trônaient des autels de pierre noire. Partout des mosaïques de noir mat et de noir brillant pour habiller les places les plus modestes, des colonnes pour chaque maison, des balcons aux balustrades torturées, des avancées somptueuses.

– Qu'est-ce que c'est ? demanda Eden en désignant un alignement de fines colonnes surmontées de minuscules chapiteaux le long des rues.

– L'éclairage de la ville, souffla Andala. Terendis brille de mille feux dès la tombée du jour, et, sur la place du Mât, il y a de la musique, des forains et des marchands, des musiciens, on peut y danser toute la nuit. Enfin, c'est ce que me racontait ma mère. C'était comme ça du temps du roi Arden.

– Il faut gagner le palais le plus rapidement possible, dit Akin. Séraphian, si tu veux, nous irons voir les appartements de la famille royale. De ta famille. Mais d'abord, il faut se rendre à la salle du trône sans tarder, et dans la plus grande discrétion. Il y a peut-être des patrouilles au cœur même de la ville.

– Tu as raison.

– Tu viens, Yoran ? insista Nérielle, qui dut le tirer par la manche pour le faire revenir de sa stupeur.

– C'est absolument incroyable.

– On met du temps à se remettre de cette vision, Yoran, tu peux me croire, promit Sayaël. Cette cité va te hanter des jours et des nuits. Et tu n'as pas tout vu !

Ils avancèrent à pas mesurés dans les rues de la cité. C'était une impression très étrange que d'arpenter la ville fantôme. Avec ce vide et ce silence, Terendis semblait avoir été pétrifiée. Yoran n'aurait pas été vraiment surpris s'ils avaient rencontré, au détour d'une place, des humains changés en statue de pierre, un peu comme les trépassés des clans des Sajiêls dans leur tombeau de glace.

Le groupe arpenta en silence le dédale des rues en direction du palais dont ils apercevaient les deux tours fuselées derrière les toits.

Avant d'arriver au pied de l'immense construction de pierre noire, ils s'arrêtèrent dans une ruelle.

– Je vais aller voir si la voie est libre, décida Tadeck.

– Je t'accompagne, dit Malka. Il vaut mieux être prudent.

Yoran croisa son regard et vit qu'ils pensaient tous les deux à la même chose. Il secoua la tête comme pour chasser d'atroces évocations.

– Je viens aussi.

Séraphian était si près de s'asseoir sur le trône que Yoran n'allait pas laisser l'occasion à la prédiction de Malka de se réaliser. Par acquit de conscience, il n'autoriserait pas Tadeck à s'éloigner d'un pas. Il tâta son épée pour se rassurer, en se demandant si son sentiment de sécurité n'était pas devenu dépendant de cette lame.

Les trois jeunes gens contournèrent l'angle de la ruelle et remontèrent une rue plus large, encadrée par une succession de riches maisons. Certaines étaient restées ouvertes : les portes d'entrée pendaient sur leurs gonds et laissaient apparaître les intérieurs inoccupés comme autant de coquilles vides.

– Toutes ces maisons inhabitées, ça me fait toujours aussi froid dans le dos, murmura Malka.

Yoran comprit ce qu'il voulait dire. Les fenêtres nues, les perrons déserts, les balcons abandonnés, il lui semblait par moments contempler des corps sans vie.

Au bout de la rue, Tadeck leur fit signe de se taire.

– L'entrée principale se trouve plus loin sur la droite, dit-il à l'intention de Yoran.

Il passa précautionneusement la tête, la recula presque aussitôt.

– Je m'en doutais, pesta-t-il à mi-voix. Une trentaine d'hommes.

– Trente ! s'exclama Yoran. Rien que ça ?

– Et solidement armés ! Il doit y en avoir autant aux autres entrées. Où qu'on passe, ils obtiendront du renfort en moins de temps qu'il n'en faut pour le dire.

– Qu'est-ce qu'on va faire ?

– Réfléchir à un moyen de passer sans se faire voir. On est trop près du trône pour échouer.

Ils rejoignirent en vitesse les autres, à qui ils expliquèrent la situation.

– Tout ce chemin pour se retrouver bloqués au pied du palais ! ragea Kaldir.

– On se doutait bien de ce qui nous attendait, professa Yabila.

– Ton oncle Yélan est-il parmi eux ? demanda Neschka.

– Je ne pense pas, répondit Tadeck. Je l'ai blessé, il a dû rentrer auprès de la reine. Mais Argoran doit être là.

– Il y a d'autres moyens d'entrer ? questionna Koura.

– Pas que nous sachions, répondit Din-Faradel.

– Il y a quatre entrées réparties sur l'enceinte, expliqua Tadeck pour ceux qui n'étaient jamais venus.

– Tu n'en connais pas une autre, Andala ? interrogea Mérick.

Celui-ci secoua la tête avec un air désolé, frotta sa barbe hirsute.

– Il doit y avoir des passages pour quitter le palais en cas de siège, mais je ne les connais pas.

– Par-dessus ? hasarda Kern.

– Les murs sont infranchissables. Trop hauts. De plus, la pierre est lisse.

– Par en dessous, alors, exposa Yoran.

Ils le regardèrent avec surprise.

– En dessous ?

– Il y a des canaux partout pour alimenter les fontaines en eau, expliqua-t-il, il doit bien y en avoir qui entrent dans le palais, non ?

Ils échangèrent des regards intéressés. Akin hocha la tête avec vigueur.

– Il a raison. Les sources de Terendis sont au cœur du palais, il est construit dessus. À l'époque, le jardin royal arrosait tout le reste de la ville. Il doit y avoir des conduits qui traversent le mur d'enceinte !

– Mais ils doivent être fermés par des grilles, tempéra Séraphian. Comme dans toutes les cités fortes.

– Il faut s'en assurer. Avec le temps et sans personne pour les entretenir, ils sont peut-être endommagés. Remontons le canal jusqu'à l'enceinte, pour commencer. S'il est bloqué, il y a peut-être un moyen de passer par des conduits souterrains…

Large et peu profond, parfaitement rectiligne, le canal alimentait autrefois une fontaine noire devant la porte principale du palais. Aujourd'hui, celle-ci était tarie, son bassin à sec rempli de poussière, de brindilles et de feuilles mortes. La vase séchée avait fait une croûte grise et craquelée qui tombait en lambeaux.

– Je crois que nous devrions nous séparer, conseilla Yabila à mi-voix. Quelques-uns tentent de passer par le canal avec Andala. Les autres font diversion.

– Certainement pas ! refusa Yoran.

– Il n'y a qu'un moyen de leur faire quitter leur poste, Yoran, et c'est de les attirer ailleurs.

– C'est beaucoup trop dangereux ! souffla-t-il. Ceux qui feront diversion les auront immédiatement à leurs trousses ! Ils sont bien trop nombreux pour espérer avoir le dessus !

– Justement ! Ça réduira le nombre de gardes à chaque porte, c'est toujours ça de pris, professa Arcellin. Si le passage par le canal est bouché, il faudra se résoudre à passer par une entrée, et moins il y aura d'hommes à affronter, mieux ce sera.

– Ceux qui comme moi connaissent la cité font diversion, trancha Liam. Il nous sera plus facile de leur échapper en nous éparpillant dans les rues.

– Liam, ils vont se douter que ce n'est qu'une diversion !

– On n'a pas le choix ! Il faut le tenter ; plus on attend, plus on prend le risque de se faire repérer par une patrouille.

– Tadeck, pria Andala, passons tous les deux par ce canal. Si nous parvenons à franchir l'enceinte en toute sécurité, tu nous conduis jusqu'à la salle du trône.

Tadeck opina.

– D'accord, mais Sayaël et Yoran viennent avec nous. On risque d'avoir besoin d'eux.

Yoran et Sayaël se regardèrent, un peu surpris.

– C'est ce que tu vois, Tadeck ?

Celui-ci hocha la tête.

– C'est juste un pressentiment.

– Entendu, consentit Sayaël comme à regret. Même si je pensais plutôt mettre une nouvelle dérouillée aux hommes d'Argoran.

– Si ce n'est que ça, console-toi ; on risque de rencontrer du monde à l'intérieur.

– Alors, un bras armé de plus vous aidera peut-être, proposa Mérick, dont la seule carrure était une arme de persuasion efficace.

– Je viens aussi, imposa Neschka en remontant ses manches, comme si elle allait se battre à mains nues sur-le-champ.

– Tu ne crois pas que… commença Nérielle.

Mais Neschka lui lança un regard courroucé.

– Je suis la plus petite et la plus mince du groupe, expliqua-t-elle. Je serai peut-être la seule à pouvoir me faufiler dans le palais et à vous faire entrer. Je vais avec eux.

Nérielle se dépêcha d'approuver, les autres l'imitèrent. Loris intervint.

– Il nous faut un point de rassemblement si ça tourne mal. Eden sera notre point fixe.

Il se tourna vers l'adolescent.

– Tu entends, Eden, tu restes en poste sur la terrasse de la maison ronde qu'on a dépassée tout à l'heure, tu te souviens ?

Il hocha la tête.

– De là, tu verras tout sans être vu. Tes informations nous seront précieuses. Nous te rejoindrons au fur et à mesure. La maison a plusieurs issues, ce qui n'est pas négligeable.

– Licette, va avec lui, commanda Séraphian.

Et, pour une fois, elle ne s'y opposa pas. Elle acquiesça simplement.

– Soyez prudents, dit-elle.

Chapitre treize
L'héritier du trône

Licette prit Eden par le bras, et ils s'éloignèrent en direction du point de ralliement. Yoran loua secrètement la diplomatie de Loris qui parvenait à mettre en sécurité les plus vulnérables sans qu'ils se sentent écartés.

Il regarda Eden et Licette disparaître à l'angle de la rue avec une boule dans le ventre. La crainte que leur entreprise tourne mal et qu'un des leurs y laisse la vie le taraudait. Il frotta ses mains moites sur son pantalon.

–Tout le monde est prêt ? demanda Akin à mi-voix. On va les prendre par surprise. Pendant qu'ils se battent contre nous, vous vous glissez dans le canal. Après, vous devrez vous débrouiller pour passer coûte que coûte.

Ils se séparèrent en silence, Yoran, Tadeck, Mérick, Sayaël, Neschka et Andala allèrent se poster à l'angle de la rue, au plus près du canal. Yoran observait Séraphian Andala du coin de l'œil. Contrairement à son habitude, il avait un air impliqué qui faisait paraître plus légitime sa proche accession au trône. Peut-être la vision de la cité de ses ancêtres avait-elle sa part dans ce changement d'attitude. Se rendait-il compte de ce qui l'attendait si le trône de Terendis l'acceptait comme l'héritier de son père ? Yoran songea furtivement qu'il n'aimerait pas être à sa place. Andala devrait alors défier la reine s'il voulait reconquérir le royaume, et faire preuve d'un grand courage. En serait-il capable ? L'éducation qu'il avait reçue auprès de son protecteur Soh-Amah serait-elle suffisante pour asseoir son autorité ? Yoran l'ignorait.

Ils attendirent quelques minutes qu'Akin lance sa troupe sur les hommes d'Argoran. Yoran savait qu'Akin était en train d'organiser l'assaut en répartissant les adversaires, histoire de laisser le moins de chances possible à l'armée. Il jugea qu'il ferait un excellent chef de bataillon pour le nouveau roi et se demanda si Andala pensait la même chose.

La distance qu'ils devraient parcourir à découvert pour atteindre le canal n'était pas très grande, mais il suffisait que l'un des soldats tourne la tête au mauvais moment pour qu'ils soient pris au piège. Il sentit que sa respiration s'accélérait malgré lui. Sayaël lui adressa un signe de tête assuré.

– Ça va aller, promit-il.

Yoran se força à acquiescer. C'est ce moment que choisirent Akin et les autres pour attaquer. Ils les virent se précipiter, bras armés, sur la trentaine d'hommes postés devant la porte. Le combat fut immédiat. Avec frénésie, Akin s'était jeté contre les soldats comme s'il avait l'intention de franchir la porte par la force, ce qui devait concentrer les efforts des hommes sur eux et les empêcher de jeter un coup d'œil en arrière. L'effet de surprise était dérisoire, et Yoran comprit qu'ils étaient attendus depuis longtemps, ce qui n'augurait rien de bon pour la suite. Il pria en silence pour que ses amis soient épargnés. Tadeck le ramena à la réalité.

– C'est à nous, Yoran. Ils ne regardent pas par ici.

Il s'arracha malgré lui au spectacle de ses amis qui se démenaient pour leur laisser une chance de conduire Andala jusqu'au trône. Ils coururent le plus vite possible jusqu'au canal, se jetèrent dedans sans même se retourner. Quand ils furent allongés au fond, leurs cœurs battant à tout rompre, Andala se redressa légèrement et risqua un œil.

– Je crois que c'est bon.

Soudain, l'appel d'un cor transperça l'air.

– Ils appellent les renforts. Ça va barder pour eux.

– On n'aurait pas dû les laisser se sacrifier, murmura Yoran.

– Le seul moyen de les aider, chuchota Tadeck, c'est de mettre l'héritier sur le trône. Ne traînons pas.

À quatre pattes dans la poussière, ils durent couvrir la centaine de pas qui les séparait de l'enceinte. Le vacarme du pugilat qui se tenait plus loin les dispensait de respecter un silence prudent. Yoran avançait en s'efforçant de maintenir son cœur à un rythme décent. Un peu avant l'enceinte du palais, le canal passait sous la rue par une arcade de pierre noire. Ils s'y glissèrent sans difficulté et se retrouvèrent dans la pénombre. Quelques pas plus loin, il faisait nuit noire.

– Ça ne va pas être facile, murmura Mérick.

Yoran songea alors à sortir de sa poche la pierre ramassée un peu plus tôt dans la montagne. Une lumière douce en émanait toujours, suffisante pour créer un halo bleuté autour d'eux.

– Bien joué, Yoran, apprécia Neschka.

Le canal de dalles noires se changeait en couloir souterrain. Ils durent se courber pour pouvoir progresser. Au bout de plusieurs pas, ils trouvèrent l'accès bloqué par une grille métallique, comme l'avait prédit Andala.

– On est coincés. C'était certain, commenta l'héritier d'Arden.

Ils détaillèrent la grille durant plusieurs minutes à l'aide de la pierre lumineuse, cherchant une faiblesse qu'ils auraient pu utiliser, mais le métal était soigneusement scellé dans les parois.

– Je crois que c'est là que tu interviens, Sayaël, expliqua Tadeck.

– Que veux-tu que je fasse ?

– Que tu secoues suffisamment les pierres pour qu'elles se descellent.

Sayaël secoua la tête.

– Ce n'est pas aussi simple, réfuta-t-il. Je risque de tout faire s'écrouler sur nous si je dose mal mon don.

– C'est le seul moyen que nous ayons.

Le jeune Porteur du Sceau sembla réfléchir une demi-minute.

– D'accord, mais reculez, au cas où. Prête-moi la pierre, Yoran, que je voie ce que je fais.

Ils obéirent au jeune homme et s'éloignèrent de quelques pas. Sayaël hésita encore un moment, visiblement incertain. Neschka l'encouragea.

– Nous avons tous confiance en toi, Sayaël. Nous savons que tu en es capable.

Sayaël hocha brièvement la tête. Il se concentra et, comme la première fois que Yoran avait rencontré les Porteurs du Sceau sous leur bouclier, le sol se mit à trembler. Andala et Mérick eurent un mouvement de recul.

– Ne bougez pas, leur souffla Tadeck. Il maîtrise.

Engendré par le Sceau, le tremblement semblait venir des profondeurs du sol et se rapprocher d'eux, comme s'ils avaient réveillé un monstre assoupi dans les entrailles de la terre. Le tremblement s'intensifia, et des dalles s'effritèrent au-dessus d'eux. Yoran se demanda si c'était une idée aussi judicieuse qu'elle en avait l'air. Il préférait encore se battre contre les hommes d'Argoran que de périr enseveli sous un amoncellement de pierres. Il s'apprêtait à l'exprimer tout haut quand le tremblement cessa.

– Je crois que c'est bon, affirma Sayaël. On devrait pouvoir la desceller maintenant.

Ils s'approchèrent. Sayaël passa la paume de sa main sur le plafond. La pierre avait tellement été soumise à tension qu'elle s'était largement fendue le long de la grille.

– Prodigieux ! s'exclama Andala.

Sayaël eut un sourire ravi.

– Pour une fois que ça me sert à quelque chose, dit-il.

Malgré la solidité de la grille, ils n'eurent pas trop à forcer pour la retirer. Ils usèrent de leurs épées pour faire jouer le métal et l'arracher à la pierre. La grille était si lourde qu'ils durent se mettre à trois pour la déplacer contre le mur. Ils progressèrent de quelques pas, toujours voûtés et guidés par la lumière bleutée de la pierre.

– On doit se trouver sous le palais, maintenant, estima Tadeck. Il faut trouver une issue pour remonter.

Il n'avait pas terminé sa phrase qu'il s'immobilisa net.

Des voix leur parvenaient. Ils tendirent l'oreille pour déterminer de qui il s'agissait. Les autres les rejoignaient-ils déjà ? Non, impossible, l'armée était trop nombreuse pour qu'ils aient pu en venir à bout si rapidement.

– Ils sont à nos trousses, devina Mérick. Il faut avancer le plus vite possible.

Ils se mirent à courir. Dans la panique, Yoran heurta plusieurs fois le plafond avec le sommet de son crâne. Le corridor de pierre ne semblait pas avoir de fin, et il se demanda s'ils n'allaient tout simplement pas atterrir de l'autre côté du palais, à l'extérieur de l'enceinte. Ils atteignirent une fourche où quatre canaux de taille plus modeste se rejoignaient. Derrière eux, les vociférations se rapprochaient. Ils distinguèrent des ordres.

– Attrapez-les-moi vivants ! hurla l'un des hommes.

– C'est Argoran, souffla Tadeck. On se sépare ici, ça peut augmenter nos chances. La salle du trône est entre les deux tours. On s'y retrouve le plus vite possible.

Mérick et Séraphian se glissèrent dans l'un des boyaux.

– Va avec eux, Sayaël, ordonna Tadeck. Ils peuvent avoir besoin de ton talent de Porteur. Tu sais où c'est. On se retrouve là-bas.

Sayaël semblait sur le point de protester, mais il obéit et disparut dans l'obscurité à la suite des deux autres.

– Range ta pierre, Yoran, pria Tadeck. Elle risque de nous faire repérer.

Yoran la glissa au fond de sa poche, et ils se trouvèrent de nouveau dans le noir. Ils progressèrent en silence jusqu'à apercevoir une clarté.

– On dirait qu'on arrive au bout, souffla Neschka.

Ils se dirigèrent vers la lumière. Yoran eut l'impression que le sol montait légèrement. Il sentit un courant d'air lui ébouriffer les cheveux. Le bout du tunnel débouchait sur le fond d'un bassin carrelé. Tadeck acclimata ses yeux à la luminosité, passa prudemment la tête par l'ouverture.

– La voie est libre. Suivez-moi. On est à côté de la salle du trône.

– Mais les autres ?

– Ils vont nous rejoindre dès que possible. Venez, ne traînons pas.

Les deux garçons s'extirpèrent difficilement du boyau, faisant passer leurs armes devant eux pour pouvoir se glisser par l'ouverture, tandis que Neschka s'y coulait avec aisance. Elle ne releva pas, mais, quand Yoran croisa son regard, elle lui sourit d'un air vainqueur. Ils sortirent du bassin en prenant appui sur la margelle. Ils avaient débouché sur ce qui avait dû être un jardin luxuriant, du temps de la splendeur de Terendis. Une multitude de fontaines et de statues en pierre noire et aux courbes magnifiques se dressaient encore au milieu de buissons desséchés et de troncs d'arbres morts de soif, comme les derniers témoins des fastes d'antan.

Yoran trouva l'endroit sinistre, malgré la beauté de la pierre. Les statues dardaient leur regard minéral sur les intrus. Par endroits, des allées de dalles noires brillaient encore sous les restes de feuilles séchées et de branches cassées. On aurait dit que tout était recouvert d'une poussière de charbon. Là où il avait dû se trouver des terrains couverts d'herbe verte et épaisse, la terre noire apparaissait, dépouillée. Le jardin était enchâssé entre de hauts murs aux fenêtres immenses, parées de vitraux. De nombreuses portes donnaient sur le jardin. Yoran avait l'impression d'entendre soupirer les âmes de ceux qui avaient vécu là avant que ne tombe le roi Arden, et avec lui toute sa cour, et il réprima un frisson.

Tadeck désigna dans un mur, entre deux tours fuselées, une porte monumentale au bout de ce qui restait du jardin. Surmontée d'un magnifique linteau et d'un tympan sculpté, elle était encadrée de quatre statues couronnées qui pointaient un doigt menaçant sur les visiteurs. L'épaisseur du mur disparaissait derrière une profusion d'arcades, de colonnettes et de statuettes.

– C'est là. On y est presque. Il y a sûrement du monde à l'intérieur.

Il n'eut pas le temps de terminer sa phrase : deux portes s'ouvrirent presque simultanément sur l'un des côtés, et une dizaine d'hommes firent irruption.

– Là ! hurla l'un d'eux.

Tadeck se mit à courir en direction de la porte monumentale en entraînant Yoran et Neschka à sa suite. Les soldats se lancèrent à leur poursuite, mais ils avaient trop d'avance. Yoran pria en silence pour que la porte s'ouvre du premier coup et que la salle soit vide. En passant sous les statues, il nota que leur regard n'était pas aussi sévère qu'il l'avait cru de loin ; il eut au contraire le sentiment que celles-ci leur désignaient le passage et leur offraient une protection bienveillante. Tadeck ouvrit la porte d'un coup d'épaule et s'engouffra à l'intérieur.

La salle du trône était démesurée. Les murs massifs étaient décorés de colonnes et de statues, toutes drapées et couronnées. De chaque côté, un escalier tournant menait à des balcons de pierre qui surplombaient la salle. Une lumière mouvante tombait à travers une série de vitraux orfévrés de plusieurs pieds de haut et dessinait des taches de couleur sur le sol noir. Elle semblait vivante et ses rayons paraissaient onduler comme entre deux eaux.

Le plafond voûté, poli, reflétait la lumière comme un miroir. Il y avait des bancs de pierre ciselée alignés le long des murs, et d'autres en bois, sur deux rangées, qui faisaient face à l'estrade de pierre noire. Certains étaient en désordre, renversés, brisés, comme si, ici, on avait lutté pour sa vie.

Yoran éprouva une légère déception. Il avait imaginé le siège royal beaucoup plus impressionnant que ce qui se trouvait sur la petite estrade sous un immense vitrail en rosace et des tentures en lambeaux. Le trône ressemblait plutôt à un tabouret de pierre noire ; son assise était incurvée, parfaitement polie, sûrement inconfortable, et il semblait scellé dans le sol.

Il n'eut pas le temps de l'observer plus longtemps. En même temps qu'il apercevait le trône, il vit les cinq soldats qui se trouvaient autour pour sa défense. Ceux-ci avaient déjà saisi leurs armes et se ruaient sur eux. Les trois insoumis étaient cernés par les hommes d'Argoran. Yoran dégaina pour affronter ceux qui leur faisaient face avec Neschka, tandis que Tadeck s'efforçait de bloquer la porte pour empêcher leurs poursuivants d'entrer et de les frapper par derrière.

Le premier soldat se jeta sur Yoran, et celui-ci l'envoya à terre sans réfléchir, en deux coups rondement menés. Il ne doutait plus de quoi il était capable. Il se rendit compte qu'il agissait instinctivement, et contra les attaques de l'adversaire suivant avec aisance. Il bougeait assez vite pour éviter la lame et sa riposte faisait toujours mouche ; son épée décrivit un cercle serré qui désarma le combattant. Un coup du tranchant sur l'épaule arracha un cri au soldat. Il tomba à genoux et, d'un coup de pied, Yoran l'étala au sol en même temps qu'il réarmait son bras pour faire face au suivant. Celui-ci n'attendit pas qu'il reprenne son équilibre et le frappa à la cuisse ; la rage de Yoran décupla et il passa son épée au travers de son corps, la retira aussitôt, laissant s'échapper un sang bouillonnant.

Neschka n'était pas en reste. Yoran avait déjà eu l'occasion de la voir à l'œuvre, et elle surprenait l'ennemi par la puissance de son bras. Beaucoup d'hommes sous-estimaient la force et l'adresse de ce petit bout de femme qui mettait cet avantage à profit en les embrochant sans sommation.

– Aide Tadeck à retenir la porte le plus longtemps possible, hurla-t-elle tandis qu'elle mettait sans sourciller un terme à l'existence du dernier homme, je vais faire un barrage.

Yoran obéit. Il rejoignit Tadeck, qui appuyait de tout son poids pour tenir les vantaux fermés.

– La poutre, Yoran, souffla-t-il.

Une solive qui devait servir à barricader autrefois la porte gisait à quelques pas. Yoran la tira tant bien que mal en ignorant la douleur de sa blessure à la cuisse et s'échina à la soulever. Il parvint à la glisser dans ses encoches, mais les soldats frappaient à coups de butoir, ce qui faisait rebondir les vantaux dans un formidable fracas.

– Ça ne tiendra pas longtemps, prédit-il.

Pendant ce temps, Neschka avait poussé des bancs devant la porte et entassé des débris de bois dessus de façon à former un bûcher. Elle saisit le dossier d'un banc brisé avec les deux mains.

– Mais qu'est-ce que tu fais ? hurla Yoran.

– Un barrage ! Maintenez la porte !

Il comprit enfin. Elle allait utiliser le don du Sceau pour mettre le feu au bûcher. Elle appuya fermement ses paumes sur le bois. Son visage était tendu, et il y avait comme de la colère dans ses yeux, une sorte de furie qui la métamorphosait et irradiait. Yoran vit de la fumée s'élever autour des mains de Neschka. Il espérait que ce serait assez rapide, car derrière lui les coups de bélier redoublaient et le propulsaient à un pas de la porte à chaque choc. Soudain, des flammes apparurent et Neschka retira promptement ses mains. Le bois sec s'embrasa brusquement.

– Viens m'aider, Yoran ! Il faut encore du bois !

Il questionna d'un regard Tadeck, qui grimaça un assentiment.

– Vas-y. Je tiens le coup. Mais dépêchez-vous.

Yoran se hâta d'apporter le plus de bois possible. Les débris étaient nombreux, mais il préféra pousser des bancs entiers contre l'amas qu'avait fait Neschka. Les flammes montèrent de plus en plus haut. Une fumée grise et épaisse se répandit dans la salle.

– Tadeck, lâche cette porte et viens te mettre en sécurité, pria Neschka. Tu ne pourras bientôt plus passer.

Tadeck franchit le brasier d'un bond. Yoran repoussa du bois pour rendre le barrage de feu infranchissable, mais ils ne pouvaient déjà plus s'approcher tant la chaleur était insupportable. À ce moment, la porte céda dans un grand fracas. Les soldats se précipitèrent, mais la fumée obstruait la vue dans les deux camps, et personne ne put franchir le barrage de Neschka.

Des portes s'ouvrirent alors à l'autre extrémité de la salle, et d'autres soldats firent irruption.

– Oh non… gémit Neschka.

Utiliser son don l'avait terriblement éprouvée ; Yoran se plaça devant elle pour faire un rempart de son corps. Elle s'affaissa doucement dans les bras de Tadeck, épuisée.

Yoran commença à paniquer. Ils étaient arrivés si près ! Les hommes se ruèrent sur eux. Il savait déjà qu'il ne parviendrait pas à les arrêter ; ils étaient trop nombreux, et Neschka était à demi-inconsciente. Il ne voyait pas comment ils allaient réussir à s'en tirer cette fois-ci, et il eut une pensée pour Loda et ses filles, à l'abri sous le bouclier. Il avait envie d'être près d'elles, en sécurité. Il avait envie de poser ses armes, il voulait avoir l'opportunité de présenter à sa femme ses amis vaillants et courageux qui avaient affronté plusieurs fois l'armée de la reine dans l'espoir de rétablir un monde meilleur.

Durant une seconde, il regarda les soldats courir vers lui sans un geste pour se défendre. Il était soudain fatigué de tout ce sang versé, de tous ces morts qu'il traînait dans son sillage. Il avait envie que ça s'arrête.

Immobile et proche de la capitulation, il aperçut un mouvement derrière le trône. Les tentures en lambeaux se soulevèrent, et quelqu'un émergea d'un passage. Il reconnut le visage en sang d'Akin. Il brandissait une épée qui n'était pas la sienne et avait un air déchaîné à la limite de la folie. Son cri de rage arrêta les soldats dans leur élan. Akin avait à sa suite plusieurs autres insoumis, à peu près dans le même état ; ils se jetèrent en vociférant sur les soldats et les forcèrent à les affronter. Yoran les regarda se battre avec véhémence sans réagir, un peu sonné.

– Aide-moi, Yoran, pria Tadeck, on va la mettre en sécurité.

La voix de son ami le fit revenir immédiatement à la réalité, et il se précipita à son aide. Ils traînèrent la jeune Porteuse du Sceau derrière les bancs de pierre, l'aidèrent précautionneusement à s'allonger.

– Ça va aller, Neschka, promit Tadeck, Akin et les autres sont là. C'est bientôt fini. Reste bien au sol, il y a beaucoup de fumée.

Yoran trouva Tadeck bien optimiste pour faire une telle promesse. S'ils étaient bien momentanément hors de danger, camouflés par les banquettes de pierre, rien n'indiquait que d'autres soldats n'allaient pas faire irruption dans la salle. Ils seraient très vite submergés par le nombre et pris au piège, encerclés de tous les côtés. Massacrés à quelques pas de leur but.

Au milieu des craquements du bois qui brûlait, de la fumée qui s'épaississait et des bruits d'une lutte à mort qu'il distinguait de moins en moins, Yoran s'énerva.

– Le trône est là, devant nous, et cet idiot de Séraphian doit se trouver à l'autre bout du palais !

– Yoran, avoua soudain Tadeck en lui attrapant le bras, écoute-moi. Je ne t'ai pas tout dit.

– Ce n'est pas le moment, Tadeck.

– Justement, si, c'est maintenant ou jamais.

Il le serrait si fort qu'il lui faisait mal.

– Lâche-moi, tu me fais mal.

Tadeck desserra son étreinte.

– Quand j'étais enfant ma mère m'a fait donner une éducation digne d'un prince héritier, expliqua-t-il très vite. J'ai eu un précepteur, un professeur pour chaque discipline, histoire, géographie, mathématiques et tout un tas de choses dont tu n'as même pas idée. Au début, c'est mon oncle qui a surveillé de très près mes leçons.

– Je ne vois pas où tu veux en venir.

– Laisse-moi finir. La malveillance de Yélan à mon égard ne date pas d'aujourd'hui. Je ne savais pas parler que j'avais déjà conscience que nous serions ennemis. Pas juste rivaux, Yoran, mais ennemis mortels. Le sang a coulé plus d'une fois entre nous. Sous le couvert de m'entraîner, il m'a infligé de graves blessures, que je ne me suis pas privé de lui rendre, crois-moi. Seulement, une fois, il a été trop loin. Au cours d'un combat à l'épée, il m'a sérieusement blessé. Je venais d'avoir onze ans, et je ne maîtrisais pas mes dons du Sceau. J'ai perdu beaucoup de sang, la plaie s'est infectée, et je suis resté quelques jours entre la vie et la mort.

On a fait venir les meilleurs médecins à mon chevet, mais celle qui m'a le mieux soigné, c'est une petite servante de mon âge que mon oncle avait ramenée d'un de ses voyages. Gersande avait le don que sa mère lui avait transmis. Le don de discerner certaines choses qui ne se sont pas encore passées.

– Comme toi.

– C'est elle qui me l'a donné. Pour me ramener à la vie elle a dû y laisser une part d'elle-même, et c'est cette aptitude que j'ai reçue. Mais je ne l'ai su que beaucoup plus tard. Ce n'est pas ça qui est important. Le plus important, c'est la vision qu'elle a eue alors qu'elle me soignait.

– Une vision ?

Tadeck hocha la tête.

– Une impression, plutôt. Ou une certitude. C'est difficile à définir. Quand je suis revenu à moi après plusieurs jours de fièvre, elle a prédit que je ne monterais jamais sur le trône. Ça, je m'en doutais déjà. Mais elle m'a dit aussi que ce serait moi qui trouverais le successeur du roi Arden. Je t'avoue que je n'y ai pas trop cru. J'étais bien loin de toutes ces considérations, je n'avais aucune idée de ce qui se passait à l'extérieur du palais. J'ignorais totalement comment vivait le peuple, mais Gersande, elle, elle le savait. Je lui ai demandé comment je saurais que je l'aurais rencontré. Elle a répondu que je le sentirais. « Tu l'amèneras jusqu'au trône de Terendis après qu'il t'aura sauvé la vie. » Ce sont ses mots, Yoran. Au bout de quelques semaines, j'avais pratiquement oublié cette discussion en revenant à la vie normale. Gersande a succombé aux fièvres l'hiver suivant. Je n'y ai repensé qu'en me rendant compte de la misère du peuple, quelques années plus tard. C'est cette révélation qui m'a encouragé à réunir les insoumis. Tu comprends ce que j'essaie de te dire ?

Yoran le comprenait, oui. Mais il ne pouvait pas se résoudre à l'admettre. Il secoua la tête dans un geste qui pouvait passer pour une affirmation comme pour un déni. Tadeck planta ses yeux dans les siens, affermit la pression de sa main sur son bras.

– Il faut que tu aies confiance en moi, Yoran. S'il te plaît. Essaie ce trône. Maintenant.

Il secoua de nouveau la tête pour échapper au regard incandescent de son ami. Il luttait de toutes ses forces.

– Tadeck, je…

– S'il te plaît, Yoran. Je sais que c'est toi. Je le sais depuis que tu m'as sauvé la vie dans cette clairière. Toi seul peux tout arrêter.

Sans qu'il sache comment, et contre toute logique, il eut brusquement la certitude que Tadeck ne se trompait pas. Que Gersande ne s'était pas trompée. Depuis leur cachette, il fixa le trône d'un regard neuf. Il calcula mentalement la distance qui le séparait de lui. Il sentit que Tadeck relâchait la pression de sa main, et prit cela comme un signal.

– Vas-y, lui souffla son ami.

Il se dressa d'un bond et courut au trône comme mu par une force nouvelle qu'il avait dû puiser dans les mots de Tadeck. Parcourir l'espace qui le séparait du siège royal – quelques enjambées, tout au plus – sembla durer une petite éternité.

Un moment, il se demanda ce qu'il était en train de faire. S'ils se trompaient ? Si le trône ne le voulait pas ?

Si l'accès lui était refusé, comme pour tous les autres ? Il avait quitté son abri pour se mettre à découvert, mais les soldats ne le remarquèrent pas tout de suite. Il eut l'impression de flotter dans un espace et un temps différents, ou du moins d'être suspendu, comme une alternative à ce qui aurait dû se produire. Il gravit d'un bond les quatre marches de la petite estrade, glissa sur le dallage, se rattrapa de justesse et se jeta sur le siège de cristal noir dans la même seconde.

Il n'était pas préparé à ce qui allait suivre.

Dans un fracas étourdissant, tout ce que le palais comptait de lustres et de lumières s'alluma, des moindres flambeaux le long des corridors aux centaines de restes fondus de chandelles de chaque réceptacle et de chaque niche. Tout sembla s'embraser dans un incendie gigantesque et assourdissant. Yoran porta les mains à ses oreilles pour se protéger du bruit. Horrifié, il croisa le regard de plusieurs soldats et d'insoumis qui semblaient aussi pétrifiés que lui, arrêtés dans leur élan guerrier. Conscient de ce qu'il venait d'enclencher, il voulut se lever ; en vain. Visiblement, le trône ne l'entendait pas de cette oreille.

– Tadeck ! hurla-t-il, en proie à la panique.

Mais Tadeck ne vint pas à son aide. Au lieu de se précipiter à son secours comme un ami digne de ce nom, il sortit de derrière les banquettes, fit seulement quelques pas pour se trouver face au trône, et les insoumis, armes toujours à la main, se regroupèrent autour de lui sans que les soldats n'esquissent un geste pour les arrêter.

Le fracas cessa brusquement, le brasier de Neschka mouru instantanément mais ce n'était pas fini. Il y eut un frémissement lumineux au pied du trône. Par précaution, Yoran leva les pieds. Le frémissement traça une petite circonvolution d'argent sur le dallage. Puis une autre, juste à côté, qui touchait la première et s'étendait au carreau voisin. Puis d'autres et d'autres encore, en progression concentrique, qui parèrent le sol noir de motifs éclatants, coururent jusqu'au fond de la salle sous le regard ébahi de tous, montèrent à l'assaut des murs et des plafonds noirs qu'elles illuminèrent de nouveaux tracés étincelants. Il y eut un silence insolite, au point qu'on entendit battre les cœurs.

Tadeck fit encore un pas. Imité par les autres, il posa un genou à terre et s'inclina devant le nouveau roi de Terendis.

Épilogue

Les soldats mirent un peu de temps à comprendre que ce qu'ils étaient en train de vivre allait bouleverser l'histoire. Le combat avait cessé, puisque visiblement il n'y avait plus de trône à défendre, plus rien à empêcher.

Ils s'interrogeaient du regard sur la conduite à tenir, bras ballants, un peu désorientés. Il n'y avait plus aucune velléité de combat dans leur attitude, juste un questionnement empreint d'attente.

On entendait un son étrange. Un gargouillement d'eau qui coulait. Partout, les fontaines se remettaient en marche, remplissaient les vasques, les canaux et les bassins de la cité noire. Un soldat se précipita dehors sans que personne ne fasse un mouvement pour le retenir. Il revint moins d'une minute plus tard.

– La cité revit, dit-il, visiblement sous le choc. C'est le roi. Le roi légitime.

Alors, d'un même mouvement, tous les soldats de la garde jetèrent leurs armes au sol avec un fracas de métal, ôtèrent leurs casques et se prosternèrent.

Yoran se mit à trembler. Il ne pouvait pas s'arracher du trône et voulait leur hurler à tous d'arrêter, de se relever, de continuer le combat, parce que ce n'était pas ce qu'ils croyaient, c'était une erreur, il ne pouvait pas en être autrement. Ils se trompaient, le trône se trompait, il était juste Yoran, de la Plaine, et pas le roi qu'ils attendaient. Il lutta de toutes ses forces contre l'idée même, et il refusa de l'accepter. Mais, hormis ce tremblement, il semblait paralysé par l'impensable.

Tadeck avait relevé la tête et Yoran croisa son regard ; son regard de tous les jours, un peu moqueur, avec son sourire à en éclairer les ténèbres, et son expression de soulagement ravi assez communicative.

La plupart de ses amis était agenouillés devant lui, et la situation lui parut soudain vraiment incongrue. Un petit rire nerveux le secoua. Kern croisa son regard et partit lui aussi d'un fou rire salutaire qui se propagea à tout le groupe, sans épargner les soldats. De minute en minute, leur nombre s'élevait. Des soldats entraient dans la salle, constataient que le trône était occupé, jetaient un coup d'œil autour d'eux, puis jetaient leurs armes au sol et se prosternaient.

Bientôt, une vague d'hilarité secoua toute la salle. Yoran se laissa envahir par ce sentiment de relâchement qui semblait réparer les désastres des dernières semaines et annuler toutes les difficultés qu'ils avaient rencontrées.

Il put enfin se lever, et Koura lança un cri de joie retentissant, repris en cœur par les autres. Tadeck le premier vint vers lui et lui donna une accolade à lui couper le souffle. Yoran rougit vaguement, pour la forme, mais il sentait une certaine euphorie indescriptible le gagner et il s'abandonna à ce vertige.

Tous ses amis se précipitèrent ensuite pour le serrer contre eux. Il régna une certaine confusion pendant un bon moment. Les soldats riaient comme s'ils venaient de remporter une victoire écrasante, et Yoran se demanda si ce n'était pas en partie le cas. Quelques-uns se mirent à frapper des mains, et bientôt ce fut un concert d'applaudissements qui mit du temps à s'essouffler.

Quand enfin le silence se fit, Tadeck poussa Yoran du coude.

– Je crois qu'il te faut dire quelques mots pour tes nouveaux sujets.

Il avait un air rieur et solennel à la fois qui faisait douter Yoran de l'attitude à adopter.

– Quelques mots ? Mais quoi ?

– Quelque chose de simple, mais suffisant pour qu'ils te jurent fidélité jusqu'à leur mort, dit-il avec un clin d'œil.

Yoran sentit ses jambes flageoler.

– Je… Eh bien…

Malgré son hébétude, il remarqua aussitôt la ferveur de certains regards, du côté des insoumis comme des soldats, comme si ce qu'il allait dire entrerait à jamais dans l'histoire du royaume, et que les hommes mesuraient la chance qu'ils avaient d'y assister. Il se racla la gorge, s'efforçant de ne pas troubler la solennité du moment, mais quelqu'un d'autre s'en chargea.

Argoran, chef des armées, colosse blond au passé sombre, entra au pas de course à la tête d'une dizaine d'hommes, coiffé du casque aux plumes rouges et noires de la Couronne. L'ensemble de la foule eut un mouvement de recul. Yoran le comprit aisément, car l'homme déplaçait avec lui une aura de violence prodigieuse. Instinctivement, il porta la main au pommeau de son épée.

Mais Argoran s'arrêta net en voyant que plus personne ne se battait, et que, même, la plupart des armes gisaient au sol. La fureur se lut sur son visage.

– Qu'est-ce que vous attendez ? hurla-t-il en brandissant son épée. Tuez-les tous ! Jusqu'au dernier ! Pour votre souveraine !

Sa voix féroce se répercuta contre les murs sans que personne n'obéisse à l'ordre. Il ne devait pas en avoir l'habitude, car il scruta chacun des visages de ses hommes, chargeant son regard de haine et de promesse de représailles sanglantes pour cette désobéissance.

– Ils ne se battront plus sous vos ordres, Argoran, lui lança Yoran. C'est terminé. Vous pouvez retourner vers Yélana et lui faire part de votre échec. Le trône est occupé, vos hommes ont changé d'allégeance. Ils sont sous ma protection.

– Et le roi de Terendis sous la nôtre, clama Akin en brandissant une épée.

Aussitôt, les combattants ramassèrent leurs armes et répétèrent comme un cri de guerre les mots d'Akin. Ils se serrèrent autour des insoumis pour former un bouclier. Ils étaient bien plus nombreux que ceux qui se trouvaient derrière Argoran, et la vue de leurs lames brandies fit culminer la fureur de celui-ci. Il défia Yoran, qui soutint son regard. Sa rage était communicative, mais Yoran s'abstint de le laisser paraître. Il y avait bien plus urgent.

– Raccompagnez-le aux portes de la cité, afin que la nouvelle se propage, ordonna-t-il d'un ton ferme, et il fut obéi immédiatement.

– Je risque d'y prendre goût, souffla Yoran à Tadeck en voyant l'empressement que mirent les hommes à exécuter ses ordres.

Encadrés par la nouvelle armée de Terendis, Argoran et les quelques soldats qui lui restaient fidèles furent jetés hors de la cité.

Les insoumis, en la personne de Tadeck principalement, en profitèrent pour soigner les blessés ; Neschka était finalement la plus éprouvée, et les blessures des autres s'arrêtaient miraculeusement à des ecchymoses et des entailles superficielles. Mais Neschka arborait un sourire flamboyant et Yoran remarqua que l'ombre qui l'avait accompagnée durant des semaines depuis l'annonce de la mort de sa famille avait enfin disparu.

Séraphian Andala apparut peu après, suivit de Mérick et de Sayaël. Le canal qu'ils avaient emprunté était partiellement effondré – Sayaël jura qu'il n'y était pour rien –, et ils avaient dû retourner sur leurs pas, manquant de peu les hommes d'Argoran. Séraphian ne sembla pas surpris le moins de monde en constatant que Yoran occupait le trône.

– Tu vois bien que je ne mentais pas quand je te disais que je n'étais pas l'héritier de ce royaume !

Yoran acquiesça.

– Il n'y en a qu'un qui a menti, ici, et je n'arrive même pas à lui en vouloir, dit-il avec un clin d'œil à Tadeck en se rasseyant sur son trône comme s'il voulait vérifier qu'il n'avait pas changé d'avis.

– Alors, Yoran, maître de la Cité-Noire, roi de Terendis, dit Séraphian d'un ton volontairement pompeux en s'inclinant devant Yoran, accepteriez-vous, devant ces témoins, de renouer les anciennes alliances et d'unir vos forces à celles de Syanne ?

Yoran se leva. Il n'avait pas besoin de réfléchir bien longtemps. Il croisa le regard approbateur de Tadeck, se sentit submergé par une foi qu'il n'avait pas éprouvée depuis longtemps.

– J'accepte, Séraphian Andala.

Il descendit de l'estrade et lui tendit la main. Séraphian la serra avec vigueur.

– Allons récupérer nos royaumes, dit simplement Yoran.